DAS ALPAKA

Thomas Hesse, Jahrgang 1953, lebt in Wesel, ist gelernter Germanist, Kommunikationsberater und Journalist. Er war bis Ende 2014 in leitender Position bei der »Rheinischen Post« am Niederrhein tätig. Heute ist er freier Autor, Journalist und Publizist.

Renate Wirth, Jahrgang 1957, arbeitet als Gestalttherapeutin für den Deutschen Kinderschutzbund, ist Künstlerin und Autorin.

Dieses Buch ist ein Roman. Handlungen und Personen sind frei erfunden. Ähnlichkeiten mit lebenden oder toten Personen sind nicht gewollt und rein zufällig.

THOMAS HESSE/RENATE WIRTH

DAS ALPAKA

Niederrhein Krimi

emons:

LChoice
Hier bestellen

Lust auf mehr? Laden Sie sich die »LChoice«-App runter, scannen Sie den QR-Code und bestellen Sie weitere Bücher direkt in Ihrer Buchhandlung.

Bibliografische Information der Deutschen Nationalbibliothek
Die Deutsche Nationalbibliothek verzeichnet diese Publikation in der Deutschen Nationalbibliografie; detaillierte bibliografische Daten sind im Internet über http://dnb.d-nb.de abrufbar.

FSC www.fsc.org
MIX
Papier aus verantwortungsvollen Quellen
FSC® C083411

Umschlagmotiv: picture alliance/imagebroker
Umschlaggestaltung: Nina Schäfer, nach einem Konzept von Leonardo Magrelli und Nina Schäfer
Umsetzung: Tobias Doetsch
Gestaltung Innenteil: César Satz & Grafik GmbH, Köln
Lektorat: Hilla Czinczoll
Druck und Bindung: CPI – Clausen & Bosse, Leck
Printed in Germany 2020
ISBN 978-3-7408-0793-1
Niederrhein Krimi
Originalausgabe

Unser Newsletter informiert Sie regelmäßig über Neues von emons:
Kostenlos bestellen unter
www.emons-verlag.de

Da jagen sich die Rätsel:
Warum is hier nix los un doch alles los?
Un woanders is alles los un gar nix los?
Der Niederrhein, denk ich immer,
macht einem nix vor.

Hanns-Dieter Hüsch

Prolog

Alles, was ich zu sagen hatte, habe ich hier vorgetragen. Auf mehr als dreißig Seiten habe ich, Stefan van de Sandt, niedergeschrieben, was passiert ist in diesem Fall, der mich vor das Schwurgericht gebracht hat. Ich habe ein reines Gewissen, und ich weiß nicht, wie dieser verdammte Fuß in den Schweinekoben gekommen ist. Auf unserem Bauernhof herrscht Ordnung, überhaupt werden Vadders Tiere nicht mit Fleischresten gefüttert. Wir haben einen Biohof oder zumindest fast, wenn die Umstellung weg von der konventionellen Arbeitsweise beendet ist. Wenn alle Zertifikate vorliegen und wir damit werben können, einer der wenigen biodynamischen Betriebe zu sein.

Der Hofladen beginnt sich schon zu rentieren. Das kleine Café ist beliebt, Radfahrer steuern uns an. Wir könnten jetzt einen Spielplatz anlegen, das passende Ziel für Familienausflüge. Gesunde Lebenshaltung und saubere Lebensmittel lassen sich die Leute etwas kosten. Nicht alle, im Grunde eine gesundheitsbewusste Elite, die es sich leisten kann. Aber die Bewegung, die für eine verträgliche Lebensweise kämpft, wächst. Die finanziell dürre Zeit des Wechsels muss ich eben einkalkulieren, ich denke vom langen Ende her. Das hat der Alte nicht kapiert. Er hat es mit seiner sturen Art auf einen Knall, ach was, ein Zerwürfnis ankommen lassen. Im Grunde auf das Ende einer heilen Familie, er hat gespalten. Eine Schlacht der alten gegen die neue Welt.

Jetzt ist er weg, wie in Luft aufgelöst. Nur ein ominöser Fuß ist geblieben, der Rest eines makabren Mahls für einen Zuchteber. Mehr weiß ich nicht.

Alles, was ich zu sagen hatte, habe ich niedergeschrieben. Ja, das ist die reine Wahrheit, doch ich muss sie noch und noch wiederholen. Ich habe nichts getan, ich bin unschuldig. Ich habe vorgelesen von dreißig dicht beschriebenen Blättern, damit ich mich vor Aufregung nicht verhaspele. Das muss jetzt genügen.

Ohne Hast schiebe ich die vor mir liegenden Ausdrucke zusammen, ein kantengenauer Stapel verschwindet in meiner Aktenmappe. So ordentlich und gerade wie mein Leben. Die Wahrheit wird siegen.

Nein, ich stehe jetzt nicht auf und gehe einfach hinaus in die Freiheit. Man glaubt mir einfach nicht. Ja, ich muss aufpassen, dass meine Gedanken nicht Karussell fahren. Ich sitze hier vor dem Schwurgericht, das als auswärtige Strafkammer in Moers tagt. Nur weil dieser unglaubliche Mord links vom Rhein passiert ist in meinem winzigen geliebten Alpen-Drüpt. Der Tatort bestimmt die Zuständigkeit, eigentlich überflüssiges Wissen. Nur in meiner Situation nicht.

Eine gezielt gebaute Machtdemonstration ist dieses Gericht mit seinen hohen Räumen und präsidialen Aufgängen, dass man sich verdammt klein fühlt als Angeklagter. Ich habe gelernt, dass ich hier in Moers von einem Staatsanwalt angeklagt werde, der alles getan hat, um in den zwei Landgerichtsbezirken Duisburg und Kleve tätig sein zu können. Ein harter Hund, wie man landläufig sagt. Das ist mein Verhängnis.

Seit zwei Wochen hocke ich hier auf der seitlichen Bank im Gerichtssaal, ich sitze nicht selbstbewusst aufrecht, ich verfolge zusammengesunken Rede und Gegenrede, Vernehmungen und Zeugenaussagen und das Plädoyer, bei dem sich der gegenüber der Angeklagten- und Verteidigerbank stehende Staatsanwalt in Rage redet.

Der Mann, der mir als Staatsanwalt Haase bekannt geworden und menschlich fremd geblieben ist als einer, der Härte ausstrahlt und in einer weltfernen juristischen Sprache selbstgewiss auftritt, als sei meine Verurteilung als Mörder nur eine Formsache, soll eine Berühmtheit sein und schon viele Schwerkriminelle überführt haben. Sagt man mir mit bedenklicher Miene. Ich habe zuvor noch nie etwas von ihm gehört.

Er steht kerzengerade. Eine Erscheinung, die man als imposant bezeichnen könnte und die den größten vorstellbaren Gegensatz zu mir darstellt. Zu dem Menschen vom Land, jung, groß gewachsen, braun gebrannt zwar und sehnig, aber unsicher und fahrig. Wie bin ich nur hierhergekommen?

Die Richterin und die Geschworenen blicken Staatsanwalt Haase aufmerksam an.

»Und so ist es eindeutig, dass der im Schweinekoben des van de Sandtschen Anwesens unter schrecklichen Umständen aufgefundene Fuß einem bestimmten Opfer zuzuordnen ist. Dieses Opfer, der Vater des Angeklagten, ist bis zum heutigen Tag verschwunden.«

Haase macht eine Kunstpause, schaut die Geschworenen direkt und offen an und spricht ebenso ruhig wie überzeugend: »Die Indizien sind eindeutig, die Kette der Beweise kennt keine Lücke. Auch wenn die Kriminalpolizei Wesel sicher Fehler gemacht hat. Zweifel hat die Staatsanwaltschaft nicht, dass der Angeklagte der Täter ist. Ein heimtückischer Mord innerhalb der Familie.«

Ich sacke nicht zusammen, ich weiß, auf welches Urteil er hinauswill. Ich habe es erwartet. Es steht auf des Messers Schneide. Ich lasse mich auch nicht ablenken durch das harte hölzerne Geräusch im Zuschauerraum, als habe jemand den Klappsitz vor die Rückenlehne geschlagen. Es regt mich auch nicht auf, dass der Mann in der Robe nebenbei die Kriminalpolizei vorführt.

Staatsanwalt Haase, der so viele Fälle gemeinsam mit dem Weseler K1 bearbeitet hat, kennt nur die eine Richtung in seinem Plädoyer: ein Mordurteil, lebenslänglich, sogar Sicherheitsverwahrung angesichts besonderer Heimtücke. So kommt es, seine Forderung hallt in der Stille des Gerichtssaals wie ein von der Holzvertäfelung lautstark vervielfältigtes Echo in den Raum. Ich will aufspringen, ihm ein »Nein« entgegenschleudern. Doch ich kann nicht.

Im Zuschauerraum jedoch entsteht nach einer ohnmächtigen Sekunde Raunen und Rufen. Einer sagt: »Der Haase will einen Erfolg, vom Ehrgeiz zerfressen.« Ein anderer stimmt zu.

Über einen solch persönlichen Antrieb habe ich nie nachgedacht. Von den Ambitionen dieses Staatsanwalts habe ich nie gehört. Sie hätten mich nicht interessiert. Mein Verteidiger ist blass geblieben im Vergleich zum Auftritt der Anklage, geradezu abgefallen. Es geht vor Gericht doch um Recht und Gerechtigkeit. Ich glaube an das Gute und an die Wahrheit, die sich durchsetzt. Ich bin naiv, doch bin ich einfach ein zu gutgläubiger Provinzler?

»Lassen Sie mich vorbei.« Eine energische Stimme dringt zu mir durch. Ich blicke auf. Die Hauptkommissarin ist aufgesprungen, dort, woher das hölzerne Geräusch gekommen ist. Karin Krafft heißt sie, sie hat mich fair behandelt in den Verhören. Ihr Gesicht schaut zerfurcht aus, ihr Blick ist steinern. Sie macht eine wegwerfende Geste in Richtung Haase. Ich bin ihr dankbar, dass sie im Zeugenstand ihre Ermittlungsergebnisse kritisch dargestellt hat. Sie will nicht die unfehlbare Superfrau vom K1 in Wesel sein, die schon so viele spektakuläre Fälle durchgestanden hat. Sachlich nennt sie die Punkte, die im Zweifel für den Angeklagten sprechen. Nun drängt sie sich durch die Zuschauerreihen. Nur weg hier.

Ich höre, wie einer sagt: »Die Krafft haut ab. Ein glänzendes, ein schlüssiges Plädoyer, das hat sie nicht verkraftet. Das gibt eine Verurteilung.«

Der Nachbar erwidert: »Das wäre ein Fehlurteil.«

Zwei Meinungen, eine wird sich bei der Beratung des Gerichts durchsetzen müssen. Staatsanwalt Haase hat für die Richtung gesorgt. Karin Krafft hat sich ihre Meinung schon gebildet.

Ich weiß, wie das Urteil heißen wird. Ich, Stefan van de Sandt, ein Vatermörder.

EINS

Stefan van de Sandt lehnte sich an die Wand neben der Stalltür. Er hörte die Unruhe, die zweihundert Schweine bei der Fütterung verursachten. Das Quietschen und Grunzen schwoll zu einer höllischen Lautstärke an, die die automatische Futterstraße übertönte. Er wusste, dass es sinnlos war, den Stall zu betreten, sein Vater würde ihn nicht hören, würde die Augen nicht von seinen Schweinen lassen.

Vadder war bei der täglichen Inspektion, beobachtete gründlich, ob alle Tiere über ausreichenden Appetit verfügten. Der kleinste Hinweis auf ein Unwohlsein wie mangelhafte Futteraufnahme konnte einen riesigen Verlust bedeuten. Es gab Krankheiten, die sich blitzschnell in einem ganzen Bestand ausbreiteten, in einem Landstrich, einer kompletten Region. Schweinebauer Willy van de Sandt und seine Zunft fürchteten die Schweinepest, schauten den wandernden Wildvögeln skeptisch nach, die im Verdacht standen, als Überträger von Erregern zu fungieren, fürchteten die Wildschweine in den nahen Wäldern. Dem Alten entging nichts. Zweihundert Mastschweine, fast schlachtreif, beste Zuchtsauen, ein preisgekürter Eber, da galt es besonders aufmerksam zu sein.

Stefan, sein einziger Sohn, hatte die Schweine nie ausstehen können, verweigerte die Arbeit im Stall, das Ausbringen der Gülle. Schon als Kind hielt er sich die Ohren zu, wenn der Viehhändler die Tiere in den Transporter trieb. Der Alte freute sich über das Geschäft und wartete auf den Nachwuchs, für den sein ganzer Stolz, der Zuchteber Willi, immer wieder willig seinen Samen spendete. Klein-Stefan stand nur wie versteinert an der Stalltür und verzog angeekelt das Gesicht. Jahrelang hatte der alte Viehzüchter geglaubt, alles läge nur daran, dass der Junge ohne seine Mutter aufwachsen musste.

Komisch, was ihm durch den Kopf ging, während drinnen der Tumult abebbte.

Mutter war an einem Aneurysma gestorben, einer geplatzten Ader im Hirn, innerlich verblutet, im Stall, bei den Schweinen, wo der Junge sie fand und zum Aufstehen bewegen wollte. Noch heute, sagte der Alte, höre er ihn in verzweifeltem Ton unablässig rufen: »Mama, steh doch auf. Du musst aufstehen. Mama, steh doch auf …« Vadder hatte ihn am Arm gepackt und auf die Bank neben der Küchentür gesetzt, bevor er den Hausarzt anrief, der gleichzeitig mit einem Rettungswagen eintraf. Wie in Trance hatte Stefan dagesessen, sich nicht von der Stelle gerührt, bis der große schwarze Wagen erschien, zwei dunkel gekleidete Männer eine Kiste auf Rädern aus dem Heck in den Stall rollten und wieder hineinschoben. Erst nachdem das letzte fremde Fahrzeug vom Hof gefahren war, hatte sich der Vater zu seinem Sohn gesetzt, die Kappe in die Hand genommen und nur einen Satz gesagt: »Sie hat uns alleine gelassen.«

Dieser Satz ging Stefan jetzt, fünfundzwanzig Jahre nach ihrem plötzlichen Tod, wieder durch den Kopf. Seine Mutter hatte den Vater und ihn allein gelassen. Sie wäre begeistert gewesen über seine neuesten Vorhaben, die er gemeinsam mit seiner Frau Bine vom Nachbarhof entwickelt hatte.

Der Alte war mit Teil eins seiner Zukunftspläne noch zufrieden gewesen: Stefans Heirat mit seiner Liebsten vor fünf Jahren. Sabine Brömkamp-van de Sandt hieß sie nun. Das sei niederrheinischer Adel, hatte Willy van de Sandt bei der Hochzeit nach der zweiten Flasche Korn zufrieden herumposaunt. Hinter seiner Freude stand der Gedanke, dass ihm früher oder später mit dieser Einheirat auf dem nachbarlichen Gehöft mehr Ackerfläche zum Futteranbau für seine Schweine zur Verfügung stehen würde. In Gedanken baute er am Tag nach der Hochzeit, als der ausgewachsene Kater seinen Kopf wieder verlassen hatte, einen modernen zweiten Schweinestall und prophezeite seinem Zuchteber

Willi weitere vielzählige Nachkommenschaft, während er ihm den Nacken schrubbelte. Statt des eigenen Sohnes lief ein Lohnarbeiter durch den Stall, Georg Brunner half wortkarg, zuverlässig.

Stefan und Bine hatten andere Pläne, nahmen an Fortbildungen teil, ließen die Böden prüfen, stellten künstliche Düngung, chemische Bearbeitung und auch das Ausstreuen von Schweinemist ein, und bevor Willy van de Sandt sich's versah, wurde der verheißungsvolle Nachbarhof umgewandelt in einen Biohof, auf dem die Kinder ökologischen Gemüseanbau betrieben. Grünzeug.

Schließlich eröffneten sie auch noch eine kleine Holzhütte, wie man sie neuerdings an manchen Hofeinfahrten sah, verkauften eigene Produkte an Menschen, die von Fahrrädern abstiegen oder sich aus dicken SUVs schälten. »Bines Bauernlädchen«. Stefan wusste, schon das Schild ließ seinen Vater erschauern. Van de Sandt senior verstand die Welt nicht mehr, wartete insgeheim auf das Scheitern, das der Vater seiner Schwiegertochter milde lächelnd akzeptieren würde. Die Jungen wüssten schon, was sie tun. »Sollen sie machen, was sie wollen, ich habe damit nichts mehr zu schaffen.«

Willy van de Sandt hatte seinen Nachbarn Gisbert Brömkamp bereits vor Jahren für bekloppt erklärt.

Im Stall wurde es ruhiger, Stefan stand in der prallen Sonne, schwitzte, wusste nicht einzuschätzen, ob es an der Hitze oder dem bevorstehenden Gespräch mit seinem Vater lag. »Gespräch« war der falsche Begriff. Er ahnte, dass es in einem Streit enden würde. Bine hatte ihm den Auftrag erteilt, den störrischen Alten zu informieren.

Die Stalltür sprang auf, ein Schwall Mief verfolgte den Landarbeiter Brunner, der fast täglich für ein paar Stunden half und mit knappem Gruß an ihm vorbeilief. Dann erschien der Patriarch, vom Kopf über den prallen Bauch bis zum Fuß ganz und gar der alte Schweinebauer, dem es nur selten gelang, nicht nach seinem Viehbestand zu riechen.

»Stefan, seltener Besuch. Willst du mal wieder die echten Gerüche der Welt schnuppern?«

Der Sohn wich der entgegengestreckten Hand des Vaters aus. »Ich muss mit dir reden.«

»Worüber? Hast du sie endlich geschwängert?«

Damit hätte er rechnen müssen, es traf ihn unvermittelt. »Kannst du an was anderes denken als an Enkelkinder?«

»Wat isset dann?«

»Wir haben Tiere gekauft, die werden morgen hergebracht. Bine meint, du sollst Bescheid wissen.«

Stefan folgte dem Alten, der eilig und von der täglichen Arbeit gekrümmt in Richtung Wohnhaus lief. Mitten auf dem Hof fragte er seinen Sohn im üblichen niederrheinischen Dialog kurz und knapp: »Und?«

»Wie, und?«

»Ja, wat wird et?«

»Was meinst du? Was wir gekauft haben?«

»Ja, nu sachet endlich, werden schon keine Elefanten sein.«

Noch war der Alte in Bewegung, noch lief er auf die Küche zu. Stefan schluckte einmal, räusperte sich, spuckte die Worte auf den gepflasterten Untergrund.

»Morgen werden vier Alpakas bei uns einziehen.«

Willy van de Sandt blieb stehen. »Wat?«

»Bine will Alpakas.«

Der Alte stand sehr schnell ganz nah vor dem Jungen, der Schweinegeruch stieg ihm in die Nase. Die Antwort war begleitet von kleinen, zornig fliegenden Spucketröpfchen, denen es geschickt auszuweichen galt.

»Wat willst du mit diesen langhaarigen Viechern? Die fressen dein Gras, die brauchen Platz im Stall, die kannst du nicht essen, und die legen keine Eier. Alpakas! Bine will Alpakas, und du bestellst gleich ein Quartett. Wat sollen die Nachbarn sagen? Alpaka-Hippies – so nützlich wie Meerschweinchen. Obwohl man die ja noch essen könnte. Wat will deine Frau mit diesen glotzäugigen Vierbeinern?«

»Eine Zucht aufbauen. Alpakas und Alpakawolle vom Brömkampshof.«

Der Alte kochte und sah keinerlei Grund, dies vor seinem Sohn zu verbergen. »So eine hirnverbrannte Idee! Alpakahof. Tzz, ›Bines Bauernlädchen‹ ist schon so eine Spinnerei, oder könnt ihr inzwischen davon leben? Und sich jetzt auch noch statt wat richtig Lukratives mehr Arbeit an et Bein zu binden – ihr könnt doch nicht ganz richtig im Kopp sein.«

Stefan schnaubte, ballte seine Fäuste, ging ein paar Schritte rückwärts, wandte sich ab und lief. Er ließ seinen Vater stehen, drehte sich nach einigen Schritten noch einmal um. So wütend war er selten auf den Alten. Er erschrak über die Lautstärke seiner Stimme. »Immer musst du alles kritisieren, regelrecht in den Boden stampfen. Du bist so … so verbohrt, echt!«

Er kam wieder drei Schritte auf seinen Vater zu, deutete mit dem Zeigefinger auf ihn.

»Alle Menschen lieben Alpakas! Alle außer dir. Dieser possierliche Blick aus den großen, dunklen Augen mit den langen Wimpern dringt in jedes Herz, es sei denn, es ist so versteinert wie deins. Das sind friedfertige Pflanzenfresser. Sie liefern Wolle, besonderen, teuren Rohstoff für hochwertige Kleidung. Zugegeben, sie stammen aus Südamerika, aus den Anden, es gibt riesige Herden in Peru, aber unsere kommen aus einer hiesigen Zucht in Ringenberg.«

Stefan sah seinem Vater die Unbeugsamkeit an, wollte jedoch nicht weichen, dieses Mal nicht.

»Und zum Glück ist es kein Muss, Tiere zu essen. Seit ich denken kann, dreht sich in deinem Kopf alles um Schnitzel, Filet und Schweinshaxen, du denkst in Kilopreisen und Reingewinn. Weißt du was? Du kotzt mich einfach nur an.«

Stefan wandte sich grußlos ab, stieg auf sein Fahrrad und trat in die Pedale. Daheim gab es Besseres zu tun, als sich von einem Sturkopp beschimpfen zu lassen.

Der Alte schaute seinem Sprössling kopfschüttelnd nach, bevor er vor der Küchentür die Gummistiefel von den Füßen streifte.

»Alpakas! Gibbet in keiner Fleischtheke.«

***

Es war der heißeste Sommer aller Zeiten. Egal, wen man fragte, jeder bestätigte das Ungewöhnliche, für die niederrheinischen Breiten Traumatische, beklagte die unerträgliche Hitze, verbunden mit der permanenten Trockenheit. Wälder und Felder gingen in Flammen auf, das Getreide mickerte auf rissigen Böden. Der historische Tiefststand des Rheinpegels ließ die Binnenschiffer nur halbe Ladungen transportieren und fand sich, mit Foto, als Nachrichtenzeile in der New York Times wieder. Die lokalen Zeitungen waren sowieso voll vom Thema Dürre. Wochenlang.

Stefan van de Sandt stand ungläubig vor dem summenden Stromzähler an der Kellerwand und beobachtete, wie sich das gezahnte Rad unaufhörlich drehte, die Zahlen unbarmherzig dokumentierten, was sich auf der Rechnung wiederfinden würde. Diese Saison entwickelte sich zum Desaster. Das neue Bauernlädchen würde ihm und seiner Frau finanziell das Genick brechen. Er musste einen kühlen Kopf bewahren. Trotz der besorgniserregenden Aussichten, denn eine Wetteränderung war nicht in Sicht.

Er mochte den Keller des alten Bauernhauses nicht verlassen. Es war kühl hier unten, noch setzte sich das alte Gemäuer erfolgreich gegen die Hitze zur Wehr. Hier roch es immer würzig, erdig. In den Vorratsräumen waren die Böden herausgebrochen und gegen gestampfte lehmige Erde ersetzt worden, so entstand ein natürlich kühles Klima zur Lagerung diverser Gemüse und Obstsorten quer durch ein Gartenjahr. Die elektrische Kühlung war den schnell verderblichen Waren vorbehalten, Käse, Joghurt, Butter, Wurst, Milch, die sie seit einem Jahr mit ins Programm genommen hatten. Der Stromverbrauch schoss wegen der nötigen Bewässerung aller Pflanzen rapide in die Höhe. Da half es wenig, am frühen Morgen zu gießen, denn bis zum Nachmittag lechzte alles wieder nach Feuchtigkeit.

Wer tadelloses Gemüse und Beeren mit Gehalt ernten wollte, der musste das kostbare Nass aus der Tiefe an die Oberfläche pumpen und bodennah versickern lassen, damit es die Wurzeln erreichte, statt umgehend wieder zu verdunsten. Immerhin stand das Grundwasser noch hoch genug. Dieser verheerende heißeste Sommer, den Stefan in seinen knapp dreißig Jahren erlebt hatte, stellte eine Bewährungsprobe für den ökologischen Gemüseanbau dar. Noch kamen zumindest die Stammkunden regelmäßig in das Lädchen und deckten sich mit frisch geernteten Produkten ein.

Draußen schrie alles nach Wasser, Stefan konnte seinen Blick nicht vom Stromzähler lassen. Sie würden ihn hochstufen nach diesem Verbrauch. Hätte er sich vor zwei Jahren vehement durchgesetzt, würde eine moderne Photovoltaikanlage auf dem Dach des alten Stalles für eigenen Strom sorgen. Hätte, hätte, Fahrradkette. Damals reichte der Kreditrahmen nicht, und weder sein Vater noch der Schwiegervater waren zu finanzieller Zuwendung zu bewegen, von einer Beteiligung ganz zu schweigen. Dass Gisbert Brömkamp der Umwandlung seines Hofes in einen Ökohof zugestimmt hatte, grenzte schon an ein Wunder. Es war nicht das einzige Hindernis, das sie mit Bravour gemeistert hatten.

Wie oft er seinen eigenen Vater daran gehindert hatte, bei schlecht stehendem Wind seine Felder zu spritzen, konnte er nicht mehr zählen. An manchen Tagen hatte er sich schon morgens in Lauerstellung begeben und den Hof beobachtet, der in Sichtweite lag. Er wusste ja, wann der Alte Herbizide, Pestizide, Kunstdünger und auch mal Gülle zur verbotenen Zeit ausfahren würde, schließlich hatte er sich in seiner Kindheit und Jugend ausgiebig damit beschäftigt, sich erfolgreich um diese Aufgaben herumzudrücken. Jetzt war es ernst. Es mussten die Nachweise für unbelastete Böden erbracht werden. Eine leichte Kontamination der eigenen Ernte, von der regelmäßige Proben eingereicht und überprüft wurden, hätte seine Bioproduktion wieder um Jahre zurückgeworfen.

Oft hatten die Männer sich wutschnaubend gegenübergestanden, Stefan breitbeinig mit verschränkten Armen auf dem Acker und sein Vater auf dem Traktor mit den ausgefahrenen Sprüharmen, sich nicht von der Stelle gerührt, minutenlang, auch stundenlang angemault, angeschrien, gewütet, bis van de Sandt senior unverrichteter Dinge den Rückwärtsgang einlegte.

Auf dem Ökohof lief es ruhiger, aber keineswegs besser. Der alte Brömkamp war nicht überzeugt, nur zu alt und zu müde, um sich den Vorhaben seiner Tochter zu widersetzen. Er hatte es schwer gehabt im Schützenverein, bei seinem Stammtisch, mit dem Nachbarn, Stefans Vater. Sie hatten ihn oft genug auf die Schüppe genommen, als der Verkauf von zertifiziertem Demeter-Gemüse in dem hölzernen Blockhaus startete und Sabine sich mit dem Namen des Unternehmens stolz in der Öffentlichkeit präsentierte. Sie hatte die regionale Presse eingeladen, posierte für die in der Region bekannte Lokalreporterin Hanne van Hagen gemeinsam mit ihrem Mann vor dem neckisch mit Ringelblumen bemalten Schild, ließ das gesamte Vorgehen reichlich ablichten, als ein Freund der beiden es am Giebel des Blockhauses befestigte. »Bines Bauernlädchen«, darunter: »Eigene Ernte aus ökologischem Anbau«. Anschließend gab es wohlwollende Berichte, eine Reporterin war extra auf den Hof gekommen und hatte sich für nachhaltiges Landwirtschaften begeistert, gleichzeitig wurde die Einweihung auf der extra angelegten Website im Internet präsentiert. Dort priesen sie auch das frisch geerntete Saisongemüse an. Man konnte Wochenkisten bestellen, in denen eine abwechslungsreiche Zusammenstellung verschiedener Gemüse für sieben Tage bis vor die Haustür geliefert wurde.

Brömkamps Schützenbrüder hatten ihn auf einem der Fotos im Hintergrund entdeckt und sich darüber lustig gemacht – er sei nur noch eine kleine Spielfigur auf seinem Hof, kein König, ein Bauer. Eine Aktion, die nachhaltig für schlechtes Klima zwischen den Jungen und dem Alten gesorgt hatte. Seit dieser Schmach hatte sich der Schwiegervater als Gegner des Lebensprojektes der jungen Leute direkt Willy van de Sandt angeschlossen, der keine Gelegenheit ausließ, sich lauthals über den Quatsch auszulassen, den die Kinder veranstalteten. Seinen Hof würden sie nicht kriegen, hatte er prophezeit, eher würde er alles verscherbeln und auf den Kopf hauen. Wer seine Schweinezucht und den konventionellen Ackerbau ablehnte, den stufte er wahlweise als Scharlatan oder als Feind ein. Keinen Quadratzentimeter Land würden sie von ihm bekommen.

Schluss, aus, keine Diskussion. Den Spruch kannte Stefan noch von früher, nur verschaffte der zu hohe Blutdruck, gekoppelt mit regelmäßigem Alkoholkonsum, seinem Vater jetzt einen bedenklich wirkenden hochroten Kopf, sobald er bei »keine Diskussion« angelangt war. Stefan tat das, was früher immer geholfen hatte, wenn er mit seinem Vater unterschiedlicher Meinung war: Er ließ geduldig Gras über die Sache wachsen.

Bei dem Gedanken stieß er jetzt die Luft heftig aus, rieb sich die Hände und bemerkte, dass der Aufenthalt in diesen wohltemperierten Gemäuern ihm kühle Finger beschert hatte. Auf die Wirksamkeit dieser Erdkühlung konnte er sich verlassen. Was hatte Gisbert Brömkamp dagegen gezetert!

Sein Vater ging ihm nicht aus dem Kopf. Stefan war maßlos enttäuscht von ihm. Erst vor Tagen war er wutentbrannt von dessen Hof gefahren, weil der Dickschädel ihn immer wieder spüren ließ, dass er nichts, aber auch gar nichts von neuen Ideen hielt. Dabei war der Zeitpunkt, sich auf das Altenteil zurückzuziehen, eigentlich schon überfällig. Es würde lange brauchen, die vom Vater bewirtschafteten Flächen für ökologischen Anbau nutzen zu können. In kühnsten Träumen dachten er und Bine bereits über eine Erweiterung ihres Angebots nach, sie könnten auf den Wochenmärkten verkaufen und an die großen Bioläden liefern. Aber nein, mit stoischem Trotz hielt van de Sandt senior an seiner Meinung und seinem Grund und Boden fest, obwohl es Tage gab, an denen er mehr in den Stall kroch, als aufrecht zu gehen. Nur nichts dem verqueren Sohn überlassen!

Stefan hörte die Kellertür, die sich über ihm öffnete, das konnte nur Bine sein.

»Bist du da unten?«

»Ja, und ich habe angenehm kalte Finger. Wir sollten ernsthaft darüber nachdenken, ob wir nicht hier unten schlafen, bis der Himmel uns nicht mehr zu Dörrfleisch verarbeiten will.«

Bine kam die halbe Treppe herunter, hockte sich auf eine Stufe, konnte ihn so sehen.

»Lass uns nachher darüber reden. Sie sind da, Stefan, im Anhänger, ich habe die Alpakas durch die Ritzen lugen sehen, sie sind zauberhaft. Ich werde den Fahrer bitten, gleich Fotos mit meinem Smartphone zu machen. Das Quartett muss mit uns beiden zusammen umgehend ins Internet. Und dann lassen wir unsere Kunden nach Namen suchen.«

Stefan löste sich vom Surren des Zählers und kam auf sie zu. »Das würde ich mir an deiner Stelle sehr gut überlegen. Stell dir vor, die Mehrheit spricht sich für ›Schröder‹ oder ›Caligula‹ aus, du würdest Höllenqualen leiden.«

Sie musste herzhaft lachen, das geschah viel zu selten.

»Da hast du recht, das wäre furchtbar. Kommst du?«

»In einer Minute.«

Er schaute ihr nach, wie sie mit Leichtigkeit, vergleichbar mit der eines Kindes, die Treppe hinaufflog. Bines Traum, die Produktion ökologischer Alpakawolle, würde Jahre brauchen, bis er sich amortisierte. Aber seine Frau war so unglaublich begeisterungsfähig, da konnte er sich nicht entziehen. Zumal es mit ihrer ersehnten Schwangerschaft einfach nicht klappte.

Da gingen schon mal andere Wünsche in Erfüllung, die ansonsten der harten Prüfung konträrer Meinungen ausgesetzt wären.

Von draußen drang ein Geräusch zu ihm, das ihm wohlbekannt war. Der alte Benz seines Vaters rollte auf den Hof. Oh Gott, Bine mit den neuen Tieren und beiden Vätern allein da oben, das konnte nicht gut gehen. Jetzt hastete er die Treppe hinauf, nicht ganz so leichtfüßig wie seine Frau, dennoch mit beachtlicher Geschwindigkeit.

***

Karin Krafft hatte eine Woche freigenommen. Ihr Überstundenkonto quoll über, und die Gelegenheit zum Ausgleich bot sich an, da ihr Sohn aus erster Ehe überraschend seine Rückkehr aus Myanmar angekündigt hatte. Moritz hatte seinen langfristigen Aufenthalt mit Tätigkeiten für unterschiedliche Delegationen der UNESCO abgebrochen, um in Deutschland ein Studium zu beginnen, was seine Mutter sehr begrüßte. Am Vortag hatten ihr Ehemann Maarten und sie im Internet auf die Flugpläne des Frankfurter Flughafens geschaut, die Maschine aus Singapur würde pünktlich landen, und sie ließen es sich nicht nehmen, ihn abzuholen. Nun war er zurück, bevor sie ihn in Myanmar besuchen konnten.

In der Ankunftshalle des Airports war ihnen ein strahlender, braun gebrannter junger Mann entgegengekommen, ordentlich frisiert, bekleidet mit einem kurzärmeligen Hemd und Longhi, dem traditionellen Wickelrock der Myanmari. An den Füßen Flip-Flops, die ebenfalls ein Großteil der dortigen Bevölkerung trug. »Er wirkt so fremd, so erwachsen«, hatte Karin Maarten zugeflüstert, als ihr schon die Freudentränen über die Wangen liefen. Maarten schaute gerührt, sie rannte ihrem Sohn entgegen, und sie umarmten sich sekundenlang. Karins hellen Begrüßungs-Singsang kannte Maarten wohl noch nicht. Auch er wischte sich angesichts solcher Wiedersehensfreude ein Tränchen aus dem Gesicht, bevor auch er die Chance bekam, den Heimkehrer zu begrüßen.

Den Großteil der Rückfahrt nach Xanten und des folgenden Tages hatte Moritz verschlafen, nach ausgiebigem Hallo und dem Verteilen seiner Mitbringsel saßen sie nun entspannt lachend um den Frühstückstisch, an dem er seine zweite Reismahlzeit verschlang.

»Im Flieger gab es nur europäisches Essen, völlig ungewohnt.«

»Nur falls es dir entgangen ist, Sohn: Du bist wieder in Europa«, bemerkte Karin.

Maarten lachte und klopfte Moritz nahezu väterlich auf die Schulter. »Ich finde deine Entscheidung zu studieren einfach toll, und du glaubst gar nicht, wie erleichtert deine Mutter darüber ist, dass du wieder im Lande bist. Unsere Telefonrechnung wird drastisch sinken.«

Moritz sprang auf. »Apropos Telefon, ich muss mal eben mit einem alten Kumpel sprechen, habe ich fast vergessen, bin gleich zurück.«

Maarten tätschelte Karins Hand über den Tisch hinweg. Sie war erleichtert, und er hatte sie wohl lange nicht mehr so entspannt gesehen.

Aus dem Garten drangen juchzende Geräusche zu ihnen. Karins und Maartens Tochter Hannah sprang mit großem Vergnügen in den Pool, schaute immer wieder zu ihnen, suchte Moritz mit den Augen, den großen Bruder. Sie hatte sich eher einen Jugendlichen vorgestellt, keinen erwachsenen Mann, ihn dennoch auf Anhieb neu ins Herz geschlossen.

Moritz kam mit dem Telefon in die Küche, jeder konnte hören, dass etwas klargehe und Moritz sich freue, am Nachmittag vorbeischauen würde und, sein Gesprächspartner hieß Stefan, er seine Bine grüßen solle.

Die Hauptkommissarin in Karin kombinierte. »Sag mal, war das dein alter Freund Stefan aus Xantener Zeiten?«

»Ja, richtig.«

»War der nicht ein paar Jahre älter als du? Der Junge, der immer einen Hauch von Schweinestallgeruch reinbrachte, wenn er zu uns kam?«

Moritz setzte sich wieder zu ihnen und verschlang den Rest seiner Reismahlzeit. »Ja, wir haben uns gut verstanden. Der hat nichts mehr mit Schweinen zu tun, die Zucht gehört alleine seinem Vater. Er hat die Sabine Brömkamp geheiratet, und die beiden betreiben nun einen Bioladen auf ihrem Hof. Vielleicht kennt ihr ja ›Bines Bauernlädchen‹, hinten in Alpen-Drüpt. Die bauen das ganze Gemüse selber an, das sie dort verkaufen, mit Demeter-Zertifizierung.«

In Karins Kopf rumorte es. Der Stefan van de Sandt. Sie hatte ihn als stillen, höflichen Jungen in Erinnerung, dem es im Hause Krafft immer gefiel, der sich einfügte wie ein zweiter Sohn, der das Miteinander genoss, als gäbe es bei ihm kein Familienleben. Aber in den letzten Jahren am Niederrhein hatte Moritz sich kaum noch mit ihm verabredet. Oder hatte sie da etwas Entscheidendes nicht mitbekommen? Waren sie immer noch dicke Freunde?

Moritz bemerkte ihre Nachdenklichkeit und lachte. »Du hast dich nicht verändert, dir steht immer noch das Grübeln auf die Stirn geschrieben.«

»Dann weißt du ja schon, welche Fragen ich dir stellen möchte.«

Moritz trank seinen Tee aus und richtete sich kerzengerade auf. »Also ich habe bereits von Myanmar aus Kontakt zu Stefan aufgenommen, und nun ist alles in trockenen Tüchern.«

Er schien es zu genießen, seine Mutter ein wenig zappeln zu lassen.

»Ich fange mal von vorne an. Ihr wisst ja, dass ich studieren möchte.«

Karin grinste breit und flachste: »Ich finde das sehr löblich und kann deinen Entschluss nur unterstützen. Hauptsache, du planst keine Karriere bei der Polizei. Du kennst das, ein Haufen Überstunden, grenzwertige Belastungen, durchgeknallte

Kollegen, und man braucht einen verständnisvollen Partner, der auch bereit ist, immer wieder Alleinerzieher zu sein.«

Moritz lächelte sie an, seine Stimme wurde jedoch ernst. »Ich plane ein Bachelor-Fernstudium zum Agraringenieur mit den Schwerpunkten auf Ausbildung und Beratung sowie Qualitätssicherung, Handel und Transport.«

Maarten schaute erstaunt von seiner Kaffeetasse auf. »Das sind klare Ziele, Respekt. Was hast du mit dem Abschluss vor?«

Moritz saß da in seinem Longhi, mit dem es ihm in der ungewöhnlichen Hitze daheim sehr gut ging, sie war vergleichbar mit dem feuchtheißen Klima in Asien. Er leerte seinen Teller bis auf das letzte Reiskorn und schenkte sich grünen Tee nach.

»Ich werde damit zurückgehen nach Myanmar. Es gibt noch viel zu tun in diesem Land, das ist mir in der ganzen Zeit bewusst geworden. Und ich habe Kay Kay versprochen, ihr und ihrem Dorf im Goldenen Dreieck auf die Beine zu helfen.«

Karin drückte sich stumm an die Stuhllehne, Maarten sprach aus, was ihr durch den Kopf schwirrte.

»Du gehst wieder zurück?«

»Ja, das habe ich vor. Ich lerne auch schon fleißig Burmesisch. Es ist so ein wunderbares Land, die Menschen, die Kultur, die Religion, alles begeistert mich. Da schlummern ungeahnte Möglichkeiten für die Bevölkerung, man muss sie einfach unterstützen.«

Maarten zog seine Stirn kraus. »Und das ausgerechnet in der Grenzregion zu Thailand und Laos? Im Goldenen Dreieck …«

»Ganz genau. Und jetzt komm du als Niederländer mir bitte nicht mit althergebrachten Bildern von Opiumhöhlen und Drogenhandel. In Kay Kays Dorf geht es nicht um Schlafmohn, sondern um den Anbau von lebensnotwendigen Produkten wie Reis, diversen Früchten, grünem Tee, um die Ansiedlung von Nutztieren. Es geht um Landwirtschaft und Nutzung von Ressourcen.«

Jetzt fand Karin aus ihrer perplexen Stummheit zurück. »Und wer ist Kay Kay?«

Moritz zog sein Smartphone aus der Hemdtasche und brauchte nur einen kurzen Moment, um ihnen ein Foto auf dem Display zu präsentieren. Eine hübsche junge Frau mit langem dunklem Haar und braunen Augen lächelte ihnen entgegen.

»Das ist Kay Kay. Sie studiert gerade Elektrotechnik und wird fast zum gleichen Zeitpunkt fertig sein wie ich. Sie ist, also wir sind, ja, so was wie verlobt. Ich wollte es euch persönlich sagen, nicht über WhatsApp oder Skype.«

Karin schoss die Erwiderung heraus. »Ach! Deiner ganzen Planung liegen keine sachlichen Entscheidungen zugrunde, sondern du bist über beide Ohren verliebt.«

Es klang schärfer als gewollt, sie nahm sich zurück, es lag ihr noch auf der Zunge zu sagen, diese Spinnerei würde sich mit der Zeit legen, doch sie wechselte zur inneren Abkühlung ungeschickt das Thema. »Und was hat das alles mit Stefan van de Sandt zu tun?«

Moritz musste unwillkürlich schmunzeln und schüttelte den Kopf. »Im Abbügeln von unliebsamen Themen warst du schon immer gut. Mütterliche Freude sieht anders aus, aber um deine Frage zu beantworten: Mein Kontakt zu Stefan hat mit meiner Zukunft zu tun, ich habe mir das gut überlegt. Ich brauche einen Praktikumsplatz. In einer Woche fange ich dort an, mit fachmännischer Anleitung und einem festen kleinen Einkommen. Ich bin bescheiden geworden in Myanmar, man kommt dort mit wenig aus. Wenn ich hier wohnen bleiben könnte, das würde mir sehr entgegenkommen.«

Wie auf Knopfdruck erschien seine kleine Halbschwester Hannah in der Küche, bewirkte eine deutliche Deeskalation der angespannten Lage und lenkte die Erwachsenen ab, weil sie triefnass aus dem Pool kam. Hinter ihr trottete Woodstock, der alte Bouvier, ebenso eine feuchte Spur hinter sich herziehend, ins Haus. Der Hund wurde sofort wieder nach draußen geschickt.

Hannah stand in einer Pfütze. »Ich habe vergessen, ein Handtuch mitzunehmen.«

»Nix passiert, Karin«, bremste Maarten sie aus, reichte Hannah eines der Tücher, die auf der Eckbank gestapelt lagen, und meinte, der Fußboden sei in kurzer Zeit wieder trocken.

Hannah quetschte sich, in das Tuch gehüllt, neben Moritz auf die Eckbank, sie war begeistert von ihrem großen Bruder und betrachtete ihn immer wieder sekundenlang lächelnd wie ein Wunder. Sie hätte ihn sogar in ihrem Zimmer schlafen lassen, was als außergewöhnliche Ehre galt. Nur dass er schon zum Frühstück Reis aß und einen Wickelrock trug, fand sie befremdlich.

»Komm doch mit mir raus, das Wasser ist echt erfrischend.«

Moritz versprach, gleich nachzukommen. »Erst habe ich noch was mit Mama und Maarten zu besprechen.«

Als Hannah draußen wieder mit einem lauten Juchzer in den kleinen Pool sprang, gefolgt von dem Hund, stand Karin abrupt auf, nahm entgegen ihren Prinzipien einen langen Schluck aus einer Mineralwasserflasche.

»Entschuldige, Moritz, aber ich muss mich erst an den Gedanken gewöhnen, dass mein Sohn ernsthaft plant, in einem Land zu leben, in dem es zu gewalttätigen Auseinandersetzungen zwischen verschiedenen Volksgruppen kommt und wo es vielerorts an Infrastruktur mangelt. Wie weit ist das nächste Krankenhaus von Kay Kays Dorf entfernt? Und wie kommt man im Notfall dorthin?«

Moritz schien für einen Moment zwischen Sachlichkeit und Emotionalität zu schwanken, entschied sich für eine höfliche Erwiderung.

»Kriminalität, rechter, linker, islamistischer Terror sind in europäischen Köpfen und Städten präsenter als in buddhistischen. Und in den wenigen Fällen, in denen es notwendig ist, spielt es keine Rolle, wie weit der Weg zum Krankenhaus ist. Dort gibt es nicht die Vielzahl an Herzinfarkten, Schlaganfällen, Diabetes, die hier schnell und effektiv behandelt werden

müssen. Man lebt einfach und gesund. Ich werde auf mich achtgeben, so wie in den letzten Jahren.«

Ein Moment des Schweigens entstand.

»Das ist mein Weg, Mutter.«

***

Der Fahrer hatte den Anhänger vor das Tor des neuen Gatters rangiert, Bine hielt es geöffnet, und nun liefen die vier Kamele von der Rampe in die trockene Wiese, schauten sich um, blieben dicht beieinander, suchten den Schatten des alten hohen Kirschbaums. Ein schöner Anblick, zwei schwarze Stuten, eine cremefarben, eine braun, lange Hälse, neugierige Augen unter dichten Ponys, flinke Beine.

Reporterin Hanne van Hagen kam in ihrem Kleinwagen auf den Hof geflitzt. Sie bremste hart ab, ließ so eine Staubwolke in die flirrende Luft steigen. Zielbewusst und immer in Eile griff sie nach ihrer Kamera. Die Alpakas auf der Weide staksten noch unsicher in der ungewohnten Umgebung, doch blickten sie schon aufgeweckt und vorwitzig.

»Was Neues für Bines Lädchen, wie schön. Leser mögen Tiergeschichten, diese, diese … wie heißen die Viecher noch? … liefern Bilder, die zu Herzen gehen, wunderbar«, rief sie, fotografierte, griff sich dann Block und Stift und schickte sich an, Bine zu befragen. Hanne van Hagen liebte Tiere, hasste Lokalpolitik, über die sie trotzdem schreiben musste, aber am liebsten war sie Polizeireporterin auch für krasse Verbrechen. Hier allerdings war kriminellenfreie heile Welt, auch das hatte etwas.

Drei Kunden, die gerade auf den Hof gefahren waren, kamen neugierig an den Zaun gelaufen.

»Sind das Lamas?«

»Die hier sind viel kleiner, das sind Alpakas. Ob die auch spucken?«

»Alpaka-Wanderungen am Niederrhein, das stelle ich mir echt toll vor.«

»Wie süß, ich hätte auch gerne so eins.«

Bine hatte sich auf derlei Fragen vorbereitet und antwortete höflich und mit Stolz, das Ursprungsland der domestizierten Kamelart namens Alpaka sei das Hochland von Peru. Dort gebe es große Herden zur Gewinnung feinster Wolle. In Europa habe das Produkt inzwischen einen hohen Marktwert, die Qualität würde nach jeder Schur in Australien überprüft, weil man sich dort traditionell auf Wolle verstehe, und ab jetzt seien die vier hier daheim.

Hanne von Hagen schrieb eifrig mit.

Bine schmunzelte. »Und sie spucken nur in arger Bedrängnis oder bei Rangkämpfen, also eher selten. Doch wenn, wird das eine feuchte Angelegenheit.«

»Muss ich nicht haben«, sagte Hanne von Hagen mit einem Unterton, der einen gewissen Ekel verriet.

Das Gezeter aus dem Hintergrund holte Stefan bei seinem faszinierten Blick auf die Tiere ein. Die krächzende Stimme seines Vaters übertönte den leicht stotternden Motor seines Wagens. Nach über dreihunderttausend Kilometern lief die Maschine nicht mehr rund. Wegen Schwierigkeiten beim Starten ließ van de Sandt den Motor bei kürzeren Stopps einfach laufen. Das konnte schon mal eine Stunde sein oder auch zwei.

»Die gehören hier nich hin! Wat en Blödsinn.«

Stefan konnte sich kaum bremsen. »Mach den Motor aus, alter Mann, du verpestest hier die Luft.«

»Dat is meine Sache.«

Eine Vorlage für Stefan, der konterte: »Und die Alpakas sind unsere Sache.«

Gisbert Brömkamp stieg wie immer gern ins Lamentieren ein. »Und umsonst waren die Viecher bestimmt nich. Dat hat Sabine von ihrer Mutter, die konnt auch Geld verplempern für jeden Scheiß.«

Er öffnete eine Flasche Korn und füllte zwei Pinnekes, offenbar mussten die beiden alten Männer das Elend, das sich vor ihren Augen auftat, gründlich begießen. »Schafe hätten et auch getan, aber nee, et müssen so neuartige Modeviecher werden.«

Bine war die Enttäuschung anzusehen, sie hatte damit gerechnet, dass der Charme der Tiere zumindest ihren Vater überzeugen würde. Und dieses Theater spielte sich auch noch vor Kundschaft und Presse ab, wie peinlich. Gut, dass die Reporterin gerade aufbrach.

Stefan sah Bine mit energischen Schritten zu den Männern laufen. Es fiel ihr nicht leicht, ihre Stimme zu dämpfen. »Ihr verbohrten Sturköpfe! Wenn sie euch nicht gefallen, dann schreit es doch wenigstens nicht in die Gegend. Da stehen Kunden, und die sind ebenso begeistert wie Stefan und ich.«

Ihr Vater schaute sie abschätzig an. »Dem einen sin Uhl is dem andern sin Nachtigall. Mir gefallen se nich, die sind nich von hier, und ich lass mir auf meinem Hof nich den Mund verbieten! Und der Willy braucht auch vor lauter Unverständnis erst mal en Klaren, wa, Willy?«

Die Pinnekes knallten aneinander. »Hopp, hopp, in de Kopp.«

Bine ließ sie stehen und kam zurück zu Stefan gelaufen, hatte Tränen in den Augen vor Wut und wusste nicht, wohin damit. In der Nähe standen noch immer die Kunden, mit leuchtenden Augen und einem breiten Lächeln versuchten sie, den Disput in ihrem Rücken zu ignorieren. Man mischt sich nicht ein in familiäre Angelegenheiten am Niederrhein.

Und dann geschah, was dem Paar den tiefsten Stich versetzte, immer schön in der offenen Wunde stochern, das konnten die beiden Stinkstiefel. Brömkamp stieß erneut mit van de Sandt an und verkündete für alle gut vernehmbar: »Wenn dein Stefan die Sabine endlich schwängern tät, dann bräuchte se nich so 'n weichgespültes Viehzeug.«

Einer ging noch. Van de Sandt ließ das nicht auf seiner Genschiene sitzen.

»Wenn deine Sabine et nich packt, dann wird et hier in Zukunft von so fremdartigem Zeugs nur so wimmeln, quasi als Ersatz.«

Stefan hielt Bine fest im Arm, ganz fest, spürte ihr Beben, zitterte selbst, schaffte es kaum, sich zurückzuhalten, schluckte, räusperte sich, flüsterte. »Ich hoffe inständig, dass sich dieses Problem altersbedingt möglichst schnell von selber löst.«

Bine atmete tief ein und aus, mehrmals, wurde langsam ruhiger. »Wenn du da mal nicht völlig danebenliegst. Die beiden sind in Alkohol eingelegt, die halten ewig«, unkte sie.

»Die sind so rücksichtslos ...«

»... und gemein. Lange halte ich das nicht mehr aus.«

In Stefan brodelte es, verborgen vor der Kundschaft und vor den beiden Alten, die in der kurzen Zeit bereits die halbe Flasche geleert hatten. Er schaute zu ihnen hinüber, dann hauchte er den Satz in Bines Ohr: »Irgendwann bringe ich die beiden um.«

»Sag doch nicht so was.«

Hanne von Hagen war zufrieden mit der Zeitungsgeschichte. Sie ahnte nicht, dass sie sich unter ganz anderen Umständen mit dem Ort, an dem die Alpakas wohnen, beschäftigen würde. Bald, in nicht ferner Zukunft, würde sie wiederkommen. Als Polizeireporterin.

ZWEI

»Mia, du wirst auch immer fetter. Du machst dem Mastvieh noch Konkurrenz.«

Maria Calvers schaute sich um. Willy van de Sandt schlurfte in die Küche, er sah furchtbar aus, verschlafen, das Kopfkissen hatte bizarre Falten in seine Wange gegraben, die wenigen Haare standen auf Sturm, Hemd und Hose hatte er bestimmt seit ihrem letzten Besuch nicht gewechselt, und am Vortag musste es reichlich Alkohol gegeben haben. Er stank nach Schwein und altem Mann, und es war nicht auszumachen, welche Geruchsnote überwog.

»Und du wirst immer schlampiger. Schau dich an. Ab ins Bad und zieh dir was anderes an. Ich habe doch beim letzten Mal die frische Wäsche in deinen Schrank gelegt.«

»Erst mal einen Kaffee.«

»Dann mach ich schon mal das Wohnzimmer.«

Willy hockte sich breitbeinig auf den wackeligen Küchenstuhl, der zwischen Anrichte und Tisch stand, genau im Griffradius von Tasse, Kaffeekanne und Tischplatte. Aus dieser Position heraus schaffte er es mit letzter Kraft, sich vorzubeugen und Mia im Vorübergehen einen Klatscher auf ihr ausladendes Gesäß zu geben. Sie kicherte kurz, er grunzte und hustete gleich darauf ausgiebig die Reste der Nacht aus seinen Bronchien.

So lief das zwischen ihnen, seit Willys Frau gestorben war. Seit fast zwanzig Jahren also. Mia, selbst alleinstehend, nie verheiratet gewesen, war nach zwei tiefen Enttäuschungen vorsichtig mit den Männern. Diesen hier, den Willy van de Sandt, den hätte sie schon gern gehabt. Eine gute Partie.

Sie machte ihm zweimal in der Woche den Haushalt, zu einem Stundensatz, der sich seit Einführung des Euro nicht verändert hatte. Das war ihr egal. Sie sah sich als die geheime

Frau im Hause van de Sandt, träumte davon, dass er eines Tages ihre Hand ergriff, sie einfach festhielt und fragte, ob sie nicht zu ihm auf den Hof ziehen wollte. Nein, er würde sie nicht fragen, er würde es bestimmen, so wie er alles bestimmte. »Mia, du ziehst hier innet Haus. Schluss, aus, keine Diskussion.«

Er war einfach zu schüchtern, und insgeheim wartete sie auf seine kleine Frivolität, genoss es, dass er ihr auf den Po klatschte, stellte sich vor, was er noch mit ihr machen würde, wie er sie auf seinen Schoß zog, seine Hände zupackten, ach, dieses Bild von einem Mann. Sie ging extra nah an ihm vorbei, einmal bei jedem Putzeinsatz. Ohne sie würde er verkommen.

Damals hatte es schlimm ausgesehen im Haus und rundherum, nachdem er plötzlich allein gewesen war. Nicht ganz allein, es gab noch den kleinen Sohn, und Willy schien keine Ahnung davon zu haben, wie man ein Kind behandelte oder erzog. Zu der Zeit hatte Mia ihre Stunden auf den Nachmittag verlegt. Wenn Klein-Stefan aus der Schule kam, war wenigstens zweimal in der Woche jemand da und kümmerte sich um Hausaufgaben, gewaschene Haare, geschnittene Fingernägel, um saubere Kleidung und passendes Schuhwerk. Der Junge lernte schnell, auf sich selbst zu achten, und so wenig der Schweinezüchter mit dem Kind konnte, konnte der Sohn mit seinem Vater.

Der Junge mochte die Schweine nicht leiden. Sie waren ihm zu laut, zu ungestüm, wenn es ums Füttern ging, stanken zu sehr, er hasste den Blick aus den kleinen blauen Augen und wie sie sich gebärdeten, wenn der Viehhändler sie in den Hänger trieb. Dann versteckte er sich in seinem Zimmer und presste sich das Kopfkissen auf die Ohren. Es war Willy nicht beizubringen, dass der Händler kommen sollte, wenn Stefan nicht da war. Da müsse der Junge durch, meinte Willy, schließlich sollte er den Betrieb eines Tages übernehmen. Schluss, aus und so weiter.

Bei Mia fand das Kind Verständnis und stundenweise Mütterlichkeit.

Irgendwann war Stefan aus dem Haus gegangen, als könnte es nicht schnell genug gehen. Er heiratete auf dem Nachbarhof ein, um etwas so Entgegengesetztes aufzuziehen wie ökologischen Gemüseanbau. Da hätte er auch abstrakter Maler werden können, das hätte sein Vater ebenso wenig verstanden.

Willy hatte sich nie bedanken oder sie für ihren Einsatz loben können, so etwas kannte er nicht, und Mia erwartete es auch nicht, schließlich hatte sie ihren Plan. Das Einzige, was er jemals anerkennend zu ihr gesagt hatte, war, dass etwas für sie in seinem Banksafe liege.

Nun sah sich Mia im Wohnzimmer um, alles war wie immer. Die Gläser und Teller der letzten Abende standen auf dem Couchtisch, die leeren Bierflaschen daneben, alles war verkrümelt und unordentlich, eben so, als fehle die Frau im Haus. Wenn er doch mal endlich ihre Qualitäten erkennen würde und ihre Willigkeit, dann hätte dieses Lotterleben ein Ende.

Der Junge hatte es gemocht, wenn sie ihren Rodonkuchen mitbrachte. Willy machte sich nie die Mühe, ihn ordentlich zu schneiden, griff mit der Hand zu und brach ein Stück ab, ging damit essend durch das Haus. Mia konnte auf dem Fußboden nachvollziehen, wo er das Stück schließlich vertilgt hatte. Ihren Henkelmann, in dem sie stets eine warme Mahlzeit mitbrachte, die für zwei Tage reichte, musste sie manchmal stundenlang einweichen, weil er keinen Sinn fürs Abspülen hatte. Frauenkram war das.

Wenn er im Stall nicht einen Landarbeiter hätte, der aufs Gröbste achtete, dann wäre die Zucht schon untergegangen. Oder auch nicht – Mia erinnerte sich, wie Willy die Schweine im Auge behielt, genau beobachtete, ob sie fraßen, dass sie genug fraßen, wie schnell er am Telefon sein konnte und wie beharrlich er den Tierarzt heranzitieren konnte, wenn etwas nicht stimmte. Die Schweine waren ihm heilig. Mit Menschen konnte er nicht so gut.

Manchmal wurde Mia alles schwer. Sie war auch nicht

mehr die Jüngste. Wenn das Wohnzimmer schon so aussah wie heute, konnte sie sich vorstellen, wie sie Schlafzimmer und Bad vorfinden würde. Immer gleich, seit fast zwanzig Jahren. Alles für die Aussicht auf ein Leben mit Willy van de Sandt, die in ihrer Phantasie schon lange bunte Blüten trug. Alles für ein wenig männliche Ansprache zweimal in der Woche. Für einen Lohn, den sie besser nicht auf die Stunden umrechnete, die sie auf dem Hof verbrachte, jeden Montag und jeden Donnerstag.

Die Tür stand immer offen, außer wenn van de Sandt mal wieder irgendwo mit Übernachtung versackt war. Dann kümmerte sich der Landarbeiter um die Schweine, und sie betrat das Haus nicht allein. Einmal hatte sie in seiner Hosentasche eine Hotelrechnung vom »Sauerlandstern« gefunden. Mia hatte keine Ahnung, wo der war, und schon gar nicht, was das war. Später hatte ein Bericht im Fernsehen ihre Aufmerksamkeit auf den Namen gelenkt. So was machten Frauen und Männer also. Fortan dachte sie sich ihren Teil, wenn das Haus mal wieder leer war.

Bauer suchte manchmal Frau für eine Nacht.

Mia bekam ihren Lohn und einen Klatscher auf den Hintern.

***

Karin Krafft stand gemeinsam mit Gero von Aha am Flurfenster ihrer Etage in der Kreispolizeibehörde. Die Klimaanlage im obersten Geschoss hielt nicht nur die Büroräume angenehm temperiert, auch im Flur ließ sich die Hitzewelle, die auf dem Land lag, gut ertragen. Hier ließ es sich sogar mit einem exquisiten Heißgetränk aus von Ahas nobler Espressomaschine aushalten.

Beide hielten einen Becher Kaffee in Händen, nippten gelegentlich und schauten hinunter zum Parkplatz. Genauer gesagt verfolgten sie mit ihren Blicken den Kollegen Nikolas Burmeester, der in seiner dezent farbigen sommerlichen Aufmachung durch die Grünanlage turnte. Mit ausladenden Schritten schien er Maß zu nehmen auf der Fläche. Unter seinen Füßen staubte der Boden, brach vertrocknetes Heu auf dem Areal, das noch vor Wochen als saftig grüne Grasfläche den Parkplatz vom Gehweg getrennt hatte.

Karin wies mit dem Becher in seine Richtung. »Kannst du mir sagen, was er da macht?«

»Nein, ich habe ihn selber erst auf dem Weg in die Stehküche bemerkt und dich geholt. Ist das eine Auswirkung der Hitze? Hat er einen Sonnenstich oder so?«

Karin wandte sich kopfschüttelnd ab. »Vorhin war er noch ganz klar in der Birne, den kann keine noch so extreme Außentemperatur umhauen, der hat als Kind in Indien gelebt. Aber findest du nicht auch, dass er sich seit seiner Hochzeit verändert hat?«

Gero von Aha bewegte den Kopf kaum merklich zu beiden Seiten, langsam, nahm noch einen Schluck Kaffee, den er einige Sekunden genüsslich im Mundraum behielt, bevor er ihn langsam durch die Kehle laufen ließ.

»Seine Fähigkeiten als Ermittler sind gleich geblieben. Ruhiger ist er geworden, ja, er ist nicht mehr ganz so bunt und trägt Ehering und Bauchansatz, das sind die wesentlichen Unterschiede.«

Karin sah erneut aus dem Fenster, schmunzelte, während Burmeester draußen mit einer Sprühdose Neunzig-Grad-Markierungen in Neonpink auf den ausgedörrten Boden aufbrachte. »Deine Beobachtungen in Ehren, aber etwas Wichtiges hast du übersehen, Herr Kollege.«

Beide wurden Zeuge, wie Burmeester jetzt zwei große Gießkannen aus glänzendem Metall aus seinem Kofferraum hob und damit in Richtung Wacheneingang lief.

Gero von Aha zog seine buschigen Brauen zusammen. »Das ist schon merkwürdig, oder? Wird der jetzt zum Baumretter?«

»Da hätte er hier auf dem Gelände viel zu tun.«

»Ich bin neugierig, Frau Kollegin. Was an seinen Verhaltensweisen ist mir entgangen?«

»Er frisst sich nicht mehr durch die Fastfood-Angebote der Futterketten. Du brauchst nur einen Blick in sein Auto zu werfen, da liegt keine einzige Verpackung mehr im Fußraum.«

»Ich schaue selten in seinen Wagen. Echt?«

Gemeinsam beobachteten sie wortlos, wie ihr Kollege mit den beiden schweren Kannen zurückkam, ihren Inhalt gleichmäßig über die markierte Fläche verteilte, um sich noch einmal auf den Weg zum Eingang zu begeben.

»Also auch wenn seine Yasmin einen guten Einfluss auf ihn hat, was er da unten treibt, ist rätselhaft.«

Karin bedeutete von Aha, noch näher zu kommen, und flüsterte: »Neulich habe ich ihn dabei überrascht, wie er hinter seinem Schreibtisch hockte und Möhrenscheibchen aus einer Frühstücksdose mümmelte. Und letztens sprach mich Tom Weber an, ob ich schon bemerkt hätte, dass überall fremdartige Verpackungen herumliegen würden. Gero, er isst massenweise vegane Fitnessriegel mit Erbsenprotein und Soja.«

Unten goss ihr Kollege zum zweiten Mal eine vertrocknete Rasenfläche, schloss die Kannen danach wieder in seinen Kofferraum. Von Aha trank den letzten Schluck seiner teuren Köstlichkeit.

»*Empowered by nature?* Eine neue Fitnessidee, geboren in glühender Hitze, ist das Bodybuilding mit Gießkannen?«

Beide mussten herzhaft lachen. Langsam gingen sie auf ihre Büros zu. Die Tür zum Treppenhaus sprang auf, Burmeester erschien mit hochrotem Kopf, die beiden Kollegen schauten ihm in gelöster Laune entgegen.

Gero von Aha lächelte breit. »Da kommt er, unser Paulus.«

»Was?«

»Na, wir haben uns gerade über deine veränderten Essgewohnheiten unterhalten, da habe ich resümiert, dass du vom Saulus zum Paulus geworden bist.«

Burmeester tippte sich an die Stirn. »Mann, wenn du keine anderen Probleme hast.«

Karin fand zurück zum gebotenen Ernst. »Ich würde es nicht ›Problem‹ nennen, wir haben uns nur gerade darüber gewundert, dass du ausgerechnet eine kahl getrocknete Rasenfläche retten willst anstatt der Bäume links und rechts davon.«

Burmeester lief an beiden vorbei und holte sich aus der Stehküche eine Flasche Mineralwasser, eine gläserne, nahm tiefe Schlucke. »Ihr werdet noch früh genug sehen, was das wird. Ich geh mal wieder ans Werk. Statistik. Wie ich das Thema hasse, aber ich werde mich dem Auftrag des Staatsanwalts fügen.«

Er ließ seine Chefin und deren Stellvertreter mit fragenden Blicken auf dem Flur stehen.

Von Aha nahm Karins Becher und brachte das Geschirr in die Küche. »Der hat uns gerade vorgeführt, weißt du das? Pflichtbewusst, arbeitswütig, initiativ.«

Karin hatte bereits die Tür zu ihrem Raum geöffnet, trat erneut hervor.

»Ich weiß gar nicht, was du hast, damit steht er doch beispielhaft für das gesamte K1. Alles tanzt gerade nach Haases Pfeife.«

***

Im Gegensatz zu Willy van de Sandt brauchte Gisbert Brömkamp keine Haushaltshilfe, er hatte eine Tochter im Haus. Zugegebenermaßen war er auch nicht so schlampig wie sein Nachbar. Nur das Thema Körperhygiene sorgte hin und wieder für hysterische Anfälle bei Sabine. Seit er die Milchwirtschaft aufgegeben hatte, war er bequem geworden, hatte einen gehörigen Bauch angesetzt und fand sich häufig abends, manchmal auch schon vormittags vor dem Fernseher wieder. Und er hatte vor, den gesamten Urlaub nachzuholen, den er in seiner aktiven Zeit versäumt hatte. So war er schon für kleines

Geld quer durch Europa gereist, bis nach Istanbul, und die Alhambra hatte er auch »gemacht«, wie er die Erkundung seiner Ziele lapidar abtat. Die meisten Reisen buchte er aus der Fernsehzeitschrift, der Beilage der Tageszeitung. Da gab es prima Tipps gegen Zipperlein und immer günstige Angebote.

So manch einer seiner Kollegen hatte noch nie über den heimatlichen Kirchturm hinausgeschaut, andere, die modernen Bauern mit den großen Betrieben, waren bereits um die halbe Welt gefahren oder geflogen und fanden es überall phantastisch, wo es deutsches Bier gab.

Während er sich in die Zeitschrift vertiefte, hörte er seine Tochter in der Küche hantieren.

»Mittelmeer«, rief er unvermittelt. »Ich will mal durch et Mittelmeer fahren, hörst du?«

Statt einer Antwort kam nur Topfgeklapper.

»Sabine, hörst du?«

Stumm kam sie ins Wohnzimmer, mit versteinerter Miene erledigte sie einen kölschen Wisch über die Möbel und würdigte ihn keines Blickes, bevor sie den Raum wieder verließ.

»Wat isset denn jetzt schon wieder? Biste noch immer sauer wegen Willy und mir? Kennst den doch, wenn der mal dran ist.«

Blitzartig erschien sie im Türrahmen.

»Jetzt schieb deine eigenen Unverschämtheiten nicht auf deinen Nachbarn, du hast ihn lauthals unterstützt, du hast dich mal wieder wie ein Ekel benommen. Komm mir jetzt bloß nicht mit deinen Reiseplänen! Solange du dich wie ein Tyrann aufführst, werde ich keine einzige Reise mehr für dich buchen. Wenn du irgendwas im Internet zu erledigen hast, dann such dir für die Zukunft eine andere Doofe, die das für dich macht.«

Ihr Vater schaute keine Sekunde von seiner Zeitschrift auf, er hörte sie auch nicht und verzog keine Miene. Bine hätte ihn am liebsten geschüttelt, sie kannte diese Vogel-Strauß-Taktik schon lange. Wenn sie in den Erinnerungen an ihre Mutter kramte, die starb, als sie acht Jahre alt gewesen war, dann fand sie ähnliche Situationen wie diese. Ihre Mutter wütend, wetternd, weinend, mit kreischender Stimme, und ihr Vater schaute mit großen, unschuldigen Augen auf und fragte, ob die Bratkartoffeln schon fertig seien. Bine glaubte fest daran, dass diese Ignoranz ihre Mutter letztlich ins Grab gebracht hatte. Da musste sich etwas ändern, bevor sie genauso endete.

Es gab diesen schleichenden inneren Mechanismus, diese unbewusste Übernahme von Erfahrungen aus der frühen Kindheit, das hatte ihr ihre Freundin Janine vor Kurzem erklärt. Wer immer gedeckelt wird, lebe auch später mit dem verborgenen Leitsatz, er könne nichts und sei nichts wert. Und wer immer ignoriert wird, der werde innerlich unsichtbar. War sie das schon? Unsichtbar? Nein, nicht für Stefan, ihre Freunde, die Kunden, nur für ihren Vater. Der stand neben seinem Nachbarn Willy, schleuderte ihr Unverschämtheiten an den Kopf und glaubte allen Ernstes, so etwas sei am nächsten Tag vergessen und entschuldigt.

Sie musste etwas ändern, an der gesamten Situation, bevor sie daran zugrunde ging. Und heute würde sie beginnen. Ein erster Schritt war notwendig und baute sich bereits vor ihrem inneren Auge auf.

Bines Puls beruhigte sich, die Gesichtszüge entspannten sich, und mit einem Mal wuchs sie innerlich um mindestens fünf Zentimeter. Sie schaute ihren Vater lächelnd an, der sich noch immer hinter der Zeitschrift verkroch. Vorsichtig und mit Bedacht hängte sie das Mikrofasertuch, mit dem sie gerade die Eichenmöbel abgestaubt hatte, in die Knickfalte der dünnen Programmzeitschrift.

»Du brauchst mich nicht anzuschauen, ich weiß, dass du mich hörst. Was ich dir jetzt zu sagen habe, kannst du auch gerne noch einmal schriftlich von mir bekommen.«

Sie beobachtete ihn, ihm war keine Reaktion anzumerken. Wenn er jetzt fragt, ob ich ihm ein Bier hole, dachte sie, dann erschlage ich ihn hier auf der Stelle. Er blieb stumm, und sie fuhr fort.

»Ab jetzt, Vater, ab dem heutigen Tag werde ich keinen einzigen Handschlag mehr in deinem Teil des Hauses erledigen. Such dir so etwas wie die Mia, die bei deinem Busenfreund drüben putzt, jemanden, den man wie einen Putzlappen behandeln kann, ohne dass er sich empört. Ab diesem Moment, Vater, sind unsere Haushalte und Tätigkeiten in diesem Hause voneinander getrennt. Ich kaufe nicht mehr für dich ein, es gibt keine warme Mahlzeit mehr aus meiner Küche für dich, und die Wäsche und das Putzen kannst du auch erledigen, bis du jemanden gefunden hast.«

Keine Reaktion. Sie blinzelte ihn an, es kribbelte in ihren Fingern. Mit einem schnellen Griff riss sie ihm die Zeitschrift aus den Fingern, wobei das Tuch auf seinem Bauch landete, zerknüllte das bunte Papier und warf es hinter den Fernseher, in dem gerade eine Kochsendung lief. Rheinischer Sauerbraten, von einem dauerlächelnden Koch zubereitet.

Gisbert Brömkamp blickte auf seine Hände, mehr nicht, saß da, starrte auf die leeren Finger, als könnte er darin weiterlesen. Bine war in Fahrt.

»Hüte dich davor, Stefan zu fragen, der ist ab jetzt auch nicht mehr für deine Belange zuständig. Und noch eins: Solltest du uns noch einmal beleidigen, mit Kundschaft in der Nähe oder ohne, solltest du es noch einmal wagen, dann …«

Was sollte sie ihm sagen? Dann bringt Stefan dich um? Oder sie selbst würde zuschlagen? So ein Quatsch. Ihr musste schnell was Gutes einfallen.

»… dann lasse ich dich entmündigen, und dann ist Schluss mit deinen Reisen, und Korn kriegste auch nur noch rationiert von einer Pflegerin.«

Im Flur schaute sie sich noch einmal um, da tat er ihr fast schon wieder ein wenig leid.

»Sprich mich erst wieder an, wenn du dich bei uns entschuldigen willst. Ansonsten bist du ab heute für mich unsichtbar.«

Sie schloss die Tür seiner Wohnung hinter sich, lehnte sich von außen dagegen.

Unsichtbar. Genau. Sollte er ab jetzt erfahren, wie sie sich jahrelang gefühlt hatte. Kaum war sie auf der Treppe zu ihrer Wohnung, hörte sie ihn.

»Sabine, ich will mit der ›Aida‹ durch et Mittelmeer fahren, du buchst die Reise morgen. Ich lege dir dat Angebot auf den Küchentisch.«

Es musste etwas geschehen.

***

Wie alle Menschen, die den Hof kannten und wussten, dass es tierischen Zuwachs gab, kam am folgenden Tag auch die Frau mittleren Alters mit der strengen grauen Kurzhaarfrisur geradewegs von den Alpakas und betrat lächelnd das Bauernlädchen. Elke Sommerling griff sich einen Korb und suchte sorgfältig Salat und Kartoffeln aus, während zwei andere Kunden vor der Kasse warteten. Ungläubig stand die Stammkundin vor der Gemüsesteige und konnte wohl nicht nachvollziehen, warum Bine die Rufe des alten Mannes ignorierte, der vom geöffneten Fenster des Wohnhauses unablässig zu ihr herüberrief. Fluch und Segen war die Nähe des Bioladens zum Bauernhaus, heute war der Segen nicht erkennbar.

Bine sah aus dem Augenwinkel heraus, dass Elke Sommerling sich Gedanken über die familiäre Beschallung machte. Schließlich rief da der Altbauer, Bines Vater.

»Sabine, ich hatte nix zu Mittag, wat gibbet zu Abend?«

Eine Minute später.

»Sabine, ich will, dat du die Reise für mich klarmachst. Die mit der ›Aida‹ durch dat Mittelmeer, hörst du?«

Keine Minute danach.

»Sabine! Hörst du gefälligst!«

Bine überhörte es, reagierte jedenfalls nicht.

Die anderen Kunden hatten das kleine Holzhaus verlassen.

Man sprach nicht so gern mit jemandem über prekäre Beobachtungen, Tatsachen, die unbequem sein würden, da sie offenbar die Familie desjenigen betrafen. Elke Sommerling aber fasste Mut.

»Entschuldigung, Bine, ich glaube, da ruft jemand nach dir. Ist das dein Vater?«

»Sabine, wenn du nicht sofort herkommst, dann ... dann wirst du schon sehen, was passiert!«

Bine wies mit dem Kinn nach draußen. »Du meinst diesen Querulanten, der aus dem Fenster brüllt? Ja, das ist mein Vater.«

»Er scheint nicht lockerzulassen.«

Bine sortierte mit flinken Fingern unbeirrt die Erdbeerkörbe, las heraus, was den Tag nicht überstehen würde, und füllte auf der Waage wieder ein Kilo auf. »Nein, er wird dranbleiben.«

»Bine, ich bin ganz irritiert. Hat es einen Grund, weshalb du nicht auf ihn hörst?«

Ein strenger Blick an der Anzeige der Waage vorbei. »Ja, es hat einen Grund.«

Elke Sommerling wich einen Schritt zurück. »Oh, dann will ich dir nicht zu nahe treten, du wirst wissen, warum die Dinge so sind, wie sie sind.«

Bine schaute auf und schob zwei frisch sortierte Körbe vor sich auf die Stellfläche.

»Sabine, ich hab Hunger! Dat die nich auf mich hört, die is so frech geworden. Versteh dat einer, der kann.«

»Ja, dir alles zu erklären würde zu weit führen. Glaube mir einfach, dass er nicht verhungern wird und wir ihm nichts antun. Er hat schlechten Sinn. Ignorier ihn. Hast du schon alles gefunden? Die Erdbeeren sind supersüß und auch günstig. Besser zum halben Preis verkauft, als zum ganzen im Kompost gelandet.«

Das nächste Fahrzeug parkte vor der Alpakawiese, eine Frauenstimme begrüßte die Tiere mit hellem Singsang und ließ ihren Begleiter in höchsten Tönen an ihrer Freude teilhaben. Bine kannte die beiden gut, Yasmin und Nikolas Burmeester von der anderen Rheinseite. Sie hatte Yasmin vor Jahren bei einem Vortrag über gesunde Bewegung in der Weseler Klinik in der idyllischen Aue kennengelernt, lange bevor die Fachklinik für Orthopädie neben dem früheren RWE- und heutigen Westnetz-Gebäude vor Jahren durch einen Kriminalfall in die Schlagzeilen geraten war. Seitdem verband die beiden Frauen eine lebhafte Freundschaft. Die fachliche Kompetenz in der Klinik hatte den Fall in Vergessenheit geraten lassen.

Zunächst hatte Bine nicht verstehen können, wieso sich ihre Freundin in den so geschmacklos gekleideten Nikolas verguckt hatte, wollte auch nicht recht glauben, dass so ein Paradiesvogel bei der Kripo in Wesel arbeitete. Yasmin war es total ernst mit diesem Mann. Jetzt hatte Stefan auch noch einem alten Freund ein Praktikum auf dem Hof zugesagt, dessen Mutter Karin Krafft als Hauptkommissarin die Chefin von Nikolas Burmeester war.

Bine und Stefan waren mit Nikolas' Kollegen bei der großen Hochzeit gewesen, die in einer Halle im Gewerbegebiet von Dinslaken stattgefunden hatte, da mindestens zweihundert Verwandte aus Yasmins weitverzweigter kurdischer Familie angereist waren. Nikolas hatte mit seinen vier Teammitgliedern vom K1 eine verschwindend kleine Minderheit dargestellt, doch er hatte tapfer durchgehalten. Sein Kollege Gero von Aha hatte für zwei getrunken und für drei getanzt, die anderen aus dem Weseler Kommissariat staunten nur, während Tom Weber und Jerry Patalon prächtige Beute für den umfangreichen Club von Yasmins Cousinen abgegeben hatten.

Bine beobachtete, wie Yasmin ihren Nikolas zur Alpakawiese zog. Seit der Eröffnung des Ladens kamen die beiden bei Bine einkaufen, oft mit dem Rad – er vorweg –, da Yasmin nicht nur die gesunde Art der Bewegung, sondern auch eine vollwertige, abwechslungsreiche Ernährung bevorzugte und ihrem Nikolas das hirnlose Verzehren von Fastfood abgewöhnen wollte. Sogar als Nikolas noch im Haus von Karins Mutter in Bislich-Büschken wohnte, hatten sie die schöne Strecke hierher per Rad und mit der »Keer Tröch II« über den Rhein zurückgelegt. Nun lebten sie im Weseler Stadtteil Fusternberg in der Nähe des alten Wasserwerks an der Lippe und hatten es wesentlich näher zum Bauernlädchen in Alpen-Drüpt.

Elke Sommerling bezahlte, während eine skurrile Kakophonie unterschiedlichster Stimmlagen und verbaler Inhalte den Hof kreuzte.

Yasmin, völlig aus dem Häuschen: »Aaah, die Alpakas sind sooo schön. Nikolas, schau nur, viel hübscher als auf der Internetseite. Dieser Blick, diese großen Augen, sind die nicht total niedlich?«

Nikolas, lächelnd: »Ja, sind sie.«

Der Alte, eindringlich, bereits krächzend: »Sabine, hör doch endlich, hast du dat Schiff klargemacht?«

Yasmin, mit Freudentränchen in den Augen: »Da, das cremefarbene, das schaut die ganze Zeit rüber. Na, komm doch mal her, komm ruhig her.«

Der Alte, eine Spur leiser: »Sabine, das Bier ist auch alle, und im Schrank is kein Korn mehr. Ich weiß, dat du da bis, Sabine, hör doch.«

Elke Sommerling, tröstlich, freundlich: »Herr Brömkamp, alles wird gut.«

Der Senior, altersstarr und trotzig: »Wat mischen Sie sich denn hier ein? Dat geht nur Sabine und mich wat an.«

Elke Sommerling, brüskiert: »Ich meine es ja nur gut.«

Yasmin, mit den Augen bei den Tieren, in der Hand abgerupftes, schlaffes Gras: »Na, komm, komm doch mal her, trau dich, ich habe was Leckeres für dich. Du bist ja so schön.«

Nikolas, schmunzelnd: »So was sagst du mir nie.«

Yasmin, belustigt: »Du kleidest dich nie sandfarben oder Salz-und-Pfeffer, schaust mich nie so an und würdest mir auch nicht das Gras aus der Hand fressen.«

Der Alte, völlig entnervt: »Sabiiiiiiine! Ich hab Kohldampf!«

Bine, zornig aus dem Laden tretend: »Fahr doch zur Pommesbude an der Tankstelle und hol dir was! Ich habe dir gestern klipp und klar gesagt, dass du keinerlei Unterstützung mehr von mir zu erwarten hast. Und jetzt brüll hier nicht so rum, du vergraulst mir die Kunden.«

Nikolas, flüsternd zu Yasmin: »Dicke Luft auf Brömkamps Hof. So wütend habe ich Bine noch nie gesehen.«

Yasmin, entzückt vom cremefarbenen Alpaka, das ihr trockenes Gras beschnupperte: »Schau nur, wie vorsichtig es ist, und diese Wimpern, einfach traumhaft.« Sie blickte zu Bine und dem Alten, der gerade das Fenster mit voller Wucht zuwarf. »Stimmt, da herrscht extrem miese Stimmung, ich geh mal rüber zu ihr.«

Nikolas: »Gut, ich komme mit.«

Yasmin: »*No, Sir.* Frauensache. Gib mir zehn Minuten. Du kannst ja noch ein wenig das Alpaka streicheln.«

Nikolas Burmeester stand hilflos am Zaun. Das Alpaka klimperte geradezu auffordernd mit den Augenlidern.

»Na, du? Magst du noch ein wenig Gras? Soll der liebe Nikolas noch ein wenig Grünzeug rupfen?«

***

Stefan hatte seine Mahlzeit verschlungen, sich nur kurz mit Bine über die Situation von Gisbert Brömkamp unterhalten, der vor einer Stunde mit aufheulendem Motor vom Hof gebraust war. Er stimmte seiner Frau im Umgang mit dem Senior zu, fand ihren Widerstand klasse, empfand eine Spur Neid, weil er selbst es noch nicht geschafft hatte, seinem Vater mit Konsequenz zu begegnen.

Bine war zwiegespalten. »Ich kann ihn nicht in seinem Dreck verkommen lassen, da steckt zu viel töchterliches Pflichtgefühl in mir. Andererseits kann ich mir auch nicht alles von ihm bieten lassen. Du hast ihn gestern erlebt.«

»Also meine Zustimmung zum Boykott hast du. Ich finde

auch, dass sich unsere Väter benehmen wie kleine Jungs, denen man das gewohnte Plastikspielzeug gegen wertvolle Holzfahrzeuge austauscht. Sie schreien nach dem alten Krempel, dem Gewohnten, beharren fußstampfend auf ihrem Willen und werden keinen Meter von ihrer Meinung abweichen. Hast du noch was zum Nachtisch?«

Bine kannte den süßen Zahn ihres Mannes. »Im Kühlschrank steht frischer Erdbeerquark.«

»Au fein, ich nehme mir ein Schälchen mit nach oben.«

Er wollte so schnell wie möglich wieder auf den Dachboden und seinen Spähposten, wie er den Platz in Zeiten wie diesen nannte, beziehen. Ein schlecht isolierter Winkel, den er durch ein Labyrinth alter Möbel und kistenweise gestapelter Erinnerungsstücke der vor langer Zeit verstorbenen Frau des Hauses mühselig erreichte. Die Hitze stand unerbittlich unter dem alten Dach, mit der kleinsten Bewegung wurde Staub aufgewirbelt. Fledermäuse hingen unter dem First, man roch es deutlich.

Das Gaubenfenster zeigte zu van de Sandts Hof. Als Kinder hatten sich Stefan und Bine mit ihren Taschenlampen geheime Zeichen gemorst. Beide waren innerhalb eines Jahres zu Halbwaisen geworden, ein Schicksal, das sie wortlos verbunden hatte. Diese Gaube war ihr Versteck gewesen, er war auf die Tenne geklettert und hatte die Luke genutzt, durch die die Strohballen ins trockene Dach gebracht wurden. Zweimal kurz, einmal lang hieß: Wir treffen uns bei den alten Eichen.

Nun schaute er von Bines Geheimposten aus rüber zu seinem ehemaligen Zuhause. Kein Baum, kein Strauch versperrte die Aussicht auf den Fuhrpark und die Fläche zwischen Haus und Stall, die als Parkplatz genutzt wurde. Dort wurden Tank und Sprüharme oder der Streuer an den Traktor gekoppelt, bevor sein Vater mit dem gewaltigen Claas-Traktor rausfuhr. Sobald er irgendwelche verdächtigen Gerätschaften auch nur erblickte, setzte Stefan sich in Bewegung und fing seinen Vater bereits vor den Feldern ab, verhinderte hartnäckig die

Schädigung des Rufs und die Verminderung der Einkünfte. Er verteidigte die Reinheit seiner Feldfrüchte. Wenn Vaters Gift seine Demeter-Zertifizierung in Gefahr brachte, konnte er aufgeben.

Stefan musste auf der Hut sein. Der Wetterhahn, den sie auf das Dach des Lädchens montiert hatten, war dabei von immenser Bedeutung. Westwind war bedenklich. So wie jetzt, das wusste sein Vater, nur hielt er sich nicht daran, weil er diesen ganzen »Okö-Quatsch«, wie er es nannte, rundweg ablehnte.

Wie Willy van de Sandt mit geringem finanziellen Aufwand selbst in die alternative Schweinezucht einsteigen könne, hatte Stefan ihm vorgerechnet. Kleine Umbauarbeiten, mehr Platz pro Schwein, Freilauf, sauberes Futter, und nach der Zertifizierung würde er statt einhundertzwanzig bis einhundertdreißig Euro pro Tier das Dreifache verdienen. Weniger Schweine, zufriedene Tiere, mehr Gewinn, aber nein, es durfte sich nichts ändern. Und schon gar nicht die Seite zu den verpönten Ökos hin wechseln. Was würden die Männergilden nur sagen, in denen er unter seinesgleichen alkoholselig die konventionelle Landwirtschaft verteidigte?

Stefan ließ den Löffel im Quark stecken und nahm sein Fernglas zur Hand. Der Claas-Traktor stand unberührt im Unterstand, als ein Wagen auf dem Hof hielt, den er noch nie dort gesehen hatte. Ein unauffälliger silberner VW Passat Variant mit einem Logo auf der Tür, das ihm bekannt vorkam, ohne dass er es zu deuten wusste. Aus der Entfernung ließ sich selbst mit dem Fernglas die kleine Schrift darunter nicht entziffern. Ein Mann betrat das Haus durch die Küche, wie Bekannte es tun.

Stefan schleckte das Glasschälchen aus, lecker. Noch durfte er seinen Posten nicht verlassen, die sanfte Sommerbrise blies aus Westen, und es würde noch zwei Stunden hell sein. Sein Vater würde jede Gelegenheit nutzen, die der Sohn nicht rechtzeitig erkannte.

Bleib wachsam, Adlerauge.

Dabei war es so unerträglich heiß auf seinem Posten, die dünnen Sachen klebten an seiner Haut, auf der sich der Schweiß mit dem Staub vermischte.

Da, Bewegung auf dem Nachbarhof. Willy van de Sandt verließ mit seinem Besuch das Haus, und gemeinsam schauten sie sich hinter dem Stall, zur anderen Seite und auch in seine Richtung um. Der Mann machte ausladende Bewegungen, zeigte in die Landschaft, auf den Stall, zog Papiere aus einer Dokumententasche, deutete darauf. Was war das für eine Veranstaltung? Verhandelte sein Vater mit einem Bauunternehmer? Wollte der alte Dickkopp seine Zucht vergrößern, einen neuen Stall bauen? In seinem Alter und mit den zunehmenden körperlichen Beschwerden, die jeder ihm ansehen konnte? Stefan fand keine andere Erklärung für die Vorgänge, die er gerade beobachtete. »Meine Schweine werden dein Gemüse überleben, wirst sehen«, hatte Willy irgendwann verkündet, »und dann wirst du endlich Schnitzel und Sülze schätzen lernen.«

Bine rief von unten, wann er denn käme.

»Ich muss noch bleiben. Wenn Quark übrig ist, dann nehme ich mir nachher noch eine Portion. Schmeckt gut mit den zuckersüßen Erdbeeren.«

Willy van de Sandt trug die Papiere ins Haus und kam mit einer Flasche und Gläsern in den Händen zurück. Kopfschüttelnd und auf sein Auto deutend lehnte der Besucher das Angebot offenbar ab, doch Stefans Vater verstand sich durchzusetzen. Die van de Sandtschen Trinkrituale der nächsten halben Stunde sollten den Blutalkoholgehalt des Opfers erheblich ansteigen lassen. Der Senior konnte einfach keine angebrochene Flasche wieder mit ins Haus nehmen, sie tranken auf der Bank neben der Küchentür, und der Gast hatte nicht die geringste Chance, eines der Pinnchen in die Botanik zu kippen, dort, wo er saß, gab es nur gepflasterten Untergrund und nicht einmal einen Blumenkübel.

Nach der halben Stunde traute Stefan seinen Augen nicht. Der Mann lief deutlich schwankend zu seinem Wagen und stieg ein, sein Vater winkte ihm nach, als er mit bedenklichen Schlenkern sein Fahrzeug auf den Zufahrtsweg zur Hauptstraße lenkte. Das war ja gemeingefährlich.

Willy van de Sandt stand mit der leeren Flasche mitten auf dem Hof, drehte sich in seine Richtung. Für einen Moment glaubte Stefan, er würde ihn hier oben im Dach erkennen, aber nein, der war zu stolz, um eine Brille zu tragen, obwohl er sie brauchte. Vadder schaute trotzdem herüber und schleuderte die Flasche fort, die an dem Pfeiler des Unterstands zerschellte. Und dann lachte er. Fast konnte Stefan es hören, ein überlegenes, dreckiges, verhöhnendes Lachen, aus dem Inneren heraus, wie sein Sohn es noch nie erlebt hatte. Willy van de Sandt stand breitbeinig auf seinem Hof und lachte so heftig, dass er sich den Bauch halten musste.

Weil er seinen stieseligen Vater genau kannte, wusste Stefan, dass der Alte gerade auf seine Art ein Geschäft abgeschlossen hatte. Was hatten die beiden da begossen?

DREI

Bine konnte sich nicht mehr daran erinnern, wann es angefangen hatte, ob es schon wochenlang geschah oder erst seit Tagen. Sie verstand die Andeutungen mancher Kunden nicht, die mit aufgeschrecktem Blick vom bevorstehenden Umbruch sprachen, ohne konkret auszusprechen, worum es eigentlich ging. Andere schienen von einer ominösen Vorfreude beseelt zu sein, die mit Veränderungen in der Landschaft zusammenhing. Ihr fehlte einfach die Zeit, näher darauf einzugehen, wenn jemand sagte: »Ich werde umso lieber herkommen, wenn man beim Einkaufen den Blick auf das Wasser hat.«

Doch jetzt schaute sie hinter der Kasse auf ihr Smartphone. Was hatte es mit dem Wasser auf sich? Sie suchte die Agrarwetter-App, schaute nach, ob sich vielleicht der dringend nötige Starkregen im Anzug befand, der ihre Felder unter Wasser setzen würde. Das Gegenteil war der Fall, die Dürre hielt an, kein Ende in Sicht.

Sie konnte sich keinen Reim auf die Aussage machen, schließlich war auch weit und breit keine Wasserfläche, nicht einmal ein Bächlein in Sichtweite des Hofes, und nahm sich vor, dem nächsten Kunden, der so rätselhafte Äußerungen von sich gab, etwas mehr Zeit zu widmen.

Schon stand der Nächste vor ihr, der jedoch nur beklagte, dass das Kümmelbrot von der »Kriemhildmühle« in Xanten, das er so gern hier kaufte, schon wieder ausgegangen war. Er ließ sich dadurch zufriedenstellen, dass Sabine ihm die Zutaten jedes einzelnen noch vorhandenen Brotes erklärte, obwohl alles auf den kleinen Beschreibungen stand, die gut leserlich unter dem jeweiligen Laib am Regal hingen. Er entschied sich letztlich für nichts und bestellte ein Kümmelbrot für den nächsten Tag. Die nächste Kundin suchte in aller Seelenruhe ihr Gemüse aus, wobei sie aber die komplette Aufmerksamkeit auf sich zog. So manches Mal lächelte nur Bines Mund, während der Rest ihres Gesichtes, ihr ganzer Körper erschöpft und genervt waren.

Mehrere Tage lang vergaß sie die Andeutungen über das Wasser, war froh, ihr Tagespensum erledigt zu haben, abends noch ein wenig mit Stefan vor dem Fernseher zu sitzen, bevor ihr die Augen zufielen.

An diesem Abend berichtete die »Aktuelle Stunde« im WDR über die Pläne der Landesregierung in Düsseldorf, für weitere Flächen links und rechts des Rheins Genehmigungen für den Kiesabbau zu erteilen. »Regionalplanung« hieß das Verfahren. Bine richtete sich erst auf, als eine Karte des Niederrheins eingeblendet wurde, sprang wie vom Blitz getroffen vom Sofa, lief zum Bildschirm, deutete noch immer auf die Karte, als die Moderatorin bereits wieder zum Publikum sprach.

»Hast du das gesehen, Stefan? Wenn ich das richtig gedeutet habe, dann liegen wir mitten in der geplanten Auskiesungsfläche. Das kann doch nicht sein! Stefan, sag was, das geht nicht, ohne uns zu informieren. Wie können die in Düsseldorf irgendwas beschließen, und wir, die Beteiligten, erfahren davon zuletzt?«

»Das wäre ein Skandal. Warte, ich schau mal ins Internet.«

Er griff nach seinem Smartphone, gab die Begriffe »Auskiesungspläne« und »Niederrhein« ein und wartete auf das Ergebnis der Suchmaschine. Es gab mehrere Einträge, er scrollte gedankenversunken Seite um Seite, stoppte.

»Da, schau, ich habe die Karte gefunden, die vorhin gezeigt wurde, ich vergrößere sie eben.«

Bine hockte sich neben ihn auf das Sofa, versuchte, einen Blick auf das Display zu erhaschen. »Die können uns nicht einfach von hier vertreiben. Oder?«

Die Vergrößerung der Karte blieb unscharf und der gezeigte Ausschnitt sehr klein, jedoch war alles Wesentliche zu erkennen. Die geplanten Abgrabungsgebiete waren grafisch über die bestehenden Straßen, Wege und Höfe gelegt, Stefan suchte nach Orientierungspunkten, fand sie schließlich und hielt Sabine das Smartphone vor die Augen.

»Nein, das ist bis jetzt alles grobe Planung, da werden Gebiete dargestellt, die Rohstoffsicherung für fünfundzwanzig Jahre anzeigen. Früher galt der Plan für zwanzig Jahre, heißt es, deshalb werden für den längeren Zeitraum jetzt mehr Gebiete gebraucht. Logisch. Hier steht, das muss noch verschiedene Genehmigungsverfahren durchlaufen. Dabei ändern sich die ausgewiesenen Gebiete oft noch. Da, guck, wir sind nicht direkt betroffen. Das Land vom Brömkampshof liegt zwar nahe dran, aber noch außerhalb des Zirkels. Glaube ich jedenfalls.«

Sabine lehnte sich zurück und flüsterte: »Gut, da bin ich beruhigt.«

Stefan schaute genauer hin, fuhr mit der Fingerspitze die Linien auf dem Display nach, richtete sich hektisch auf, seine Stimme zitterte. »Aber wenn ich das richtig deute, dann liegt nahezu das komplette Land meines Vaters unter diesem schraffierten Muster. Ich glaub, ich spinne! Siehst du, was ich meine?«

Er gab ihr das Telefon und lief zu seinem PC, ließ ihn hochfahren und suchte dieselbe Informationsquelle, schaute nun auf den großen Bildschirm, sah seine Erkenntnis bestätigt.

»Komm, das musst du sehen, ich kann es nicht glauben. Hier kannst du den Verlauf genau erkennen. Bis auf eine kleine Ecke direkt am Haus soll das gesamte van de Sandtsche Land den Baggern zum Opfer fallen.«

Für einen Moment sah es aus, als weinte und lachte er zugleich, völlig überfordert von dem, was er gerade entdeckt hatte. Bine legte ihm den Arm um die Schultern. »Stefan, beruhige dich doch.«

Ungelenk wischte er sich durch das Gesicht, sprang auf, lief quer durch das Wohnzimmer, hin und her, immer wieder, blieb abrupt stehen.

»Versteh doch, der Alte weiß bestimmt schon länger von den Plänen. Er hat sich immer geweigert, uns auch nur einen

Hektar zu verpachten oder zu verkaufen, die Erde uns zu überlassen. Und jetzt hat er die Chance, alles auf einmal zu Geld zu machen.«

Bine verstand. »Damit hat er uns oft genug gedroht. Er würde alles verscherbeln, nur hat er keinen Käufer finden können, weil sein Boden Nutzland ist. Wer gründet heutzutage schon einen Bauernhof oder übernimmt eine Schweinezucht? Ich hatte gehofft, dass du als Erbe das Land bekommst, wenn er einmal das Zeitliche segnet.«

Stefan sank resigniert zurück auf den Stuhl vor dem PC, Sabine hockte sich neben ihn, ihr fiel nichts Tröstliches ein, außer ihre Hand auf seine zu legen, die nun schlaff auf seinem Oberschenkel ruhte.

»Ja, so habe ich es mir auch vorgestellt. Wenn uns schon mein Vater mit dem Wohnrecht auf Lebenszeit und seiner Borniertheit jahrelang erhalten bleibt, dann wollte ich ihn wenigstens mundtot sehen, weil wir beide den größten ökologischen Gemüseanbau am linken Niederrhein auf die Beine stellen. Immer habe ich das Gefühl, ich müsste ihm beweisen, wie gut ich alles meistern kann, obwohl er es ablehnt.«

»Ich weiß, ich kenne das doch. Wir suchen immer noch die Anerkennung unserer Väter, die wir niemals bekommen werden.«

Er drückte ihre Hand. »Und jetzt wird er die Grundlage unserer Träume verkaufen und uns damit jede Chance auf Erweiterung nehmen. Sabine, das darf nicht sein, dass unsere Zukunft für Kies weggebaggert wird.«

Sie saß auf dem Boden, lehnte sich an das Stuhlbein, schlang ihre Arme um die Knie, lange fehlten ihm und ihr die Worte.

Im Erdgeschoss schien jemand mit einem Besenstiel an die Decke zu klopfen. Das Haus war nicht hellhörig, dennoch hörten sie Gisbert Brömkamp rufen, verstanden ihn nicht, fanden nur aus ihrer stummen lethargischen Haltung zurück ins Hier und Jetzt.

Sabine stand auf. »Ich geh da runter.«

Stefan hielt sie am Unterarm fest. »Nein, bitte, tu dir das nicht an, nicht jetzt. Meinst du nicht, es reicht für heute?«

Sie hielt inne. »Stimmt, schlimmer geht immer.«

»Genau, und vielleicht verkauft mein Vater das Land ja gar nicht. Vielleicht ist das alles noch nicht spruchreif, und wir sind gerade einfach geschafft von der Hitze.«

»Frag ihn doch einfach. Stefan, fahr rüber und frag, ob er davon weiß und was er sich vorstellt.«

Stefan schüttelte den Kopf. »Das geht nicht.«

»Wie, das geht nicht? Fragen kostet nichts.«

»Dazu müsste er erst mal in der Lage sein, mich zu verstehen. Und glaube mir, der ist schon wieder im Tran, ich habe es vorhin von oben beobachtet.«

»Mit wem hat er gesoffen? Mein Alter bollert gerade an die Decke, der ist noch auf den Beinen, der war es nicht.«

»Ich kannte den Mann nicht, ich habe nur die althergebrachten alkoholseligen Rituale bei Geschäften beobachtet, du kennst das.«

Stefan schlug sich eine Hand vor den Kopf. »Jetzt weiß ich, was da abgelaufen ist! Der hat einen Abschluss begossen. Bine, der hat heute Abend einen megaguten Deal gemacht.«

Bine schaltete den Fernseher aus, deckte den Tisch ab und verschwand mit dem Geschirr in der Küche. »Hoffentlich hat der seine Schweine endlich verkauft.«

Stefan ging zum Fenster. Von hier unten konnte er den väterlichen Hof nicht sehen, eine Reihe von Obstbäumen versperrte die Sicht. Er flüsterte, beschwörend, mehr als geheime Hoffnung, nicht als Botschaft für seine Frau: »Hoffentlich hat der nicht das Land verscherbelt. Unser Land.«

***

Im Hause Krafft-de Kleurtje war abendliche Ruhe eingekehrt. Hannah hatte sich mit einem Buch ins Bett verzogen, ein Laken reichte momentan als Decke. Sie lag unter einem weiten

Moskitonetz, ihrem Himmelbett, wie sie es nannte. So konnte das Fenster offen stehen, in der Hoffnung auf eine leichte Brise in der Nacht.

Maarten und Karin saßen unter dem alten Apfelbaum, hatten ihre Stühle an den aufblasbaren Pool ihrer Tochter gerückt und ließen die Beine ins Wasser baumeln, in den Händen ein Glas mit prickelndem Rosé Secco, aufgefüllt mit halbierten Erdbeeren. Eisgekühlt.

»Köstlich, eine gute Idee von dir.« Maarten pickte sich die Erdbeeren schnell heraus. »Wie war dein Tag?«

»Du, der Nikolas gießt an unserer Dienststelle eine abgesteckte Rasenfläche, als wollte er ein grünes Zeichen setzen.«

»Sagtest du, er gießt?«

»Ja, mit zwei großen Zinkkannen, die er im Kofferraum herumfährt.«

»Hat der einen Hitzeschaden?«

»Dachte ich auch, aber er wirkt klar und verrät uns noch nichts.«

Vom Seeufer schallte Musik zu ihnen herauf. Schlager, deutsch, nicht der abendliche Genuss.

»Das ist aber nicht der Grund für deine Nachdenklichkeit, meine Liebe.«

»Stimmt. Ach, ich weiß nicht so recht.«

Maarten sah sie aufmunternd an. »Los, raus mit der Sprache.«

Karin seufzte, wusste genau, dass er nicht lockerlassen würde. »Ich glaube, der Staatsanwalt hat entweder eine private Krise, oder der kommt in die Wechseljahre, hormonelle Wandlung oder so.«

»Ja, das geschieht uns Männern auch, wenn wir in ein gewisses Alter kommen. Es kündigt sich dadurch an, dass plötzlich ein Porsche vor der Tür steht und die Frau gegen eine zwanzig Jahre Jüngere ausgetauscht wird. Baby, du weißt schon mal Bescheid.«

Karin schaute ihn entgeistert an.

Maarten grinste. »Staatsanwalt Haase also. Wie kommst du drauf?«

»Der Mann wirkt ganz verändert in der letzten Zeit. Nur noch schnell, schnell, irgendwie abgehetzt. Dem kann man kein Ergebnis in der richtigen Zeit vorlegen. Zuerst dachten wir, es läge an neuen Vorgaben, die von höherer Stelle kommen. Er hat auch noch kommissarisch den Posten in Kleve übernommen, dort gibt es eine zeitlich befristete Vakanz. Schwerstkriminalität, das verschafft öffentliche Aufmerksamkeit. Der Haase will Pluspunkte für einen Karrieresprung sammeln, munkelt man.«

Karin nahm einen Schluck vom kühlen Perlwein. »Ich glaube eher, er hat sich vor lauter Ehrgeiz verhoben. Er ist jetzt auch für das linksrheinische Gebiet zuständig. Zusätzlich zum Duisburger Beritt. Der pfuscht mir ins Handwerk, verbreitet schlechte Laune und baut einen unglaublichen Druck auf. Gestern hatte ich den Papp auf und habe mit der Behördenchefin über ihn gesprochen.«

»Du hast mit der van den Berg über Haase gesprochen? Ist das taktisch klug?«

Sie sah ihren Mann lächelnd an und nickte. »Glaub mir, ich kann alles mit ihr besprechen. Erinnere dich, ich habe eine Zeit lang ihre Katzen und ihre halbwegs verlotterte Wohnung versorgt, als sie im Krankenhaus lag. Und sie hat den Umzug vom K1 nicht nur befürwortet, sondern maßgeblich vorangetrieben, weil ich nicht in einem Provisorium im Keller arbeiten wollte. Du weißt, dass ich sonst einen Versetzungsantrag gestellt hätte. Vielleicht sogar länderübergreifend, wie Gero damals. Ich kann ganz offen mit ihr sein.«

»Ich erinnere mich genau, ich fand das so tough von dir. Nur hätte ich mir nicht vorstellen können, dass du wirklich in ein anderes Bundesland gewechselt wärst.«

»Das war Taktik, stimmt. Hier ist mein Zuhause.«

Maarten nahm ihre Hand und drückte einen dicken, weinfeuchten Kuss darauf, sie wusste, wofür. Trotz seiner niederländischen Wurzeln fühlte er sich am Niederrhein angekommen, aufgenommen, heimisch. Kein Gedanke an irgendeinen Umzug.

»Und? Was sagt deine Chefin?«

»Also ihres Wissens nach gibt es keinerlei Anweisungen oder Erfolgsvorgaben aus Düsseldorf. Sie kann sich Haases Schnell-schnell-Spleen nicht erklären. In der Vergangenheit haben sie viele Mittagspausen miteinander verbracht, ich erinnere mich an das Gerücht, die beiden hätten eine Affäre. Jetzt erzählt van den Berg, sie vermeide, ihn zum Essen zu treffen, es mangele ihm an angemessenem Abstand zur Arbeit, und sie habe keine Lust, mittags zu schlingen. Zu dienstlichen Gesprächen komme er manchmal zu spät oder müsse eher gehen. Haase sei auf dem besten Weg zum Burn-out. Sie weiß, wovon sie spricht, sie hat das schon hinter sich.«

Maarten stand auf. »Und er lässt euch dieses Schnell-Schnell spüren?«

»Klar, am liebsten würde er Ermittlungserfolge sehen, bevor die Tat geschieht. So hat Gero es ausgedrückt.«

»Entschuldige die Unterbrechung. Mir ist nach Erdbeernachschub, brauchst du auch noch was aus der Küche?«

»Ja, bring doch die Weinflasche mit, die steht in dem Cooler in der Kühlschranktür. Der Köcher aus Ton.«

Nachdem Maarten die Gläser wieder aufgefüllt hatte, stießen sie mit sanftem Klang an. Maarten erzählte von seinem Tag, von der Idee der Landesregierung, den römischen Limes zum Kulturerbe zu ernennen, was dem Archäologischen Park in Xanten zugutekäme.

»Ich hab davon gehört«, sagte Karin. »Eine große Pressekonferenz in den Thermen mit unserer Heimatministerin und weiterer politischer Prominenz.«

Das Licht in Hannahs Zimmer erlosch, die Musik vom Seeufer ebbte ab, gibbelnde Jugendliche machten sich auf den Heimweg. Eine Nachtigall begann mit ihrem abwechslungsreichen melodischen Gesang. Sie ließen die Gläser stehen, schnappten sich Handtücher und die Weinflasche und gingen hinaus zum See. Im Schutz der Dunkelheit streiften sie ihre Sachen ab und schwammen gemeinsam einige Bahnen hinaus. Dort, im nicht mehr ganz so kühlen Nass, umarmte Maarten seine Frau und raunte ihr ins Ohr: »Sag mir einen schöneren Ort zum Leben als diesen.«

»Och«, sagte Karin, »bei den Verwandten auf Texel finde ich es auch nicht schlecht.«

»Mal gut, dass es weder Versetzungsanträge für die Gegend dort gibt noch römische Areale, um die ich mich kümmern könnte.«

Zurück an Land saßen sie lange auf den Handtüchern im Kies, reichten sich die Roséflasche, genossen den gerade noch kühlen Geschmack und schauten in den Sternenhimmel. Später lagen sie dort und vergaßen alles rundherum.

***

Am frühen Morgen fuhr Willy van de Sandt mit seinem alten Benz vom Hof, als Stefan mit seinem Rad die Zufahrt hochstrampelte. Er gestikulierte, der Senior bremste ab, kurbelte von leichtem Quietschen begleitet seine Scheibe herunter.

»Was willst du? Ich muss weg.«

»Ich muss mit dir reden, wann kommst du zurück?«

»Weiß nich, kannst ja nachher beim Füttern helfen.«

»Da hast du mich falsch verstanden. Reden, nicht helfen.«

»Ist ja gut, bin doch nich senil und hör noch gut.«

Stefan stand in der Dieselwolke und fragte sich nicht zum ersten Mal, was sein Vater in den Tank des Fahrzeugs füllte, drehte um, ging auf Distanz. »Deine alte Kiste stinkt zum Himmel. Ich schau am Nachmittag wieder vorbei.«

»Ja. Worüber willst du denn so dringend reden?«

Stefan trat in die Pedale, drehte sich noch einmal um. »Über das Land, Vadder.«

Der alte Mann steckte seinen Kopf mühsam aus dem Fenster

und gab gleichzeitig wieder Gas. »Dann brauchste gar nich kommen, da gibbet nix zu reden.«

Er brauste davon, Stefan stieg ab und wedelte mit den Händen, ein verzweifelter Versuch, der Abgaswolke zu entkommen. »Doch, Vadder! Da gibt es eine Menge zu reden, ich bin am Nachmittag wieder da!«

Es war nicht erkennbar, ob er ihn verstanden hatte, Willy van de Sandt gab Gas, fuhr extra mit einer Seite auf dem Randstreifen, hinterließ eine Staubwolke, vermengt mit Abgasen, verschwand darin. Stefan stand da und schaute ihm nach, der Benz stoppte kurz, dann setzte er die Fahrt fort.

Etwas bewegte sich in der Wolke auf Stefan zu, schwerfällig, in leichter Schlangenlinie, massig. Es dauerte, bis er Mia Calvers erkannte, die gute alte Haushaltshilfe, die auf ihrem Rad den Weg hochkam, diese treue Seele. Sie erkannte ihn, löste eine Hand vom Lenker, winkte ihm zu, geriet ins Trudeln, fing sich wieder.

»Huhu, Stefan.« Sie hatten sich lange nicht gesehen. Keuchend und klatschnass stieg sie neben ihm vom Rad.

»Mein Junge, geht es dir gut? Komm mit rein, ich habe einen Marmorkuchen gebacken, den isst du doch so gerne. Na, komm, du musst mir erzählen, wie es läuft. Ich würde dir auch einen Kaffee machen, aber vielleicht ist kaltes Wasser besser. Ich habe Willy Bescheid gesagt, sonst gehe ich ja nicht rein, wenn er weg ist.«

Sie hob ihren Korb vom Gepäckträger und hakte ihn einfach mit ihrem feisten Arm unter, öffnete die Küchentür. Drinnen sah es aus wie immer, ein häusliches Schlachtfeld, Fliegen tummelten sich auf Essensresten, die auf gestapelten Tellern klebten, der offene Abfalleimer lebte.

Am liebsten wäre Stefan sofort umgekehrt und gegangen. Was gibt es Schlimmeres, als die Behausung eines Elternteils in so verwahrlostem Zustand vorzufinden? Und hier hatte der Mann, der gestern zu Besuch kam, am Tisch gesessen, ging es ihm durch den Kopf, während Mia schon das Gröbste mit routinierten Handgriffen erledigte, den Eimer vor die Tür stellte, den Raum mit Insektenspray einnebelte und das Fenster aufsperrte.

»Das haben wir gleich, setz dich doch.«

Erst jetzt bemerkte Stefan die Papiere, die auf dem Tisch lagen und sich nur dadurch von ihrer Umgebung unterschieden, weil sie relativ glatt und fleckfrei waren. Das Logo erkannte er von seinem Stuhl aus, er hatte es am Vorabend auf der Tür des silberfarbenen Wagens gesehen. Er traute sich nicht, die Blätter an sich zu nehmen, Mia wuselte fleißig durch den Raum, wollte doch ihrem Stefan in halbwegs ordentlicher Umgebung ein Stück seines Lieblingskuchens anbieten.

»Momentchen noch, gleich hab ich's. Wie geht es dir, erzähl, und wie geht es dem Binchen?«

»Och, so weit ganz gut, wir kommen zurecht. Nur diese Hitze macht uns zu schaffen, man muss das Land ja ständig bewässern. Das ist viel Arbeit und kostet eine Menge Energie.«

Da lagen Informationen über die Pläne seines Vaters auf dem Tisch, und er konnte keinen näheren Blick darauf werfen. Er müsste sich aufrichten, quer über den Tisch greifen, alles so nah und doch nicht so einfach.

Sein Smartphone ertönte, er griff in seine Hosentasche, meldete sich: »Ja?«

»Stefan, wo bleibst du? Einer muss raus zum Ernten.«

»Ich bin gleich zurück, ein paar Minuten noch.«

Während dieser kurzen Sequenz hatte Mia den Tisch völlig abgeräumt, die Papiere ohne einen Blick darauf zu werfen direkt neben ihn auf die Arbeitsfläche gelegt, um kurz über die abgenutzte Holzplatte zu wischen. Und jetzt ging sie auch noch raus, um im Keller nachzuschauen, ob es wohl eine Flasche Mineralwasser gäbe.

»Gleich, mein Junge, gleich gibt es ein Stück Kuchen, und du erzählst mir noch ein bisschen.«

Sie konnte Treppen schlecht bewältigen, egal, ob hinab oder hinauf, das Gewicht, die Gelenke, Stefan wusste das. Sobald er die Kellertür hörte, suchte er auf dem Display des Smartphones die Kamera, stellte sich vor die Papiere, knipste ein Bild nach dem anderen, es waren vier Seiten, doppelt bedruckt.

Er hörte Mia keuchen, sie war auf dem Rückweg, er legte den dünnen Stapel wieder zusammen, blickte erst jetzt auf den Inhalt. Das Logo gehörte zu einem Namen, der am gesamten Niederrhein bekannt war: Kieswerk Heuwels. Fast wäre ihm ein Schrei entglitten. Hatte er doch recht, und waren die Dinge schon konkreter, als er dachte? Wie hatte er diese Entwicklung so falsch einschätzen können?

Die halbe Nacht hatte er gegrübelt, da waren ihm die kurzen Gespräche wieder eingefallen, die Überschriften in der Tageszeitung. Es hatte jedoch in der letzten Zeit keine Feierabendbierchen mit Freunden, keine Chance auf Klatsch und Tratsch und ernste Gespräche gegeben, der Hof forderte im Moment einfach einhundertfünfzig Prozent Einsatz.

Mia schloss die quietschende Kellertür hinter sich. »Mein Junge, da bleibt uns nur Leitungswasser«, rief sie von der Diele aus.

Stefan raunte nur ein Wort, das über allem anderen stand: »Vorvertrag.«

»Hast du was gesagt?«

Schnell setzte er sich wieder. »Mia, alles ist gut, ich habe nur keine Zeit. Gib mir doch einfach ein Stückchen von deinem Kuchen mit.«

Die Enttäuschung war ihr anzusehen, sie fasste sie nicht in Worte, das war so üblich in diesem Haus, man litt still in sich hinein. Stefan sah sie an, strich ihr tröstend über den Arm.

»Wenn du noch eine zusätzliche Arbeit suchst, dann stell dich bei Gisbert Brömkamp vor, der kann Unterstützung brauchen.«

»Wird der nicht von deinem Binchen versorgt?« Mia schnitt ihm zwei große Stücke aus dem runden Kuchen und suchte nach einem Stück Alufolie, wickelte sie vorsichtig ein.

»Nein, der Hof braucht uns beide. Komm einfach rüber,

wenn du es dir überlegst. Bei ihm sieht es nicht ganz so wild aus, und wir könnten uns regelmäßig wenigstens kurz sehen.«

Sie drückte ihm das Kuchenpäckchen in die Hand. »Ich überlege es mir.«

Und dann tat sie, was er noch nie leiden konnte. Sie kniff ihm sanft die Wange zwischen Daumen und Zeigefinger. »Tschüss, mein Junge, und grüß dein Binchen von mir.«

Er trat in die Pedale.

Bine trug die leeren Körbe zum Anhänger, Stefan bog gleichzeitig mit dem Wagen des Imkers auf den Hof, der ihnen die Sommertracht bringen wollte. Karl-Heinz Breitmater öffnete seine Wagentür, nachdem Stefan knapp an ihm vorbeigefahren war.

»Donnerwetter, du bist viel zu schnell für so einen heißen Tag.«

»Ich bin gleich bei dir, du kannst die Lieferung schon mal reinbringen.« Stefan stellte sein Rad ab. »Bine, warte eben, ich muss dir was sagen.«

Er lief zu ihr, und bevor sie mit ihm schimpfen konnte, zog er sein Handy hervor und suchte das erste Foto heraus. »Da, schau, ich habe gefunden, was der ungewöhnliche Besucher meinem Vater gestern ins Haus gebracht hat. Alles ist geplant, aber noch nicht dingfest und unterzeichnet.«

»Was redest du da?«

»Schau hin, mein Alter hat gestern diesen Vorvertrag von einem Vertreter eines Kieswerks bekommen. Er hat ihn noch nicht unterschrieben.«

Bine starrte auf das Display, warf die Körbe unwirsch in den Hänger. »Hab ich's doch gewusst! Alles schon gelaufen, verdammt!«

»Nein, Bine, es ist noch nicht zu spät. Am Nachmittag fahre ich wieder rüber und rede mit ihm.«

»Was versprichst du dir davon? Und, Stefan, wer hilft mir am Nachmittag im Laden? Heute wird angeliefert, alles muss schnell in die Kühlung und in die Regale.«

Hin- und hergerissen lief er durch den Laden, von der Theke zur Tür und zurück. »Versteh doch, der bringt alles unter Dach und Fach, und wir haben nicht die geringste Chance, ihn aufzuhalten.«

Bine stellte sich ihm mit einer Kiste Mangold in den Weg. »Du glaubst nicht ernsthaft, dass ein einfaches Gespräch zwischen Vater und Sohn seine Entscheidungen maßgeblich beeinflusst, oder? Lass ihn in dem Glauben an den schnellen Erfolg.«

»Was?« Stefan sah sie voller Unverständnis an, während sie die Kiste abstellte. »Woher kommt der plötzliche Sinneswandel? Gestern warst du noch ganz aufgeregt.«

»Du warst unruhig in der Nacht, hast dich von einer Seite zur anderen gewälzt, bist erst im Morgengrauen eingeschlafen. Da war ich dann hellwach und habe mal ins Internet geschaut. Das mit den Abbauflächen ist zunächst nur geplant, verstehst du? Nichts ist entschieden. Man weiß, dass hier bei uns riesige Kiesvorkommen unter der Oberfläche lagern. Die Baubranche braucht diesen Rohstoff, und der Niederrhein ist die wichtigste Abbaustätte. Der beste Kies von Nordrhein-Westfalen liegt unter den Füßen von Willy van de Sandt. Das sind die verlässlichen Fakten.«

Bine stellte die Kiste in den gekühlten Raum, in dem die Frischware gegen die Sommerhitze geschützt war.

»Fast überall, wo gebaggert werden soll, rührt sich Widerstand. Drüben auf der anderen Rheinseite, zum Beispiel in dem kleinen Loikum, das zu Hamminkeln gehört, bildet sich die erste Bürgerinitiative. Auch in der Bönninghardt zwischen Issum, Sonsbeck und Alpen malen sie schon Transparente. Die Niederrheiner wollen nicht mehr hinnehmen, dass ihnen das Land vor der Nase abgebaut und gegen Seenplatten eingetauscht wird. Stefan, da mag ja ein Vorvertrag auf dem Küchentisch deines Vaters liegen, aber wo es auf politischer Ebene im Planverfahren kein Okay gibt, da wird auch nicht gebuddelt. Versteh doch, alles ist noch in der Schwebe. Willy van de Sandt hat in seinem Leben noch nie an etwas anderes als an Schweinefleisch und Profit gedacht. Und jetzt wittert er den großen Coup.«

Stefan stand da, dachte nach, nickte, ging zur Tür. »Du magst recht haben. Ich fahre raus und kümmere mich um den Spinat.«

Keine Minute später kam er wieder in den Laden. »Aber morgen rede ich mit ihm. Ich will Klarheit, verstehst du? Und kannst du am Wochenende einen Marmorkuchen backen? Kürzlich habe ich ein Stück von Mia bekommen, der war zu gut.«

Sie kam hinter der Theke hervor und gab ihm einen Kuss. »Den sollst du haben. Und ich bin froh, dass du ihn nicht vierteilen und ans Scheunentor nageln willst.«

Bevor Stefan antworten konnte, hörten sie, wie die Küchentür des Wohnhauses geöffnet und wieder zugeworfen wurde. Gisbert Brömkamp stand in der Tür des Ladens.

»Sabine, ich muss mit dir reden.«

Sie schaute an Stefans Schulter vorbei. »Willst du dich bei uns für dein unmögliches Verhalten entschuldigen? Nur zu, wir hören.«

»Ich will, dat et is, wie et war, Sabine.«

Sie löste sich von Stefan, schob ihn mit einem angedeuteten Nicken an dem Altbauern vorbei nach draußen und drehte ihrem Vater den Rücken zu.

»Ich muss im Laden arbeiten. Lass mich in Ruh und such dir eine andere Blöde. Du hast mir sehr wehgetan, Vater, das kann ich nicht über Nacht vergessen. Entschuldige dich oder geh.«

Sie wusste, dass er nicht in der Lage war, eine Bitte um Verzeihung über seine verkniffenen Lippen zu bringen. In ihrer Erinnerung war Mutter oft so wütend über ihn gewesen. Ein Wort von ihm hätte gereicht, stattdessen brachte der ewige Gram ihr einen inoperablen Hirntumor und einen frühen Tod, davon war Sabine überzeugt.

Oft hatte sie ihre Mutter abends in ihrem Schlafzimmer

weinen gehört, während der Vater unten gegen die Decke bollerte und versorgt werden wollte, ähnlich wie am Vorabend. Er war zu bequem, um aufzustehen, wollte Bier, ein Wurstbrot, Salzstangen. Ihre Mutter lag oft schon am frühen Abend erschöpft im Bett, raffte sich dann auf, brachte ihrem Gatten das Gewünschte und erntete keinen Dank, sondern unverhohlene Kritik an ihrem Äußeren. »Wie du rumrennst, im Nachthemd und ungekämmt, nich enmal de Händ gewaschen. So schmersch wie du bis, pack ich dich nich mehr an.«

Bine wusste damals nicht, was damit gemeint war, hörte nur in ihrem Bett diese unseligen Dialoge. Die schmutzigen Hände ihrer Mutter und das wirre Haar hatten sich eingeprägt, mit dem inneren Vorsatz, selbst nie so auszusehen. Eine Zeit lang hatte sie sich als Kind stündlich die Hände gewaschen und immer einen Kamm dabeigehabt. Nur nicht so aussehen wie die Mutter, nur nicht krank werden und sterben. All das schoss ihr durch den Kopf, als Gisbert Brömkamp in seiner weiten Büx mit den breiten Hosenträgern über dem gerippten Unterhemd breitbeinig im Laden stand.

Er konnte sich nicht entschuldigen. Damals nicht und heute ebenso wenig.

Aus der Kühlzone heraus rief sie ihm zu: »Ich werde nie wieder mit dir sprechen, wenn du dich nicht entschuldigst. Du wirst mich nicht auf die gleiche Art unter die Erde bringen wie meine Mutter. Die ist gestorben, weil sie unglücklich war. Geh ins Haus, lass mich in Ruh!« Die kühle Temperatur lag nicht nur in der Luft, sondern auch in ihren Worten.

Es geschah nicht oft, dass er, wie jetzt, wortlos ging.

***

Moritz hatte sich im lauen Wasser der Xantener Südsee abgekühlt. Ein ehemaliges Baggerloch hinter dem Gartentörchen war schon Gold wert, seine Mutter und ihr Mann hatten sich für das richtige Haus in Lüttingen entschieden. Und da er sich nicht mehr in tropischen Gefilden aufhielt, war das kurze Eintauchen in fremdes Gewässer gefahrlos und erfrischend. Er stand am Ufer und ließ sich von der Sonne trocknen, als sein Smartphone klingelte. Er rubbelte sich rasch Kopf und Hände ab, nahm das Gespräch an. Stefans Stimme klang angespannt und gleichzeitig erschöpft, ihm blieb kaum Zeit für eine Begrüßung.

»Moritz, kannst du vielleicht schon eher anfangen? Wir könnten Unterstützung gebrauchen.«

Stefan rief offenbar vom Feld aus an, Moritz hörte den Motor des alten kleinen Hanomag-Traktors und Stefans Stimme, die das Tuckern mühsam, jedoch erfolgreich übertönte.

»Wir müssen schnell ernten, weil uns die Hitze sonst einiges verdirbt. Bine bleibt im Laden, und ich habe nur zwei Hände. Du kämst gerade recht.«

»Kein Problem, ich mache mich gleich auf den Weg, aber erst mal muss ich mich abtrocknen und anziehen. Ich war kurz im See. Hier darf man ja nicht baden gehen, das untersagt der Betreiber des Freibads. Aber die kurze Abkühlung hat gutgetan.«

Stefan stöhnte am anderen Ende der Verbindung auf. »Bitte keine Geschichten von Baggerseen, die kommen im Moment nicht gut an. Erklär ich dir nachher.«

Moritz klaubte seine Sachen zusammen, den praktischen Longhi würde er gegen eine kurze Hose und ein T-Shirt eintauschen und sich auf sein Rennrad setzen. Zwar hatte er nicht mit einem so schnellen Start als Praktikant gerechnet, jedoch kam der Anruf zur richtigen Zeit. Der Jetlag plagte ihn kaum noch, seine Sachen waren ausgepackt, gewaschen und versorgt, sein Fahrrad blitzsauber und geölt, heute war der erste Tag seit langer Zeit mit Sequenzen von Müßiggang, das war er nicht gewohnt. Seine Tage in Myanmar waren stets gefüllt mit sinnvoller Tätigkeit und frohen Momenten. Er würde seiner Liebsten am frühen Abend über Skype berichten.

Er freute sich über den leichten Fahrtwind, der ihm den

Schädel unter dem ungewohnten Helm kühlte, solange er in Bewegung war, fuhr von Lüttingen aus die B 57 am Altrheinarm entlang bis zur kleinen Kreuzung hinter dem ehemaligen Restaurant Grünthal, das Einheimische auch noch in Jahrzehnten so nennen würden, und bog dort rechts in die Drüpter Straße. Nichts als durstige Felder zu beiden Seiten. Er fuhr links in die Römerstraße, um wenig später zwischen den Feldern, auf denen die Hitze flirrend stand, rechts in den Ohlfeldweg einzubiegen. Vor ihm lag linker Hand der Brömkampshof, erkennbar an den Gemüsereihen, in langen Streifen gesetzt, und den Gewächshäusern.

Moritz staunte über die Veränderung, die seit seinem letzten Besuch hier stattgefunden hatte. Wie lange war das her? Mindestens fünf Jahre. Bisher hatte er aktuelle Bilder vom Hof nur im Internet gesehen.

Im Hintergrund war das Anwesen van de Sandts schemenhaft erkennbar, unverändert, umgeben von dürren Maisfeldern, denen es sichtbar an Wasser mangelte. Moritz meinte den Geruch von Schweinemist, den Stefan als Junge unfreiwillig mit sich herumgetragen hatte, bereits aus der Ferne wahrzunehmen. Über das flache Land zog eine Staubwolke, die der alte Traktor auf dem Feldweg aufwirbelte, auf dem Stefan sich in Richtung des Gehöfts bewegte. Hier würde Moritz ein Jahr lang arbeiten. In dieser langweiligen flachen Landschaft, in der Nähe zum großen Schweinezüchter von Drüpt.

»Kopf hoch, Moritz, der Weg ist das Ziel«, ermunterte er sich und trat in die Pedale, um Stefan einzuholen, tauchte ab in die Staubwolke und nutzte die Einfahrt zu einem Feld, um ihn kühn zu überholen. Stefan hupte, als er ihn erkannte, beide hielten an. Stefan sprang vom Sitz, Moritz legte sein Rad an den trockenen Feldrand. Als hätten sie sich erst vorgestern gesehen und seien keinen Deut älter als sechzehn, begann ein Ritual aus Jugendzeiten.

Sie umarmten sich nicht, sondern boxten sich spielerisch auf Oberarme und Brust, tänzelten im Kreis.

»Mensch, Alter, das ist so gut, dich wiederzusehen. Klasse, dass du eher da bist.«

»Und ich bin froh, dass ich bei euch anfangen kann. Gut siehst du aus, Alter, sonnengebräunt, muskulöse Arme, ey, ich denke, du pflanzt Gemüse. Bleibt da Zeit fürs Bodybuilding?«

Stefan lachte, sie legten jeder einen Arm um die Schulter des anderen und standen pustend auf dem Weg.

»Du Witzbold, Kisten schleppen, ernten, sortieren, Kisten packen, ausliefern, du wirst zugucken, wie deine Oberarme wachsen. Komm, lass uns zum Hof fahren, Bine wird sich freuen, dich zu sehen.«

»Und dein Vater? Lebt der noch, oder hat der Alkohol ihn schon dahingerafft?«

»Hör bloß auf! Der stresst total.«

»Einfach war er ja nie. Hat er denn neu geheiratet?«

»Wer will denn so einen alten störrischen Suffkopp haben? Nee, der wird immer noch von Mia versorgt.«

Moritz lachte herzhaft. »Ich kann es kaum glauben. Die ist immer noch da? Die war schon damals eine geeignete Kandidatin für ›Bauer sucht Frau‹. Die haben sich noch nicht gefunden?«

»Frag mich nicht, mein Vater bespricht weder sein Liebesleben noch seine Pläne bezüglich des Hofes mit seinem einzigen Sohn. Ein Stockfisch eben.«

Stefan wies mit dem Kopf in Richtung van de Sandt. »Schau dir das weite Land an und stell dir vor, dass statt Mais eine Wasserfläche im Sonnenlicht glänzt. Das hat der Alte vor.«

»Wie? Ich versteh nicht, was du meinst.«

»Er will an die Kiesindustrie verkaufen.«

»Bist du dir sicher? Ich dachte immer, der kann nicht ohne Schweine.«

»Das dachte ich auch. Bis er mit einem Vertreter der Baggersleut Brüderschaft getrunken hat. Ich muss dringend noch mal rüberfahren, um mit ihm zu reden.«

Moritz wies auf den Brömkampshof. »Und Bines Vater? Das war ja gruselig, dass auf zwei Nachbarhöfen Witwer mit je einem Kind lebten, ist mir später erst bewusst geworden. Umso schöner, dass ihr euch gefunden habt.«

Stefan lachte, nickte zugleich. »Sie ist meine Feld-und-Wiesen-Liebe. Genau genommen ist Bines Vater ebenso schlimm wie meiner. Der hat ihr zwar den Hof überschrieben, und wir fanden es okay, dass er ein lebenslanges Wohnrecht eingetragen hat, aber der wird von Jahr zu Jahr fordernder, kennt kein Bitte oder Danke, immer nur ich, ich, ich. Bine hat ihm gerade die töchterliche Fürsorge gekündigt. Ich bin gespannt, wie lange sie das durchhält. Spätestens wenn er verdreckt über den Hof schlurft, wird sie weich werden.«

Hinter dem Traktor hielt ein Wagen, ungeduldiges Hupen drang zu ihnen. Stefan signalisierte der Fahrerin, dass er gleich weiterfahren würde. An Moritz gewandt deutete er hinter sich. »Die Sommerling, eine penible Stammkundin, die hat es eilig. Wir treffen uns gleich auf dem Hof. Fahr los, sonst schluckst du meinen Staub.«

Moritz war dankbar für den Vorsprung, stellte das Rad neben dem kleinen Laden ab und staunte. Ein Bioladen mitten auf dem platten Land. Und die neugierigen Köpfe, die über einen Holzzaun lugten, die waren auch neu.

Bine kam herausgelaufen, sah Moritz zu den Alpakas schauen. »Die sind hinreißend, oder? Meine neuen Lieblinge.«

Während Stefan seinen Traktor abstellte, gingen Bine und Moritz zu den Tieren, Elke Sommerling parkte und begab sich, unbemerkt von den anderen, mit einem Weidenkorb zum Hofeingang des Bauernhauses. Der führte in den Flur und wurde in der Regel nur von der Familie und Bekannten benutzt. Fremde und Vertreter benutzten den Haupteingang, der seitlich des Hauses lag.

Stefan führte seinen Praktikanten über die Felder und längs der Beete, erklärte ihm, was in den Gewächshäusern wuchs oder geplant war. Gleichzeitig überprüften sie die Bestellungen für Wochenkisten, die am nächsten Morgen früh geerntet und ausgeliefert werden mussten.

Moritz hielt inne. »Äh, ich kann dich begleiten, aber nicht selber herumfahren.«

»Wieso? Kennst du dich nicht mehr aus am Niederrhein? Mit einem Navi findest du den optimalen Weg, und nach der dritten Fahrt kennst du dich aus.«

»Darum geht es nicht. Stefan, ich hab gar keinen Führerschein.«

»Das ist ja ein Ding. Wie bist du deinen Lappen denn losgeworden?«

Moritz schaute ihn ungläubig an. Wie absurd musste das wirken – in seinem Alter hatte man die Fahrstunden hinter sich oder war den Lappen schon wieder los.

»Ich habe nie einen gehabt. Ich bin doch mit achtzehn gleich ins Ausland, und bei der UNESCO hast du immer ortskundige Fahrer, denn es gibt Ziele, die auf keiner Karte verzeichnet sind. Ich muss hier erst mal zur Fahrschule. Bis dahin kann ich auf dem Hof arbeiten.«

Stefan seufzte übertrieben. »Oh Mann, ich habe einen Helfer ohne Fahrerlaubnis eingestellt, ich kann's nicht glauben. Du meldest dich flott an, üben können wir zwischen den Feldern, okay?«

Während Stefan wieder hinausfuhr, ging Moritz zum Laden. Er und Bine schauten auf, als vom Hof her Stimmen zu ihnen drangen.

»Das ist doch mein Vater. Wer ist denn da bei ihm?«

Gemeinsam lünkerten sie durch das Fenster hinter der Kasse. Moritz wies auf das geparkte Auto. »Das ist eine Stammkundin, hat Stefan gesagt.«

Beide beobachteten, wie der alte Brömkamp sich von einer Frau verabschiedete. Nicht überschwänglich, auch nicht höflich, aber so, dass jeder in unmittelbarer Nähe es mitbekommen musste.

»Morgen bringste en Kasten Diebels mit. Und du kümmerst dich um die Reise mit der ›Aida‹.«

Bine traute ihren Augen nicht. »Das ist eine Kundin der ersten Stunde, Elke Sommerling. Was macht die da?«

»Sie kümmert sich anscheinend um den alten Herrn.«

»Dem Querulanten habe ich gerade meine Dienste gekündigt, weil er sich wie ein Arschloch benimmt.«

Moritz wies zu den beiden Personen auf dem Hof. Brömkamp schaffte es tatsächlich, die linke Hand aus seiner Hosentasche zu befreien, und brachte so etwas wie ein zaghaftes Hinterherwinken zustande. Danach schaute er mit verkniffenem Mund zu Bines Laden hinüber, man konnte es Siegessicherheit nennen, was sich in seinem Gesicht spiegelte.

Bine schüttelte den Kopf. »Das kann doch nicht wahr sein, anscheinend hat er einen Ersatz gefunden. Verdammt schnell. Gestern hat sie mitgekriegt, wie er hinter mir herbrüllte, heute nimmt sie seine Einkaufswünsche auf.«

Sie wandte sich ab. »Ich hoffe mal, dass sie auch seine Dreckwäsche mitnimmt.«

Moritz sah, wie der Altbauer eine Gardine zur Seite schob, um noch einmal zu ihnen herüberzuschauen. »Er scheint genau zu beobachten, wie du reagierst.«

»Ich werde mir nichts anmerken lassen. Ich frage mich allerdings, was die Sommerling dazu bewegt, sich um ihn zu kümmern.«

Moritz nahm ihr eine Kiste Frühkartoffeln aus den Händen. »Meine Oma würde referieren, dass es mehr alleinstehende Frauen als Männer gibt. Sie bezeichnet ihre Beziehung zu Henner als himmlische Fügung, sie habe nicht gesucht, die beiden hätten sich gefunden. Viele Frauen legen sich ins Zeug, um einen von den wenigen frei laufenden Exemplaren zu kapern. Vielleicht rechnet sie sich Chancen aus.«

Bine verzog das Gesicht, wies mit ausladender Geste auf das Haus. »Chancen? Bei einem Kerl wie dem? Von mir aus kann sie den geschenkt haben.«

Sie bemerkte, dass Moritz still in sich hineinlächelte. »Was grinst du so?«

»Ich dachte gerade, vielleicht nimmt sie ihn ja wirklich mit.«

»Was, wie meinst du das?«

»Stell dir vor, er fährt mit ihr. Neues Leben im Alter und so. Ihr wärt ihn auf sehr elegante Weise los und könntet hier ungehindert schalten und walten. *Would be nice, wouldn't it?*«

Jetzt musste Bine lächeln. »Der Alte weg? Das wäre traumhaft.«

***

Was für ein lauer Abend. Karin schaute hinaus auf den See und bemerkte nicht, dass Moritz in den Garten kam.

»Das Duschen tat gut.«

Karin drehte sich um. »Moritz, schön, dich zu sehen. Und? Wie ging es dir auf dem Bauernhof?«

Er hockte sich im Schneidersitz neben sie auf den Boden. »Es war ein ereignisreicher Tag. Und da murkelt es zwischen den Generationen. Ansonsten viel Arbeit, ein wenig Irritation, alte, vertraute Freundschaft. Ich erzähl es dir am Wochenende, jetzt bin ich einfach nur fertig.«

Er knetete sich die Hände, kreiste mit den Schultern. Karin ahnte, was los war. Ungewohnte körperliche Tätigkeit machte sich bemerkbar. »Soll ich dich massieren?«

»Nö, geht schon, ich leg mich gleich hin. Soll ich morgen mal eine Wochenkiste mit Gemüse mitbringen? Das ist eine total gute Idee, frischer Vorrat an Saisongemüse für sieben Tage.«

»Ja, mach das.«

Moritz stand nicht gerade elegant auf. »Kriege ich bestimmt umsonst mit. Die beiden sind echt froh darüber, dass ich bei ihnen mein Praktikum mache. Bine wird sogar jeden Mittag für mich mitkochen.«

»Das ist lieb gemeint, Moritz, aber ich bezahle für harte

Arbeit den regulären Preis. Du hast mich gerade als Kundin geworben, erzähl das Stefan und bestell ihm Grüße von mir.«

Maarten und er begegneten sich an der Terrassentür und wünschten sich eine gute Nacht.

Maarten wies in Richtung Haus. »Du, Moritz sieht aus wie meine jungen Studenten der Archäologie nach ihrem ersten Ausgrabungstag. Die wollen alles auf einmal geben, und das Ergebnis ist ein ausgewachsener Muskelkater. Mal sehen, wie er sich morgen bewegt.«

Karin lächelte. »Bestimmt eckig, aber er klagt nicht, das rechne ich ihm hoch an.«

VIER

Am nächsten Morgen hatte Stefan die bestellten Kisten bereits ausgeliefert, als Moritz auf den Brömkampshof kam. Nach einer kurzen Streicheleinheit für die Alpakas, deren Charme er sich nicht entziehen konnte, fuhren die beiden Männer mit Traktor und Hänger zu den Gewächshäusern. Sie lagen in unmittelbarer Nähe zum Hof der van de Sandts, man konnte ihre Dächer schließen, um die Ernte vor Schadstoffen in der Luft zu schützen. Bei diesen Außentemperaturen war es allerdings fraglich, ob die Tomaten das verkrafteten, denn ohne Lüftung heizten sich die Häuser trotz ausgefahrenem Sonnenschutz schnell auf, aber es war der geringere Schaden, eine Charge Tomaten zu verlieren als die Zertifizierung.

Pflücken, packen – nach einer Viertelstunde in der gespeicherten Wärme arbeiteten sie bereits mit bloßem Oberkörper, jeder hatte ein kleines Handtuch in den Hosenbund geklemmt, um sich ab und zu den Schweiß vom Körper zu wischen.

In solch einer kurzen Pause hörten sie einen Lkw auf Willy van de Sandts Hof halten, die Bremsen quietschten. Mehr brauchte nicht zu geschehen, um die Schweine im Stall in höchste Aufregung zu bringen. Ihre Schreie durchbrachen die ländliche Stille.

Stefan nahm einen Schluck Wasser und deutete mit seiner Flasche in Richtung Hof. »Der Viehhändler holt schon wieder welche ab.«

»Du sagst das so, als sei es etwas Besonderes. Dein Vater macht seit Jahren nichts anderes, als Schweine aufzuziehen und sie zu verkaufen.«

»Da hast du völlig recht, nur verkauft er momentan mehr, als er nachzüchtet. Ich habe dir ja von seinen Plänen erzählt, da hast du den Beweis.«

Die Rampe des Lkws glitt hydraulisch zu Boden, es wurde unerträglich laut nebenan, Stefan konnte es kaum ertragen.

Moritz erinnerte sich. »Du bist früher manchmal über Nacht bei uns geblieben, weil du nicht genau wusstest, wann der Händler kommt. Du kannst sie heute noch nicht schreien hören, richtig?«

Heftiges Nicken.

»Dann fahr doch zum Hof, ich mache hier weiter, und du kommst zurück, wenn der Lkw wieder weg ist. Soll ich dich informieren, wenn der wieder losfährt?«

»Das ist nett von dir, aber in zehn Minuten ist alles geschehen. Es bestätigt nur meine Vermutung, ich muss zu ihm gehen und ihn zur Rede stellen. Er soll mir ins Gesicht sagen, dass er das Land, das er in vierter Generation bewirtschaftet, abbaggern lassen will, statt zumindest einen Teil davon der fünften zu überlassen.« Ohne ein weiteres Wort lief er hinüber zu dem Glashaus, das am weitesten entfernt lag.

Moritz pflückte weiter, schaute einige Zeit später zwischen den hochgezogenen Tomatenstauden hindurch zum Schweinezüchter und sah, dass die Laderampe wieder hochgefahren wurde. Auf der Heckseite stand der Name des Unternehmens, und darunter erblickte er eine Zeichnung, die er zunächst nicht deuten konnte und die ihn bei genauerem Hinsehen schockierte. Zwei Schweine, die mit einem Drink in der Pfote lächelnd in Liegestühlen unter einem Sonnenschirm lagen, darunter in großen Lettern: »Wir reisen artgerecht mit Lüftung und Tränke.«

Was sollte dieses Bild suggerieren? Wir reisen gern Tausende Kilometer nach Rumänien oder noch weiter zum Schlachthof unserer Träume? Bevor Moritz die Kamera seines Smartphones aktivieren konnte, um diese Geschmacklosigkeit zu dokumentieren, fuhr der Viehtransporter los. Er sah Willy van de Sandt mit den Händen in den Hosentaschen breitbeinig mitten auf seiner Auffahrt stehen, in den Staub blickend, den das Fahrzeug mit dem Ergebnis seiner Aufzucht im Laderaum verursachte. Viehzucht würde im Studium nie zu seinem Hauptthema werden.

»Alles vorbei«, schrieb er an Stefan.

»Nichts ist vorbei, das ist nur der Anfang«, schrieb der zurück. »Bin gleich wieder da.«

Sie arbeiteten wortlos weiter, ununterbrochen und vor sich hinsinnierend, bis zur Mittagszeit.

Vor der Eröffnung des Bioladens hatten Bine und Stefan überlegt, ob es sinnvoll wäre, eine Mittagspause einzuhalten. Bine hatte sich durchgesetzt. Wer hart arbeitet, muss auch gut essen. Unter dem großen Sonnenschirm neben dem Laden hatte sie den Tisch gedeckt. Moritz war dankbar dafür, in der Pause mitversorgt zu werden. Sie hatte eine große Schüssel Salat angerichtet, dazu gab es Frikadellen, die mit Schafskäsewürfeln gefüllt waren, und natürlich Erdbeeren zum Dessert, dieses Mal mit Vanilleeis.

Genau zu diesem zuckersüßen, aromatischen Genuss stoppte der Wagen von Elke Sommerling auf dem Hof, so weit wie möglich entfernt, als wünsche sie sich, unsichtbar zu bleiben. Der Kasten Diebels, den sie aus dem Kofferraum hievte, schien ihr Probleme zu bereiten, zumal sie noch einen gefüllten Tragekorb daraufstellte. Sie lehnte den Kasten an ihre Oberschenkel, ging mit kleinen, unsicheren Schritten.

Moritz wollte aufspringen, Stefan hielt ihn zurück und flüsterte: »Lass sie, sie hat es so gewollt.«

Bine schaute ihr grimmig entgegen, beugte sich zu den beiden Männern und sprach so laut, dass es der Kundin trotz der klirrenden Geräusche aus dem Bierkasten nicht gelingen konnte, sie zu überhören.

»Da schau an, da kommt sie wieder angeschleimt. Ob ich mal eben die Schmutzwäsche erwähne? Vater besitzt keine Unterhosen für einzelne Wochentage, hätten sie einen Aufdruck, dann stünden die Monatsnamen drauf.«

Elke Sommerling verschwand im Haus, ohne die drei eines

Blickes gewürdigt zu haben. Stefan schüttelte grinsend den Kopf. »Du bist unmöglich.«

Bine schaute ihn ernst an, während sie ihr Erdbeerschälchen leerte. »Du hast dir nie Gedanken über die Anzahl der Unterwäschestücke auf der Leine hinter dem Haus gemacht, richtig?«

»Nein, ich bin immer noch dankbar, dass du den Part übernimmst, ich habe nie drüber nachgedacht, wie viel Wäsche von wem dabei ist.« Er ließ seinen Löffel sinken. »Du meinst, äh, deine Anmerkung war nicht übertrieben oder zum Vertreiben potentieller Interessentinnen gedacht, die sich einen Altbauern angeln wollen? Ist er so ein Schmutzfink?«

Sie sagte nichts, nickte einfach nur und begann, den Tisch abzudecken.

Stefan rümpfte die Nase. »Bah, es sträubt sich mein Vorstellungsvermögen, ich hoffe, du trägst Einweghandschuhe beim Wäschesortieren.«

Moritz fühlte sich unwohl, stand auf, um Bine zu helfen, wurde abgewiesen. »Nein, das ist mein Job, ihr malocht da draußen, und hier bin ich zuständig.«

»Danke, aber auf Dauer möchte ich mich revanchieren. Ich kann unmöglich hier ein Jahr lang umsonst essen und nichts dazu beitragen. Plane mich doch für den Abwasch ein. War früher bei uns schon so. Einer kocht, und der andere macht die Küche fertig.«

Stefan zog ihn zu sich auf die Bank. »Lass sie. Du verdienst hier fast nichts, da ist es selbstverständlich, dass du mittags mit uns isst. Wir sind doch froh, dass du da bist. Heute Abend werden dir die Hände und die Schultern schmerzen, und du wirst deine Idee verfluchen.«

Moritz tat die Bemerkung mit einer lapidaren Handbewegung ab. »Ach was, wir sind doch jung und stark, das bisschen Pflücken, Packen, Harken und was nachher noch kommt, das haut mich nicht um.«

Stefan sah ihn lächelnd an. Noch bevor er etwas sagen konnte, standen der alte Brömkamp und sein Besuch wieder auf dem Hof. Elke Sommerling trug demonstrativ einen vollen Wäschekorb zu ihrem Kofferraum.

»Und die Reise mit der ›Costa Mare‹ durch et Mittelmeer is günstiger als die ›Aida‹ in der Fernsehzeitung?«

»Ja, du sparst einhundertfünfundsiebzig Euro.«

»Davon gibbet dann jeden Abend ein lecker Bierchen an Bord. Oder auch zwei.«

»Aber da es ein Last-Minute-Angebot ist, geht es in zwei Tagen schon los. Ich bringe die Wäsche morgen zurück, und wenn es dir recht ist, helfe ich dann beim Packen.« Da war er, der Seitenblick zu den Männern auf der Bank. Mit verkniffenem Mund sprach sie weiter: »Hier scheinst du ja keinerlei Unterstützung zu bekommen. Ich mach das doch gerne. Und iss das Tofuschnitzel schön auf.«

Stefan raunte Moritz zu: »Sie bekocht ihn also vegetarisch. Pass auf, gleich geht es los.«

Noch bevor Moritz nachfragen konnte, was er meinte, schmetterte Brömkamp los. »Dat is doch en Sauzeug, dat ess ich nich, hat Sabine auch mal gemacht. Ich brauch echtes Fleisch und nich so wat Künstlichet. Nee, nee, dat kannste gleich wieder mitnehmen, da fahr ich lieber nach de Tankstelle auf eine Pommes.«

Elke Sommerling stieg ungeachtet der Äußerungen in ihr Auto, ließ die Scheiben herunter und startete den Motor. Stauhitze. »Stell es doch in den Kühlschrank, ich nehme es morgen mit.«

»Dat kommt mir nich in den Kühlschrank.«

Sie stieg geduldig wieder aus, ging ins Haus und kam mit zwei Tupperdosen zurück. »Dann weiß ich Bescheid, und morgen gibt es ein deftiges Gulasch.«

»Aber nich zu scharf.«

»Nein, genau richtig.«

Stefan griente. »Ich glaube, so einen Dialog haben Bär und Muschi aus der Eifelserie ›Mord mit Aussicht‹ auch mal von sich gegeben.«

Moritz sah ihn fragend an.

»Stimmt, kannst du nicht kennen, schau mal in der Mediathek nach, ist total witzig.«

Sommerling fuhr. Gisbert Brömkamp stand unschlüssig auf dem Hof, seine Augen schienen nach seiner Tochter zu suchen. Er sagte nichts, nein, er schrie, für jede einzelne Silbe Luft schöpfend, damit seine Botschaft im letzten Winkel des Hauses ankam.

»Und wenn ich wieder da bin, dann geh ich zum Notar. Wenn mich hier keiner versorgt, dann war et vielleicht en bissken früh mit et Überschreiben von dem Hof. Hast du gehört, Sabine? Ich lass alles rückgängig machen, da kannst du einen drauf lassen.«

Stefan konnte sich nicht zurückhalten. »Mensch, Gisbert, jetzt übertreib mal nicht.«

Brömkamp drehte sich kurz um, in einer Geschwindigkeit, die man ihm nicht zugetraut hätte. In seinen Augen blitzte es gefährlich, mit zittriger Hand deutete er auf Stefan. »Und du hältst dich da raus. Ohne dich gäb et die ganzen spinnerten Ideen hier nich, du Öko-Fuzzi.«

Jetzt hielt Moritz Stefan zurück, während Brömkamp im Haus verschwand. »Halt, bleib, mach nichts, was du später bereuen könntest. Übermorgen ist er erst mal auf Tour, und wenn er zurückkommt, dreht sich die Welt bestimmt immer noch im Tagesrhythmus, wirst sehen.«

Stefan schnaubte vor Wut, es fiel ihm schwer, nicht aufzustehen und hinter dem alten Mann ins Haus zu laufen, er hieb mit der Faust auf den Tisch. »Eher stürzt uns ein Meteorit auf den Kopf, als dass der Einsicht walten lässt.«

Moritz stand auf und streckte sich. »Ihr habt doch alles per Vertrag abgesichert, oder?«

»Natürlich, der gesamte Hof mit Gebäuden und dem Land ist auf Bine überschrieben worden. Ich wollte nicht aufgeführt werden, schließlich habe ich bis vor ein paar Tagen mit der Übernahme da drüben gerechnet.«

»Frag irgendeinen Notar, ob Brömkamp die Verträge rückgängig machen kann. Das glaube ich nicht. Meine Oma sagte immer: Geschenkt ist geschenkt, und wiederholen ist gestohlen. Sie ist eine schlaue Frau, glaub mir.«

Schließlich stand Stefan auf, eine Spur ruhiger, mit einem kleinen Lächeln im Mundwinkel. »Du und deine Oma Johanna, ihr wart früher ein tolles Gespann. Komm, Praktikant, weitermachen.«

»Jau, Chef, an die Harke, fertig, los.«

***

Hauptkommissarin Karin Krafft vermied es bewusst, Staatsanwalt Haase über den Weg zu laufen. Alles, was sie brauchte, war guter Kontakt zu den Beamten der Wache, die im Erdgeschoss untergebracht waren. Ein kurzer Anruf von unten, sobald Haase das Gebäude betrat, und ihr blieb Zeit, den PC herunterzufahren, ihren kleinen Rucksack zu greifen, und ab ging es ins Treppenhaus, während der Aufzug die oberste Ebene erreichte und Haase ausstieg.

Gerade wollte sie mit einer Akte in ihrem Rucksack hinüber zum benachbarten Kreishaus laufen, in dessen Untergeschoss die Asservatenkammer und das Archiv untergebracht waren. Sie schmunzelte bei der Erinnerung an Geschichten, die sie im Zusammenhang mit diesen Räumlichkeiten über ihren Hund erfahren hatte. Woodstock hatte lange Jahre einem Kollegen von der Drogenfahndung gehört und wurde sehr erfolgreich als Spürhund eingesetzt. Wenn dem Hund langweilig wurde, hatte er sich bis in den Keller vor die Kammer geschlichen und die dort eingelagerten Drogenfunde bewacht. Man sagte dem Tier eine suchtartige Affinität zu Marihuana nach, was wohl eher auf seinen damaligen Besitzer zutraf, der wegen umfangreichem Handel mit entwendeten Asservaten eine Gefängnisstrafe verbüßte.

Heute kam Karin allerdings nicht weiter als bis zum Parkplatz, auf dem Nikolas Burmeester seine angekündigte Mittagspause verbrachte. Er stand neben dem geöffneten Kofferraum seines altersschwachen Polos und schaute Karin entgegen, die sich mit eiligen Schritten näherte.

»Was ist? Einsatz?«, fragte er.

»Wie man's nimmt, Haase im Anmarsch. Nenn es Flucht vor der Konfrontation. Ich habe die Kollegen oben nicht warnen können, die werden sich nachher bei mir beschweren.«

Ihr Blick fiel in Burmeesters Kofferraum. Sie sah die beiden schweren Gießkannen, daneben lagen ein Klappspaten, mehrere Holzpflöcke und ein Hammer, eine Rolle Schnur, Arbeitshandschuhe und ein Gartenbuch, aus dem diverse bunte Merkzettel ragten.

»Ich weiß, es bleibt jedem selbst überlassen, was man im eigenen Auto durch die Gegend fährt, aber vielleicht erklärst du deiner neugierigen Vorgesetzten endlich mal, was du vorhast?«

Burmeester fühlte sich ertappt. »Ich, äh, ich habe vor, diese Brachfläche in einen Gemüsegarten für Jedermann zu verwandeln. Quasi als ehrenamtliches Projekt. Ich stelle mir vor, abends selbst gezüchtete Zucchini mitzunehmen, im Herbst einen Hokkaido-Kürbis. Gesund, ohne Herbizide, Pestizide und womit sonst noch das Supermarktgemüse konventionell aufgezogen wird. Dazu muss ich aber erst mal auf einer kleinen Fläche testen, ob es funktioniert.«

»Was? Gärtnern am Arbeitsplatz? So eine durchgedrehte Idee kann nur in deinem Kopf entstehen. Ich kann's nicht fassen.«

Burmeester spreizte seine Arme. »Schau dich um, überall gibt es Flächen mit langweiligem Rasen, da kann man doch besser etwas Fruchtbares draus machen. Und ich beanspruche ja nichts für mich, sondern jeder hier wird sich frei bedienen können. Und als Nebeneffekt wird es die natürliche Hemmschwelle gegenüber der Polizei abbauen, das wird sich positiv auf unser Image auswirken.«

Karin tippte sich an die Stirn. »Die Polizei, dein Freund

und Gärtner oder was? Denk doch mal nach, du kannst nicht einfach eine öffentliche Fläche für deine Zwecke annektieren. Wenn jeder das machen würde …«

»… dann wären unsere Grünanlagen nicht so öde und würden einen sehr sozialen Sinn erfüllen. Gesundes Gemüse für alle.«

»Auf welchem Trip schwebst du gerade? Gesund. Deine bisherigen Essgewohnheiten, die hinlänglich bekannt sind, würde ich eher als gegenteilig einstufen. Ich sage nur Fast-Food-Junkie.«

Er brüstete sich, lächelte sie an. »Der Mensch kann sich verändern. Seit Monaten meide ich die Tempel des schnellen, ungesunden Essens.«

Karin sah das Lächeln in seinem Gesicht und den Ehering, den er gerade betrachtete. »Ach so, es liegt an Yasmin, ich verstehe. Die geheime Macht der Frauen. Wie hoch ist die Wahrscheinlichkeit eines Rückfalls in alte Gewohnheiten bei dir? Mit der Kleidung hat es schließlich auch nicht geklappt, du bist bunt wie eh und je.«

»Aber bunt und hochwertig, das musst du zugeben. Sie hat mich einfach überzeugt, es schmeckt besser. Und davon sollen hier an dieser Stelle auch andere profitieren.«

Karins Skepsis entging ihm, er blickte freudig auf den trockenen Boden, seine Augen leuchteten, als würden sie bereits die Keimblätter edler Gemüsepflanzen aus behördlichem Boden ragen sehen. Karins Stimme holte ihn aus seinen Träumen.

»Burmeester, der Gedanke könnte reif für einen Friedensnobelpreis sein. Leider gilt es, ein kleines Hindernis zu bewältigen.«

In energiegeladener, nahezu trotziger Pose stand er breitbeinig und mit verschränkten Armen vor seiner Chefin. »Was soll das heißen?«

»Das hier ist nicht Indien, wo du geboren bist, Nikolas, du bist deutscher Beamter. Garantiert brauchst du Genehmigungen und Zustimmungen, es müssen Anträge gestellt werden, über die in zuständigen Gremien entschieden wird. Da ist es völlig egal, wie edel deine Beweggründe sind.«

Burmeester ließ die Arme sinken. »Verflixt, musst du mich so hart auf den Boden der Realität holen?«

Im nächsten Moment sah er im Augenwinkel einen Mann im grauen Anzug aus der Wache kommen. Bei der Hitze völlig korrekt gekleidet, das konnte nur einer sein. »Da ist der Haase, lauf los oder duck dich.«

Ohne sich umzudrehen, lief Karin los, rief noch: »Wir reden nachher drüber«, und spurtete zum Kreishaus.

Haase kam bei Burmeester an und fragte ihn, ob das gerade die Hauptkommissarin gewesen sei.

Burmeester schloss seinen Kofferraum, der Mann musste nicht auch noch von seinem Plan vom Gärtnern erfahren, und schüttelte den Kopf. »Bei mir ist sie nicht gewesen.«

Haase machte kehrt und fingerte gleichzeitig ein Smartphone aus der Tasche seiner Jacke; Burmeester hörte nur noch Bruchstücke seines Gemurmels.

»… nie erreichbar, wenn man sie braucht … werde sie anrufen … muss sich ändern … geht so nicht weiter …«

Nikolas Burmeester würde seiner Chefin berichten. Das klang nach Ärger.

***

Der alte Benz war nicht zu überhören. Moritz stand neben Stefan vor dem Laden und musste so laut lachen, dass ihm die Kiste, die er hineintragen wollte, fast aus den Händen fiel.

»Es gibt den alten Stinker ja noch immer, ich kann's nicht glauben. Der meistgebaute 203 C, bestimmt noch mit dem ersten Motor. Wie viele Kilometer hat der hinter sich?«

»Ich schätze mal, nicht so viele, wie man nach all den Jahren vermuten würde.«

»Was?«

»Na, der fährt von hier zum Raiffeisenmarkt, zur Kneipe,

früher noch sonntags zur Kirche, und das war's. Vadder war einmal in Krefeld bei einer Cousine zur Goldenen Hochzeit, und mit einem eingewachsenen Zehennagel ist er ein paarmal zu einer Fußpflegerin nach Xanten gefahren. Ich glaube, er hat mit dem Wagen nur selten eine der Rheinbrücken zwischen Düsseldorf und Emmerich überquert.«

Im Näherkommen erhob sich eine gewaltige erdfarbene Wolke mit dunklen Schleiern hinter dem Wagen. Der hellblauen Lackierung mangelte es an Politur, im Kontrast zur hellen Farbe zierten dunkle Streifen Rost die Kanten und diversen Schweißnähte.

»Was hat der im Tank, fährt der mit Heizöl?«

»Das vermute ich schon lange, vielleicht eine Mischung mit Rapsöl von Aldi.«

»Und wie kommt der über den TÜV?«

Stefan stellte sich neben ihn, sie schauten dem klapprigen Benz entgegen, der eine Mischung aus Abgasen und Staub hinter sich herzog.

»Frag den Alten, ich tippe auf milde Gaben. Ein Schwein gegen die Plakette oder so, anders kann ich mir das nicht erklären.«

Immer näher rollte das Fahrzeug auf sie zu, dessen Farbe an Badezimmer aus den Sechzigern erinnerte. Willy van de Sandt korrigierte die Richtung und hielt exakt auf Stefan zu, mit quietschenden Bremsen kam er zehn Zentimeter vor seinen Knien zum Stehen, sein Ellenbogen ragte schwer aus den Seitenfenster.

»Komm, steig ein.«

Stefan blieb auf Abstand. »Warum sollte ich deiner höflichen Einladung folgen? Ich habe hier zu tun.«

»Du willst doch mit mir über den Kies reden. Steig ein, ich muss dir wat zeigen. Hast doch deinen Knecht da, der kann mal einen Tag alleine dein Grünzeug zupfen.«

»Hallo? Das ist mein alter Freund Moritz, du kennst ihn. Mein Praktikant.«

»Egal, steig ein. Wenn du mit mir über Kies reden willst, dann beweg deinen Hintern innet Auto.«

Stefan schaute zu Moritz, der nickte ihm zu. »Geh ruhig, ich sage Bine Bescheid, wir machen das hier.«

Stefan versuchte die Beifahrertür zu öffnen, es klappte nicht. »Ist das ein Scherz? Vielleicht machst du mal auf?«

Van de Sandt stemmte sich ungelenk von innen dagegen, ohne Erfolg. »Die klemmt, ich hab se seit Jahren nicht aufgemacht. Steig hinter mir ein, die Tür geht auf, die nehm ich immer für en Einkauf.«

Niemals würde er sich hinter seinen Vater setzen. Mit aller Kraft zog Stefan an dem Türgriff auf der Beifahrerseite, und mit einem Mal schlug ihn die Tür fast von den Beinen, die Scharniere quietschten, das Dichtungsgummi hatte sich an mehreren Stellen aufgelöst und hing stückchenweise am Metall. Stefan schaute auf den Sitz, der bestimmt seit Mutters Tod nicht mehr benutzt worden war, verstaubt, überzogen mit einer gleichmäßigen Schicht unterschiedlicher feiner Partikel, nicht definierbar. Gut, dass er nicht allergisch auf Staub reagierte. Fast konnte er seine Mutter im Wageninneren riechen.

»Na also, wennze mal gescheit bis.«

»Was hast du vor?«

»Wirste schon sehen.«

Der Wagen brachte die unterschiedlichsten Töne hervor, als van de Sandt in Seelenruhe auf dem Hof wendete. Moritz bemerkte die vielen Korrosionspunkte auf den verchromten Teilen und machte sich aus dem Staub, bevor die Wolke ihn erwischte. Dabei lief er Bine fast in die Arme, die dem alten Wagen ungläubig hinterherschaute.

»Das letzte Mal war er vor ein paar Tagen hier, um mit meinem Vater gemeinsam die Alpakas schlechtzureden und uns zu beleidigen. Was wollte er dieses Mal?«

»Stefan sitzt neben ihm. Der Senior will mit ihm über Kies reden und ihm etwas zeigen.«

Sie schaute ungläubig. »Was soll das jetzt wieder?«

»Nenn es Überzeugungsarbeit.«

Bine deutete auf die Zufahrt, aus der sich die Partikelwolke nur langsam wieder verflüchtigte. »Mit dem Auto? Der ist doch nur den Verkehr von hier bis Borth oder Alpen gewohnt, vielleicht noch Xanten. In den letzten zwanzig Jahren hat er sich nicht oft weit von seiner Scholle fortbewegt, du kannst es an zwei Händen abzählen. Man munkelt, er besuche Veranstaltungen für ein schnelles Vergnügen, du verstehst? ›Sauerlandstern‹ und so.«

»Ach, sieh an. Ich dachte früher, das sei nur was für junge Leute.«

»Anscheinend nicht, er spricht nicht drüber, ist dann einfach mal weg.« Sie schaute zur Auffahrt, der Staub hatte sich gelegt. »Hoffentlich geht das gut.«

»Du machst dir Sorgen?«

»Ich kann mir einfach nicht vorstellen, was er im Sinn hat. Und hast du ihn gesehen? Genau wie mein Vater, die sind eigentlich im besten Alter, aber so verbraucht, übergewichtig und ungelenk. Mann mit Hut hinter dem Steuer eines alten, klapprigen Benz. Da fehlt nur die umhäkelte Klopapierrolle auf der Hutablage oder der Dackel mit dem Wackelkopf.«

Beide lachten, dann schaute Bine ihnen mit ernster Miene nach. »Auf den Straßen hat sich einiges verändert, es ist voll geworden und rücksichtslos, hoffentlich bleibt er in seinem Beritt.«

Moritz lächelte in Erinnerung an die unbefestigten Straßen, durch die er manchmal in ländlichen Gegenden Myanmars laviert wurde. Dagegen war selbst die Zufahrt zu den Höfen Gold wert.

»Da passiert schon nichts, Stefan sitzt doch neben ihm.«

»Eben drum.«

FÜNF

In dem alten Auto wurde es unerträglich heiß. Stefan hatte vergeblich versucht, sein Fenster herunterzukurbeln, er scheiterte an Materialversagen, ganze zwei Zentimeter bewegte sich die Scheibe, dann drehte sich die Kurbel im Nichts. Sein Vater nahm seine Kritik wortlos hin und steuerte den Wagen mit satten sechzig km/h über die B 57 in Richtung Xanten. Selbst nach mehrmaligem Nachfragen wollte er nicht mit dem Ziel seiner Fahrt herausrücken.

»Wirste gleich sehen. Bin auch noch nich da gewesen, hab mir auffe Karte angeguckt, wo et hingeht.«

In teilweise gefährlichen Manövern wurden die beiden überholt, die Sommerhitze, vielleicht die Neumondphase oder einfach nur die unangebrachte Geschwindigkeit des Seniors sorgten für Hupkonzerte, unflätige Gesten von Vorbeifahrenden bis hin zu Fotos mit Handys, die Beifahrer aus den Fenstern hielten, wohl um zu dokumentieren, dass hier ein älterer Mitbürger den Verkehr massiv aufhielt. Stefan sank in den Sitz, dessen Polsterung nicht mehr diese Bezeichnung verdiente, und schwitzte. Jede Ampel gestaltete sich als Herausforderung, die Bremsbeläge schienen auch nicht mehr die besten zu sein.

Schließlich bog Willy van de Sandt vor der Xantener Südsee rechts in die Salmstraße und sofort wieder links auf den Parkplatz am Hafen ab. Der war voll belegt, alle drängten zum Wasser, die Außenplätze im Restaurant »Plaza del Mar« waren dicht besetzt, Radfahrer hatten sich unter die kleinen Bäume bei der Boulebahn in den Schatten geflüchtet, Kinder ließen ihre Füße von der Mauer der Anlegestelle in den See baumeln, trotz der Mittagshitze rauschten Gruppen betagter behelmter Radler auf ihren Pedelecs an ihnen vorbei. Ganz hinten in der Kurve, fast am Ende des Parkplatzes, bremste van de Sandt, blieb einfach auf der Fahrbahn stehen und wies seinen Sohn an, zum Wasser zu schauen.

Stefan erblickte eine Reihe vertäuter Segelboote und ein Tretboot in Form eines Flamingos, das gerade von der Anlegestelle hinaus auf den See gelenkt wurde. »Was willst du mir zeigen? Ein blödes Plastikboot in Form eines Vogels?«

»Guck einfach ma hin, wat alles aus en Loch werden kann, aus dem man Kies gefördert hat. Dat hier is nix anderes als en ehemaliges Baggerloch.«

»Deshalb sind wir hier? Du willst doch das Vorland der Stadt Xanten nicht mit dem Hinterland des Alpener Ortsteils Drüpt vergleichen? Dort wird sich niemand finden, der eine komplette Anlage um den See herumbauen und unterhalten wird. Oder träumst du etwa davon, dass aus deinem Hof ein Café mit Blick aufs Wasser wird? Nee, nee, Vadder, das wird eine öde Kuhle mit verwildertem Ufer werden, vielleicht irgendwann vom NABU als ökologisch wertvoll eingestuft, vielleicht. Du weißt genau, dass wir dein Land gut für die Öko-Landwirtschaft brauchen könnten.«

Er hatte sich in Rage geredet, wollte aussteigen, die Hitze wurde unerträglich, die beiden Männer saßen mit hochroten Köpfen hinter den Scheiben. Die Beifahrertür klemmte. Van de Sandt senior legte mit lautem Knarzen den ersten Gang ein.

»Ich zeig dir noch wat. Von wegen, fiese Löcher inne Landschaft. Ich hab mich informiert. Fast überall sieht et gut aus, warte ab. Selbst inne Provinz isset schön am Wasser.«

»Vadder, lass es einfach und bring mich nach Hause, ich hab zu tun.«

»Nee, warte ab, wennze dann wieder aussteigst, biste überzeugt.«

Mit einer Abgaswolke, die einige Radfahrer einhüllte – entsetzte Menschen, die stoppten, sich abwendeten und Luft zufächerten –, verließ er den Parkplatz und bog an der Ampel statt nach links, Richtung Heimat, nach rechts ab.

»Wo willst du hin? Hier bist du garantiert noch nie gefahren.«

Van de Sandt kramte unter seinem Sitz und drückte seinem Sohn eine zerknitterte Karte in die Hand, »Der Niederrhein«, eigentlich handlich in einzelne Bereiche aufzufalten, wozu der Eigentümer wohl nicht in der Lage gewesen war. Stefan sah sich genötigt, ein riesiges verknautschtes Stück Papier wieder in eine handliche Form zu bringen.

»Hab ich extra gekauft, war nich so einfach, wo doch heute fast jeder so ein Gerät im Auto hat, dat einem den Weg erklärt. Ich will über die Rheinbrücke bei Rees fahren, da war ich zuletzt vor einer Ewigkeit. Dat nächste Ziel heißt Reeser Meer. Und dann kommt Wesel. Kannst schon mal suchen und dir angucken, wie ich da hinkomme.«

Stefan widerstand dem Impuls, die Karte durch den zwei Zentimeter großen Fensterschlitz nach draußen zu schieben und seinen Vater einfach fahren zu lassen. Er würde sich gnadenlos verfransen, die ganze Aktion in die Länge ziehen. Was der Alte sich in den Kopf gesetzt hatte, das musste er auch in die Tat umsetzen. Ohne Rücksicht auf Verluste.

Weiterhin mit sechzig km/h *on the road*. Fast aus dem Kreisverkehr oberhalb des Archäologischen Parks geschleudert, nach einer Ehrenrunde die richtige Ausfahrt Richtung Marienbaum gefunden. Er musste Bine darüber informieren, dass es später werden konnte. Ausgang ungewiss. Und er könnte den Weg wesentlich einfacher auf seiner installierten Navigations-App finden, als ihn auf dem Plan zu verfolgen. Ein Griff in seine Hosentasche offenbarte ein Missgeschick – das Smartphone lag noch auf dem Küchentisch, zwischen Kaffeebecher und Marmeladenglas.

Wie lange konnte man ohne Flüssigkeitsaufnahme in einem überhitzten Auto überleben? Stefan lehnte sich zurück, nicht etwa ergeben in sein Schicksal, sondern um so wenig Körperenergie wie möglich zu verschwenden.

***

Bine hielt das Smartphone in Händen und sackte zusammen. Jetzt hatte sie keine Chance, Stefan zu erreichen, er konnte ihr nicht mitteilen, was sein Vater vorhatte, keine Fotos senden. Keine Kommunikation.

Wie schön still es im Haus war, kein Genörgel, nichts, sie lächelte in sich hinein und nahm die Dinkelburger zusammen mit dem bunten Salat mit nach draußen. Moritz hatte den Tisch gedeckt und sah sie lächelnd aus dem Haus kommen.

»Was ist der Grund für deine gute Laune, hat Stefan sich gemeldet?«

»Das geht nicht, er ist ohne Telefon unterwegs. Nein, ich habe mich gerade an der Stille erfreut, die sich hier ausbreitet. Es meckert niemand.«

»Ach, ist dein Vater schon fort?«

»Nein, der wird damit beschäftigt sein, irgendeinen uralten Koffer vom Dachboden zu holen, um seine Sachen darin zu verstauen. Ein Gürtel drum herum, wie es seine Art ist, und dann geht's los.«

»Wann wird er morgen abreisen?«

»Keine Ahnung, darum habe ich mich nicht gekümmert.«

»Du weißt nicht, wann und wie er sich auf den Weg macht?«

Bine verteilte den Salat in Schälchen und stellte Öl und Balsamico auf den Tisch. »Das ist doch sein Ding, seine neue Zugehfrau wird sich um alles kümmern, die hat vorhin die Wäsche gebracht, packen will er alleine. Ich weiß nicht, was die miteinander vereinbart haben oder ob er mit dem Taxi losfährt.«

Moritz aß mit Appetit den knackigen Salat. »Wie schafft man das, einen Verwandten, der im selben Haus wohnt, so schnell aus dem Sinn zu kriegen? Wenn ich da an meine Oma in Bislich-Büschken denke, die ist zwar manchmal ein wenig sonderbar, aber ich könnte sie niemals ignorieren. Und sie selber würde so ein Verhalten innerhalb der Familie auf keinen Fall zulassen.«

Bine musterte ihn mit ernstem Gesichtsausdruck, während ihre Gabel im Salatschälchen herumrührte. »Du bist ja auch immer gut von ihr behandelt worden. Ich kann mich an drakonische Strafen erinnern, die mein Alter ausgesprochen hat. Einmal habe ich aus Versehen ein Honigglas zerbrochen. Aus Versehen, verstehst du? Ich durfte mein Zimmer nur zur Schule und zu den Mahlzeiten verlassen. Vier Wochen Stubenarrest. Keine Chance auf Freunde, Fernsehen, Draußenspielen. Und Nachtisch fiel auch weg. Ich hörte meine Mutter nach einer Woche sagen, nun sei es gut. Da hat er sie zusammengestaucht, er sei der Mann im Haus, sie habe zu befolgen, was er entscheidet, und das kleine Luder auch. Und wenn sie noch einmal versuche, seine Autorität zu unterwandern, dann würde sie ihn von einer anderen Seite kennenlernen.«

Sie aßen eine Weile stumm, beklemmend still, bis Bine aufseufzte. »Und in der zweiten Woche gab sie mir immer heimlich etwas Süßes mit oder mal ein Schälchen Apfelmus. Wir fühlten uns wie Verbündete, sie zwinkerte mir zu und legte den Zeigefinger auf die Lippen.«

»Deine Mutter war also auf deiner Seite.«

Bine nickte. »Jedenfalls so lange, bis er das Schälchen vom Mus in meinem Zimmer stehen sah, ich hatte es nicht versteckt und auch nicht damit gerechnet, dass Vater hereinkommen würde. Das Theater kannst du dir nicht vorstellen, er war so unglaublich wütend, hat meine Sachen vom Schreibtisch und aus den Regalen gefegt, alle Kleidungsstücke aus meinem Schrank. Ich hatte eine Stunde Zeit, um alles wieder in Ordnung zu bringen. Dann ist er zu meiner Mutter gegangen. Ich hörte sie weinen, jammern, schreien, und ich hörte es klatschen. So als wenn jemand mit der bloßen Hand auf Haut schlägt.«

Moritz ließ die Gabel sinken und sah Bine mit den Tränen ringen. »Meine Güte, das ist ja furchtbar.«

»So was vergisst du nicht. Wenn vor deiner Tür deine Mutter zusammengeschlagen wird, dann hockst du hilflos in einer Zimmerecke und betest nicht einmal. Ich konnte nichts weiter als heulen und mir Schuldgefühle einreden, weil ich dieses dumme Schälchen nicht rechtzeitig vor seinen Blicken versteckt hatte.«

Plötzlich richtete sie sich auf, schüttelte sich, legte den unliebsamen Blick in die Vergangenheit ab wie das Besteck und reckte sich. »Genug. Moritz, ich erzähle sonst nie von früher, bitte behalte das für dich, ja?«

»Na klar. Ich könnte jetzt aber auch Oma Johanna zitieren, die sagt immer, reden hilft.«

»Du bist ein Praktikant der Agrarwissenschaften und kein Psycho-Heini.«

»Aber zuhören kann ich.«

Bine legte Salat nach. »Ach, es gäbe so viel zu erzählen von der Krankheit, die meine Mutter heimgesucht hat, von der Untreue meines Vaters, von ungerechten Strafen, von Besäufnissen, die übel ausarteten. Glaub mir, das willst du gar nicht hören. Wenn es nach mir gegangen wäre, dann hätten Stefan und ich uns auf dem Hof von van de Sandt niedergelassen, aber er hat ja diese tiefe Abscheu vor Schweinen, und sein Vater hat sich gegen unsere Pläne erst recht als immun erwiesen. Jetzt kannst du vielleicht besser verstehen, warum es mich so erleichtert, mich von dem Alten abgewandt zu haben.«

Sie schaute hinüber zu seinem Fenster. »Glaub mir, man wird nicht einfach so ein anderer Mensch im Alter. Alle Wesenszüge treten konzentriert und unverhüllt zutage. Ich bin froh, wenn er morgen auf Fahrt geht.«

Zum Nachtisch gab es wieder Erdbeeren, dieses Mal mit einigen Spritzern Balsamico, eine leicht säuerliche, angenehme Ergänzung zur Süße.

»Gut, dass er das Reisen entdeckt hat«, kam Bine noch mal auf ihren Vater zu sprechen, »so verschafft er uns immer wieder kleine Pausen zum Luftholen.« Jetzt musste sie lachen. »Und zum Lüften, im wahrsten Sinne des Wortes.«

Sie lachten noch beim Tischabräumen. Im Haus konnte Moritz von der Küche aus in die Diele schauen und sah einen

Koffer von der Größe einer Sporttasche an der Garderobe stehen, mit einem alten Gürtel verschnürt.

»Das ist sein Gepäck für vierzehn Tage? Kann man an Bord die Sachen waschen lassen?«

Bine ging in die Diele und nahm den Koffer in die Hand, er ließ sich leicht anheben. »Er ist schon mal mit noch weniger Gepäck verreist.«

Zurück in der Küche flüsterte sie: »Ein Asket eben, der auch schon mal alleine am Tisch bleibt, weil niemand ihn riechen kann.«

***

Der alte van de Sandt hockte reichlich verkrampft hinter dem Steuer, das er mit seinen Fingern umkrallte. Seine Anspannung war zum Greifen. Sein Wagnis, in das rechtsrheinische Niemandsland vorzudringen, machte dem verstockten alten Mann zu schaffen. Dennoch ließ er sich nicht davon abbringen, Stefan das vorzuführen, was er sich fest vorgenommen hatte. Mit stierem Blick bog er am Kreisel nach der Reeser Rheinbrücke rechts ab, folgte der Straße durch die Stadt hindurch, beschleunigte auf sein geliebtes Tempo sechzig und erkannte nach mehreren Kilometern in allerletzter Sekunde, dass er am besten bei der Avia-Tankstelle scharf rechts einbiegen sollte.

»Achtung jetzt«, brüllte der Alte, stieg in die Eisen, ignorierte das Rotlicht und ließ den alten Benz mit schliddderndem Heck rechtwinklig in Richtung Deichstraße kurven. Stefan stöhnte auf, krampfte seine Hand in den Haltegriff am Dachhimmel und wünschte, niemals in diese Rostlaube eingestiegen zu sein. Drückende Hitze und ein unfähiger Fahrer, ob Stoßgebete da halfen?

Er hatte keinen Blick für die Aue und den Altrhein am Reeser Eyland, dieses übrig gebliebene, naturgeschützte Stück des in ein neues Bett gewanderten Flusses. Auf halbwegs gerader Strecke entfaltete Stefan den zerknautschten Straßenplan, so gut er konnte. Er sprach kein Wort, senkte nur deutlich die Hand, worauf sein Vater, vor Unsicherheit tropfnass geschwitzt, unerwartet gehorsam und ziemlich abrupt abbremste.

»Links«, sagte Stefan nur. Prompt nahm der Alte die in Sicht kommende Einfahrt zwar sportlich, aber erstaunlich sicher. Der alte Benz muckte kurz mit einem schwankenden rechten Kotflügel auf, als müsse er den Sitz angerosteter Schrauben überprüfen. Den wild hinter ihnen hupenden Autofahrer ignorierte Vadder van de Sandt.

Er musste sich darauf konzentrieren, über schmale Straßen, mal rechts, mal links, an den Rand des Reeser Meers zu kommen. Dieser eingezäunte, riesige Baggersee war teils noch in Betrieb, teils rekultiviert. Stefan erinnerte sich an ein Gespräch mit Kunden im Laden, in dem es darum ging, dass die Auskiesungsfirma gerade beantragt hatte, am Grund des Sees die noch vorhandene zwei Meter dicke Kiesschicht auszubaggern. Man habe technisches Know-how für dieses ehrgeizige Vorhaben, in die Tiefe zu gehen. Die beiden hatten über einen Zeitungsartikel hergezogen, in dem stand, es sei eine nachvollziehbare Antwort der Abgrabungsindustrie darauf, dass ihr Verlangen nach neuen Kiesflächen auf wachsenden Widerstand stieß, und das am ganzen Niederrhein.

Diese Entwicklung würde Stefan in die Diskussion werfen, wenn jetzt der Bagger in Drüpt auf die konventionell bewirtschafteten Flächen seines Vaters zurollen und dabei seine biodynamischen Felder mit Abgasen verpesten würde. In ihm keimte plötzlich eine Hoffnung. Wer tiefer nach Bodenschätzen grub, benötigte weniger Grundstück.

Diese Rechnung hatte er ohne den Wirt gemacht, schoss es ihm durch den Kopf, als sein Vater dort bremste, wo man einen weiten Blick auf die stillen Wasser des Reeser Meers werfen konnte. Der alte, sonst wortkarge und oft genug lethargische Mann wies mit ausladender Geste auf die künstlich geschaffene Natur, die ein wenig weiter entfernt in eine laufende Abgrabung überging. Der alte van de Sandt war begeistert und dozierte mal nicht über Schweine.

»Da, guck. Is dat en schöne Seenlandschaft? Im Sommer kannste baden und richtig abschalten. Da hinten, guck, en Hund mitzunehmen is auch möglich. Mia hat erzählt, man kann an kühlen Tagen hier auch spazieren gehen, einmal um et Meer laufen, dat sind zehn Kilometer. Wollte se mit mir machen, aber nee, dat is nix für mich. Fast wär ich mit ihr hingefahren, wegen en Stück Kuchen im Anschluss. Den gibbet in dem Wahrmannshof, wo man auch wat über de Natur lernen kann.«

Sprachlos schaute Stefan seinen Vater von der Seite an. So viel hatte er lange nicht mehr am Stück geredet, und was er alles wusste, war erstaunlich. Er hatte sich vorbereitet.

»En Aussichtskanzel gibbet für den weiten Blick, man kann en Laufpark nutzen oder einfach radeln, rund um de See und an Feldern vorbei. Und Pferde kannste sehen.« Mit ausladender Geste hob er zum Schlusswort an. »Dat is mehr als nur en Acker oder en Feld mit Möhrkes.«

Der Werbeblock war beendet. Dieser Monolog war ungewöhnlich, Stefan saß da und stierte vom aufgeheizten Wagen auf das Wasser, selbst das würde er jetzt trinken.

Beide Männer waren erschöpft. Trotzdem fragte Stefan sich, woher sein Vater überhaupt die Energie nahm. Er saß genauso wie er in diesem heißen Kasten und hatte ebenso wenig zu trinken, er saß da und sprach so viele Worte, wie ihm im letzten Jahr insgesamt nicht über die Lippen gekommen waren.

»Komm, jetzt fahren wir noch nach Diersfordt, da soll et auch nett sein.«

»Vater, ich muss was trinken, können wir irgendwo Wasser kaufen?«

Der Benz machte nicht schlapp, stieß eine weitere dicke Wolke aus und ließ sich von dem Alten durch Haffen und dann Richtung Bislich lenken.

»Wat du immer has, et geht doch, und wer will schnell zurück sein? Mir isset wurscht.«

»Mir langsam auch, ich habe nur riesigen Durst.«

»Jaja.«

Trotzige Wut entbrannte in Stefan. Dieses »Jaja« kannte er nur zu gut. Das konnte alles heißen, von »Ist mir doch egal« bis »Red du nur, ich habe recht«. Das Schild mit dem Hinweis auf die Apfelplantage Clostermann kam in Sichtweite, Stefan nahm all seine Wut zusammen.

»Du biegst gleich da vorne ab und fährst zu Clostermanns! Wir besorgen wenigstens eine Flasche Apfelsaft, ich kann eine Schorle dringend gebrauchen, los, abbiegen!«

Das Schild und die Abzweigung zum Jöckern flogen mit Tempo sechzig an ihnen vorbei. Bevor Stefan ausrastete, meldete sich sein Vater: »Ich hab keinen Cent dabei.«

Stefan kramte panisch in seinen Hosentaschen, natürlich hatte er auch kein Geld mitgenommen. Es war ja eine spontane Entscheidung gewesen, mitzufahren. Oder war es eher Nötigung? Kein Telefon, kein Geld. Ausgeliefert.

»Dann halt wenigstens am nächsten See an, damit wir ein paar Schlucke trinken können, das geht hier sonst nicht gut aus, für uns beide nicht. Du bist lange nicht mehr so weit gefahren, ich seh doch, wie angespannt du hinter dem Steuer klemmst, du sitzt auch schon im eigenen Saft. Alles nur, um mir diese Scheiß-Baggerseeenidylle zu zeigen? Mann!«

Von der Bislicher Straße aus bog Willy van de Sandt auf ein Sträßchen namens Schüttwich ab, schlingerte ein wenig, wenn jetzt der Motor heiß würde, stottern und ausfallen, das wäre auch eine Möglichkeit für einen Halt. Nichts geschah.

Stefan wusste längst nicht mehr, wo er sich befand. Seine linksrheinische Welt war die um Alpen, in der rechtsrheinischen gab es feste bekannte Ziele wie die Krankenhäuser in Wesel oder die Einkaufszone der Kreisstadt, ins Hinterland verirrte er sich nur selten. Der Rhein war so etwas wie eine Trennlinie, und er musste zugeben, dass die Menschen von beiden Seiten des Stroms gewisse gegenseitige Vorurteile pflegten. Sein Vater schien damit keine Probleme zu haben, er pflegte keine Kontakte zur »günne Kant«.

Doch in dieser für ihn völlig fremden Gegend schien sein Vater, der sonst unsortiert und sprunghaft handelte, einen genauen Plan zu haben. Er folgte nicht nur den Kurven und Ecken des Sträßchens Schüttwich, sondern zeigte einen gewissen Entdeckerstolz, als die Reihe schicker Hausboote mit Holzfronten ins Blickfeld rückte. Am Ufer waren sie vertäut, ein gekiester Weg führte an den individuellen Eingängen vorbei, Liegestühle an der wasserseitigen Reling luden zum Verweilen ein.

»So stell ich et mir bei uns vor«, murmelte der Alte.

»Du bist verrückt, weißt du, was du für die Dinger investieren musst? Und wer und warum, bitte schön, soll bei uns im Hinterland Urlaub machen? Hör auf zu träumen, Vater.«

Stefan war es leid, von einer Illusion zur nächsten kutschiert zu werden. Er war Landwirt, ein junger, der bereits andere Wege ging als die Altvorderen. Er wollte regional und ökologisch sauber produzieren, er wollte den Boden nicht ausbeuten, sondern ihn mit Respekt behandeln und seine Produkte an Leute verkaufen, die bereit waren, seine Mühen auch zu bezahlen.

Er winkte ab und sagte: »Zurück jetzt, es ist genug. Uns beiden steigt die Hitze in den Kopf.«

Für seinen Vater war genug nicht genug. Er gab Gas, folgte dem vielgliedrigen Wegesystem des Hinterlandes geradeaus und an einigen Wasserflächen vorbei, bis er auf die Mühlenfeldstraße kam. Hinter der Kiesverladestation deutete er auf den Diersfordter Waldsee, in den Stege ragten, an denen Segelboote vertäut lagen. Nur wenige Segler dümpelten über den bereits wiederhergestellten Teil des Sees mit seinen bewaldeten Ufern. Kaum ein Lüftchen regte sich. Der Alte nickte in Richtung der Wassersportler und ihrer Boote. Anerkennend bekräftigte es sein stummes »Das machen wir auch so«.

Unvermittelt bog er links ab, das Schloss Diersfordt ragte schemenhaft hinter einem Wäldchen auf. »Eine Sehenswürdigkeit in der Nähe. Vielleicht bauen se ja in Alpen die Motte wieder auf, bis jetzt gibbet nur alte Gewölbe von de Schlossanlage. Dat wär et für unsere Seenwelt. Die Leut suchen immer neue Ausflugsziele. Wirst et schon sehen, Stefan. Ich verkauf an die Kiesleute.«

Stefan sank in den Sitz zurück, hatte das Gefühl, mit dem alten Polster zu verschmelzen, seine Zunge klebte am Gaumen.

Das romantisch anmutende Schloss mit seiner Rokoko-Kirche lag im Hintergrund, der höchst motivierte Fahrer ließ das alte, zum Heimatmuseum Eiskeller umgebaute Haus rechts liegen und steuerte, ohne auf den Untergrund zu achten, vom Weg ab, an umzäunten Grundstücken vorbei, bis der See wieder in Sicht kam, bretterte durch den Uferbewuchs und hielt den Wagen so nah am Wasser, dass es Stefan mulmig wurde. Neben seiner Tür lag ein Baumstamm, die Blätter der Krone trockneten schrumpelnd im Sonnenlicht. Nicht eine Säge, sondern ein Biber schien für diese Fällung verantwortlich zu sein. Ob die Handbremse ihren Dienst tat?

Willy van de Sandt schob die Fahrertür auf, hievte sich mit der Linken ans Dach klammernd aus dem Sitz hoch. »Muss mal pinkeln.« Ungelenk lockerte er seine steif gesessenen Beine.

Stefan versuchte seine Tür aufzustemmen, vergeblich. Er beeilte sich, über den Fahrersitz zu klettern, draußen schlug ihm die gleiche Hitze entgegen, die im Wagen stand. Pinkeln. Da war nichts in seiner Pipeline, alles über den Körper verdunstet.

Er stolperte durch trockenes Gestrüpp zum Wasser, rundum gelbe Halme und Sträucher. Kein Mensch war zu sehen, Wasser und bewachsenes Ufer, Gänse mit ihrem fast erwachsenen Nachwuchs auf dem See, Schwalben, die im Flug mit den Schnäbeln auf die Oberfläche tippten, um den Durst zu stillen. Trostlosigkeit, es würde jahrelang so aussehen, nebenan bei seinem und Bines Biohof.

Er benetzte seinen Kopf, das Gesicht, wäre am liebsten hineingesprungen, beherrschte sich, nahm zwei, drei Schlucke, mit der Hand geschöpft, als er es dicht neben sich plätschern hörte. Er schaute auf und bemerkte seinen Vater, der ächzend ins Wasser strullte.

»Ich glaube, dass deine Schweine manchmal besser drauf sind als du, die spüren noch was. Mensch, ich wollte was trinken, und du pillerst rein, wo ich hier hocke.«

»Mein Gott, du bist aber auch empfindlich.«

Stefan war der Durst vergangen. Vater und Sohn schauten sich an, die flirrende Hitze, durchgeschwitzte Kleidung, unüberwindbare Differenzen. Stefan hatte einfach genug. »Ich hab jetzt die Nase voll von deiner Tour, du fährst jetzt sofort zurück, hörst du?«

Van de Sandt ging zum Auto, bedeutete seinem Sohn, ihm zu folgen. »Die Rundfahrt is noch nich zu Ende. Ich will mit dir noch zum Tenderingssee nach Hünxe, liegt zwischen Voerde, Hünxe und Dinslaken und is durch Auskiesung entstanden. Da sollen sich viele Leut im Wasser tummeln, inne Bucht mit Sandstrand. Zwei Baggerlöcher nebenan sin unter Naturschutz. Und auffem Rückweg halten wir in Menzelen-Ost, da kannste dann vielleicht auf Pump wat trinken, da gibbet Ricks Café, soll berühmt in de Gegend sein. Dat is mehr als en blanket Ufer wie hier …«

Das konnte nicht wahr sein, es war wie immer. Die Stärke dieses alten Landwirts lag darin, dass er ignorierte, was ihm nicht gefiel. Kein neuer Wesenszug, aber einer, der Stefan mit zunehmendem Alter stärker zusetzte. »Vater, hast du mich verstanden? Ich bin stinksauer und habe keinen Bock mehr auf deine Rundreise, ich will schnellstens nach Hause.«

»… et gibt da so viele Möglichkeiten, wat Nettet aus einem Loch in de Landschaft zu machen, wo vorher Kies und Sand rausgeholt wurden. Dat is auch so am Auesee in Wesel, da isset so grün, und en Strand gibbet auch, den mögen alle. Weisse doch auch. Ein paar Jahre Abbau und en paar Lkws pro Tag zum Transport, und dann wird et en Paradies, so wie hier. Du hasset doch gerade gesehen. Ich hab mich genau informiert, dat geht später in Drüpt auch.«

Stefan ballte seine Fäuste. Im See ertränken, ihn einfach ins Wasser jagen, alles ging ihm durch den Kopf, in einem Körper, den die Hitze lähmte. Seine Stimme klang für einen Moment matt und resigniert. »Ich habe Wichtigeres zu tun, als mit dir durch die niederrheinische Seenplatte zu gurken.«

Der Kopf von Willy van de Sandt nahm noch eine Nuance Rot zusätzlich an, als er eilig zu seinem Wagen ging, dessen Motor unablässig lief. Bevor Stefan begreifen konnte, was geschah, saß der alte Mann im Wagen, schlug die Tür zu und setzte das Fahrzeug mit der obligaten Abgaswolke wenige Zentimeter nach vorne, dann, nach einer Notbremsung vor der Wasserkante, im Rückwärtsgang in Bewegung. Stefan hechtete hinterher, ergatterte den Türgriff. Sein Vater ließ vom Gaspedal ab und blickte ihn durch das offene Fenster an, direkt in die Augen schaute er ihm, mit einem vor Abneigung und Wut verzerrten Gesichtsausdruck.

»Wat hab ich da für en Weichei inne Welt gesetzt. Du bis ja für nix zu gebrauchen. Nich für de Schweinzucht, nich für et Kinderzeugen. Möhrkes zupfen, dat kannste. Und Alpakas kraulen, dat Viehzeug is doch für Weiber, die stehen auf flusig und unnütz.«

Einige Sekunden lang konnte Stefan nur entsetzt ins Auto starren. Dann fuhr der Alte los. Stefan stand in der Abgaswolke und schaute ihm nach. Was sollte er dazu sagen? Da fiel ihm nichts zu ein, außer dem alten Benz hinterherzubrüllen, der nicht auf dem Weg, sondern halsbrecherisch am Ufer entlang das spärliche Grün platt fuhr.

»Von dir will ich nichts, hörst du? Nie mehr in meinem ganzen Leben will ich irgendwas von dir!«

Stefan sank in die Knie, ließ sich an der Uferkante in den Sand fallen. Allein. Irgendwo in der Pampa. Ohne Telefon, ohne Geld und mit einem vor Enttäuschung und Zorn brennenden Loch im Bauch. Wasser gab es hier genug. Zumindest verdursten würde er in den nächsten Stunden nicht.

Er versuchte sich zu orientieren. Am Schloss Diersfordt waren sie Richtung Hinterland vorbeigefahren, er musste zur Hauptstraße zurück, die war nicht weit entfernt, dann in Richtung Wesel, den Daumen raushalten und hoffen, dass ihn jemand mitnahm, so desolat, wie er aussah. Vielleicht ließ ihn ja auch jemand telefonieren. Mit Bine, die würde sich langsam Sorgen machen.

***

Elke Sommerling kam aus dem Haus, schäkerte mit Gisbert Brömkamp.

»Dass du deinen Koffer schon gepackt hast. Aber das hätte ich von einem Mann wie dir nicht anders erwartet. So ein selbstständiger Kerl. Und das Gulasch hast du auch aufgegessen, hat es dir geschmeckt?«

»War genau richtig gewürzt.«

Bine ging an ihnen vorbei, beide blieben jetzt stumm und sprachen erst weiter, als sie außer Hörweite war. Vermutlich ging es um die Fahrt zum Zubringer für die Schiffsreise. Sie ärgerte sich darüber, dass er eine Frau gefunden hatte, die ihn umgarnte. Nett zu ihm war. Die nur seine Sonnenseite kannte, abgesehen vom Zustand seiner Unterwäsche.

Sie blieb in der offenen Tür des Ladens stehen, die Stimmen wurden wieder lauter. Was sie hörte, ließ sie erbeben. Ihr Vater drückte der Sommerling Geld in die Hand, sie lehnte es erst großherzig ab, um sich letztlich doch zu bedanken. »Ich kann das doch nicht annehmen, Gisbert, ich mache das doch gerne.«

»Du nimmst et, und gut is. Ich will niemandem wat schuldig sein.«

»Aber das bist du nicht, ich helfe gerne, wenn ich jemanden mag.«

Bine überkam eine latente Übelkeit, dieses Weib schmeichelte sich ein. Schlich sich in das Leben ihres Vaters und damit in ihr Leben und auf den Hof. Was erhoffte sie sich?

»Nun lass mal die Kartoffeln im Keller, so einen alten Kerl wie mich kann eine charmante Frau wie du nich ernsthaft mögen.«

Bine traute ihren Ohren nicht. Der Mann flirtete, mit Understatement als Programm.

»Nein, nein, nein, du bist doch nicht alt.«

Bine schnappte sich zwei leere Kisten, um sie über den Hof zu tragen, dieses Gesäusel wollte sie sich nicht länger antun. Andererseits konnte sie aus dieser Position mithören, daher stellte sie die Holzkisten leise wieder ab. Die beiden draußen flüsterten jetzt, Sommerling kicherte.

Wo Stefan nur blieb? Moritz war bereits fort. Ein tüchtiger Praktikant, sie war froh, dass er den ganzen Tag über alles erledigt hatte, was auf dem Plan stand. Nur den Trecker wollte er nicht bewegen; um die Ernte reinzufahren, war Bine hinausgegangen, und er hatte den Hofladen übernommen.

Es wurde wieder lauter draußen, Sommerlings helles, gurrendes Lachen und ihre Stimme holten sie aus ihren Gedanken.

»Darüber unterhalten wir uns, wenn du zurück bist, das ist kein Thema, um es zwischen Tür und Angel zu besprechen.«

»Vielleicht bleibe ich ja auch gleich da, wo et warm is.«

»Würdest du das machen? In einem fremden Land unter Olivenbäumen sitzen? Du bist doch mit deinem Zuhause verbunden, ein bodenständiger Mann.«

Ihr Vater witzelte. Das hatte Bine noch nie erlebt. Was hatte Sommerling ihm ins Essen gemischt? Sie trat einen Schritt zur Seite, die Kisten rumpelten über den Boden, das schienen die beiden bemerkt zu haben, sie wurden wieder leise.

Es dauerte eine Weile, bis Sommerling vom Hof fuhr. Bine sah, dass sie kurz auf die Bremse trat und jemandem auszuweichen schien. Da kam ein Mensch die Zufahrt hinauf, schemenhaft erkannte sie müde Schritte. Wie ungewöhnlich, dachte sie noch. Erst als sie genauer hinsah, erkannte sie die Silhouette.

Das war Stefan, der in der Abendsonne auf den Hof zulief. Was war geschehen? Wieso kam er zu Fuß, und wo war sein Vater?

Sie rannte ihm entgegen. »Wo kommst du denn her?«

»Frag nicht, ich muss dringend trinken.«

Desolat sah er aus, garantiert hatte er einen Sonnenbrand im Gesicht und auf den Armen. Sie hakte ihn unter. »Nun sag doch, wo warst du denn so lange ohne Sonnenschutz und Kappe?«

Bis zum Hauseingang hatte er ihr in knappen Worten das Wesentliche erzählt. Bine war entsetzt.

»Er ist mit dir zu verschiedenen Baggerseen gefahren, um zu beweisen, dass etwas draus werden kann, wenn man den Kiesbagger rollen lässt?«

»Richtig.«

Stefan wollte in der Küche nach einer Mineralwasserflasche greifen.

»Warte, ich habe Apfelschorle kalt stehen, du brauchst jetzt mehr als Wasser pur. Und setz dich.«

Dankbar sank er auf einen Stuhl, trank schluckweise, ließ sich von Bine durchs Haar kraulen, erzählte, wie und wo sich beide getrennt hatten.

Bine hockte sich neben ihn. »Du meinst, er ist einfach abgehauen?«

»Genau. Hat mich stehen lassen wie ein Stück ausgewilderter Sperrmüll und ist losgefahren, quer durch die Botanik.«

»Wie bist du hergekommen?«

»Auf der B 8 hinter Diersfordt, das liegt weit draußen, gehört aber zu Wesel, habe ich angefangen, den Daumen rauszuhalten. Ein Lkw hat mich mitgenommen bis zum Stadthafen Wesel. An der Brücke zu trampen war schwierig. Erst bei Büderich hat jemand angehalten, und von Grünthal aus bin ich hergelaufen.«

»Du Armer, bei der Hitze. Ich suche gleich mal eine Creme gegen Sonnenbrand.«

Als sein Durst gestillt, die Wut verflogen war, hörte Stefan sich Bines Bericht von dem Flirt zwischen ihrem Vater und der Sommerling an.

Er grinste. »Lass sie doch, wenn sie ihn wirklich haben will, dann sei doch froh. Wenn er jemanden an seiner Seite hat, musst du dich nicht mehr gegen ihn zur Wehr setzen.«

»Stimmt, nur habe ich überlegt, ob ich die Frau vor ihm warnen soll.«

Stefan richtete sich auf. »Das wirst du schön bleiben lassen. Lass sie selber herausfinden, mit wem sie anbandelt. Bringt sie ihn morgen zum Zug?«

»Weiß ich nicht, sie haben nur noch geflüstert, wenn ich in der Nähe war.«

Stefan stand auf, streifte sich die Schuhe von den Füßen. »Ich muss duschen.«

Sein Blick fiel auf das Smartphone, das auf dem Küchentisch lag, wo er es am Morgen vergessen hatte. »Ich werde nicht mehr ohne Telefon aus dem Haus gehen, das schwör ich dir.«

Bine schaute ihm nach, er schlurfte ins Bad.

Unter der Dusche konnte er nicht hören, dass Bines Vater wieder nach ihr rief. Er bekam auch den kurzen Streit nicht mit, den beide in der Diele ausfochten. Dass eine Tür im Haus ins Schloss knallte, das drang zu ihm vor. Durchzug, dachte er, ohne darüber nachzudenken, dass die heiße Luft auch jetzt am Abend noch still über dem Land lag wie ein Laken.

Später, als er seine Augen kaum noch offen halten konnte, entging ihm auch Bines Zittern, nahm er die weißen Fingerknöchel an ihren geballten Fäusten nicht wahr.

SECHS

Menschen und Tiere verfügen über ein inneres Uhrwerk. Es wird seit über vierzig Jahren durch die Umstellung von Winter- auf Sommerzeit immer wieder durcheinandergebracht, spielt sich dennoch ein. Die Schweine wussten am Morgen genau, dass etwas anders war als sonst, zumal schon die vergangene Nacht vom Üblichen abgewichen war.

Als der Lohnarbeiter Georg Brunner aus seinem alten Corsa stieg, hörte er sofort den Unmut im Stall. Van de Sandt sprach während der Arbeit genauso wenig wie er selbst, hätte ihm aber bestimmt am Vortag gesagt, er solle früher kommen, wenn es notwendig gewesen wäre.

Der liegt mit dickem Kopp im Bett, dachte er zuerst und dann: Aber in welchem? Im Augenwinkel hatte er wahrgenommen, dass der Benz nicht auf dem Hof stand.

Georg Brunner ging seiner Arbeit nach. Hunger hatten die Schweine, es musste gemistet werden. Heute war Abfuhrtag. Ein Holländer, der Gülle abholen würde, war für den späten Morgen herbestellt. Er musste sich beeilen, denn die Tanks quollen langsam über. Wohin er die Ladungen brachte, das interessierte niemanden, Abholung gegen Barzahlung. An Abfuhrtagen war van de Sandt sonst immer anwesend, alles musste schnell gehen, füttern, die Boxen ausspritzen, das würde er nicht allein schaffen.

Er wusste, hinter welcher Tür des Küchenschranks die alte Keksdose vor sich hinrostete, in der er Geld für die Bezahlung des Gülletransports finden würde, und die Tür zum Haus stand offen. Niemand reagierte auf sein Rufen, Willy van de Sandt war tatsächlich nicht da.

Georg Brunner begann mit der Fütterung. Auch hier schien die Ordnung durcheinander zu sein, manche der Sauen fraßen mit dem üblichen Morgenhunger, andere wirkten verhalten.

Van de Sandt wäre jetzt aufmerksam wie ein Fuchs gewesen, hätte sich gemerkt, bei welchen Boxen sich weniger Appetit zeigte. Brunner hatte keine Zeit dazu, musste machen, dass er fertig wurde. Der Abfuhrunternehmer stand nie lange auf dem Hof. Ob er nebenan um Hilfe fragen sollte? Den Sohn hatte er manchmal hier auf dem Hof gesehen, aber noch nie im Stall.

Er ging vor die Tür und sah jemanden zu den Gewächshäusern laufen, die nahe am van de Sandtschen Grund lagen. Er schrie hinüber: »Ey, is der Chef bei euch?«

Moritz drehte sich um, suchte den Mann zur Stimme, sah den Arbeiter neben der Stalltür stehen und winken. »Was sagen Sie? Ich hab Sie nicht verstanden.«

»Is der Chef bei euch drüben? Hier isser nich, und ich muss in die Pötte kommen.«

Moritz verneinte. Der Mann in seinem grünen Overall, unter dem er kein Hemd trug, und der verwaschenen Kappe auf dem Kopf verschwand mit einem lauten »Verdöhlt noch en mol« wieder im Stall.

Stefan kam zu Moritz herüber. »Was war das?«

»Der Arbeiter von deinem Vater ist alleine und braucht wohl Hilfe.«

»Ist der Alte denn nicht da?«

Stefan lief an den Gewächshäusern entlang, um einen Blick auf den Hof zu werfen. Nur der alte Corsa stand da, mit offenen Türen, damit die Hitze ihn nicht aufheizte.

»Der ist echt nicht da. Verstehe ich nicht. Es ist Freitag, da kommt meist der Unternehmer, der die überschüssige Gülle abholt, da ist er immer da.«

Moritz schaute rüber. »Eigentlich will ich ja keine Erfahrungen in herkömmlichen Zuchtställen sammeln. Wenn du mich allerdings für ein paar Stunden entbehren kannst, dann helfe ich kurz drüben.«

»Wenn du das machen willst, okay. Nach dem gestrigen Erlebnis mit diesem Scheusal sollte ich ihn hängen lassen, aber der Georg kann nichts dafür, und das geht auf seine Schultern.«

Moritz machte sich auf den Weg. »Nicht für deinen Vater, aber für den … wie heißt er gleich? … Georg.«

Er war fast schon vor Ort, als er Stefan rufen hörte: »Ich sag Bine Bescheid, dass du nachher duschen kannst. Den Gestank könnte ich nicht aushalten.«

Georg Brunner stand bei Zuchteber Willi an der Box, der ebenfalls geringen Appetit zeigte. Da gab es einen Gegenstand, der sich nicht mit dem Wasserschlauch in die Rinne spülen ließ. Er kletterte zu dem Eber in die Box und klaubte vom Ablaufgitter, was nicht durchpasste. Zunächst erkannte er nicht, was er da Fleischiges, Knochiges in Händen hielt, ahnte jedoch, dass es nicht einfach verschwinden sollte. Den mistverschmierten Gegenstand hielt er in der Hand, als Moritz den Stall betrat.

»Hallo, hier kommt Unterstützung, was kann ich machen?«

Georg kletterte aus der Box. »Nimm den Schlauch und spritz den Dreck in die Ablaufrinne, die Schweine können auch en bissken Wasser auffen Balg vertragen. Bin gleich zurück.«

Moritz beachtete nicht, dass der Lohnarbeiter etwas Merkwürdiges in der Hand hielt und damit den Stall verließ. Er wunderte sich über die Wucht, den Druck des Wassers, als er die Spritzdüse öffnete, und begann die Boxen zu säubern. Den Schweinen schien es zu gefallen. Aber diesen Geruch musste er ausblenden. So roch es also hier drinnen …

Georg Brunner hielt seinen Fund draußen unter einen Wasserhahn und sah sich bestätigt. Das war nicht normal, das war sogar mysteriös. Ekelerregend. Was sich unter dem Wasserstrahl entblößte, war ein Teil eines Fußes. Eines menschlichen Fußes.

Noch genauer erkannte er ein Stück Vorderfuß mit einer großen Zehe. Der Hammer! Innerlich wich er zurück. Was hatte das zu bedeuten? Er blickte auf das klargespülte Stückchen menschlichen Ursprungs, auf das, was er für einen verwachsenen Zehennagel eines alten Mannes hielt. Die beiden kleineren Zehen daneben waren nur noch im Ansatz erkennbar, der Rest fehlte. Widerlich.

Er legte das Fundstück auf dem Boden ab, nahm die Kappe vom Kopf, wischte sich mit einem alten Stück Handtuch, das immer in der Tasche im Latz steckte, über den kahlen Kopf. Ein Stück von einem alten Menschenfuß. Beim Zuchteber Willi in der Box. Da konnte er nicht drüber hinwegsehen. Was sollte er machen? Die Zeit drängte. Ein Behältnis, er brauchte irgendwas, um das Ding einzuwickeln, bevor die Fliegen drüber herfallen würden.

Er fischte einen alten Plastiksack aus der Futterkammer und ließ den Fuß hineinfallen. Stellte den Sack neben die Stalltür, ungeachtet dessen, dass die Sommersonne unmittelbar und unbarmherzig mit der Erwärmung des Inhalts beginnen würde. Nachher, wenn hier alles erledigt war, würde er ihn zur nächsten Wache bringen. Am besten gleich in diese große Wache in Wesel. Kreisleitstelle.

Ob er sich bis zur Vermisstenstelle durchfragen sollte? Oder war es besser, gleich zur Mordkommission zu gehen? Egal, der Fuß musste zur Polizei. Sollten sich andere darum kümmern. Dafür wurde er nicht bezahlt.

***

Hauptkommissarin Karin Krafft verstand zunächst nicht, was der junge Beamte von der Wache ihr am Telefon mitteilen wollte. Entweder war er stark verschnupft, oder er hielt sich die Nase zu.

»Ich verstehe Sie schlecht, bitte wiederholen Sie Ihre Nachricht.«

Der Mann reagierte entnervt. »Hier ist ein Fundstück abgegeben worden.«

»Wieso hat man es nicht ins Fundbüro gebracht? Die sind zuständig für verloren und gefunden.«

»Weil es in unser Aufgabengebiet gehört, das ist schon ganz richtig hier. Boah, es stinkt nur höllisch.«

»Jetzt mal raus mit der Sprache.«

»Nein, kommen Sie besser runter, in den Nebenraum hinter der Wachstube. Ich habe die Spurensicherung auch gleich informiert, Herr Heierbeck ist unterwegs. Entschuldigung, falls ich da meine Kompetenz überschritten haben sollte, aber wir müssen es loswerden, sonst kippen mir hier die Leute um.«

Was das nun wieder sollte. Vielleicht wollte er an einem Freitagnachmittag die Wache ohne besondere Vorkommnisse übergeben.

»Es gibt also einen Fall?«

»Genau. Moment, ich muss eben raus hier.«

»Was ist es denn nun, das Fundstück?«

Der Kollege schien seine Finger von der Nase genommen zu haben, die Stimme war klar, ein Hauch Entsetzen untermalte seine nächsten Worte: »Sie können sich das nicht vorstellen, es ist ein Stück von einem menschlichen Fuß.«

Karin Krafft sprang auf. »Bin gleich unten.«

Sie überlegte kurz, wen aus ihrem K1 sie zur Aufnahme des Falls mitnehmen sollte. Tom Weber und Jerry Patalon waren mit der Statistik für Haase beschäftigt, den hitzegeschädigten Burmeester mit seinen schrägen Ideen wollte sie nicht dabeihaben. Sie lief auf den Flur, holte Hauptkommissar Gero von Aha hinzu und erklärte ihm die Sachlage, während beide über die Treppen nach unten liefen. Von Aha reagierte höchst motiviert, wollte zwischen der dritten und zweiten Etage bereits Details abfragen.

»Ein Stück Fuß? Wo ist er denn gefunden worden? Und gibt es bereits erste Hinweise auf den dazugehörigen Menschen? Mann oder Frau?«

»Du sprühst ja förmlich vor Diensteifer, Gero, ich weiß noch gar nichts, der Junge von der Wache konnte es kaum aussprechen, der wirkte völlig schockiert. Wenn die Neuen noch keinen Verwesungsgeruch in der Nase hatten, dann wollen sie beim ersten Mal besonders stark sein. Gelingt bloß nicht immer. Da befindet man sich schnell an der Grenze zur Übelkeit. Heierbeck ist schon unterwegs und wird die Crew der Leitstelle retten.«

Bereits hinter der Tür zur Wache rochen sie, dass etwas Widriges auf sie wartete, selbst von Aha wandte sich ab.

»Bah, ist ja schlimmer als eine drei Wochen alte Leiche. Nur ein Fuß, sagst du?«

Der Diensthabende brachte heisere Worte hervor. »Der wurde auf einem Bauernhof gefunden, daher der besondere Ge…ruch. Und diese schwüle Luft gibt dem Teil den Rest.«

Heierbeck stand auf einem Stuhl neben dem Tisch, auf dem der geöffnete Futtersack lag, und fotografierte von oben in den aufgekrempelten Rand. »Nichts anfassen, bevor ich fertig bin.«

Erste Fliegen umschwirrten den Sack, der für sie einladend roch. Gero von Ahas Diensteifer war nur noch zu erahnen, er besaß nicht den Ehrgeiz, das Objekt näher zu betrachten. Karin Krafft fragte den Beamten, wer das Fundstück gebracht hätte.

»Georg Brunner heißt der Mann, ein landwirtschaftlicher Lohnarbeiter. Der sitzt nebenan. Ich dachte mir, dass Sie ihn sprechen möchten.«

»Sehr umsichtig. Öffnen Sie alle Fenster und lassen Sie sich ein wenig von Heierbecks geheimem Nasenbalsam geben. Das hier frisst sich sonst über Stunden in das Gedächtnis Ihrer Nase.«

Sie wandte sich an ihren Kollegen. »Gero, wenn wir den Fundort kennen, nimmst du Tom und Jerry mit und fährst raus zur Spurensicherung. Ich warte hier die ersten Ergebnisse von Heierbeck ab.« Sie näherte sich dem Fund in gebückter Haltung. »Das ist aber nicht nur der Fuß, da mischt sich noch was anderes in die Luft.«

Sie legte den Kopf schräg, betrachtete die verknautschte Aufschrift auf dem Sack. »Schweinefutter.«

Der Beamte kam wieder herein und sah Karin den Sack beäugen. »Der Finder arbeitet in der Schweinezucht, den Fund hat er dort in einer Tierbox entdeckt.«

»Was, ein Teil eines Fußes im Schweinestall?«

»Er sagt …« Aschfahl wurde der Kollege und hielt sich die Hand vor den Mund, stürmte an ihnen vorbei zu den Toilettenräumen.

Karin blickte ihm nach. »Na, da fragen wir doch den Finder gleich persönlich.«

Georg Brunner hockte verloren auf einem Stuhl, seine Arbeitskleidung roch nach seinem Arbeitsplatz. Karin Krafft bemerkte seine Hände, schwielig mit gelben Verfärbungen zwischen Zeige- und Mittelfinger, wie es bei starken Rauchern der Fall ist.

»Herr Brunner?«

»Ja, so heiße ich.«

Karin stellte sich und ihren Kollegen vor. »Erzählen Sie uns, wo und wie Sie das Fußfragment gefunden haben.«

»Das habe ich doch schon alles da vorne berichtet.«

»Wir sind aber zuständig, also bitte.«

»Ich füttere morgens die Schweine vom Willy van de Sandt. Wir gehen eigentlich immer zu zweit rein, nur war er heute nicht da.«

Karin horchte auf. »Moment, sagten Sie Willy van de Sandt?«

»Ja, dem gehört der Hof.«

»Liegt der in der Nähe von Alpen auf der linken Rheinseite?«

Brunner überraschte die Frage, er nickte, und auch Gero von Aha schaute seine Chefin neugierig an. Sie ignorierte seinen Blick.

»Der Besitzer war also nicht da. Sonst versorgen Sie die Tiere immer gemeinsam?«

Brunner überlegte einen Moment. »Nee, so ist das auch

nicht, manchmal ist er op Jück. So ein, zwei Mal im Jahr juckt das Fell, wenn Sie verstehen, was ich meine, dann muss er raus. Nur sagt er meist vorher Bescheid: Georg, du machst das, ich bin bald zurück.«

»Und dieses Mal haben Sie nicht gewusst, dass Sie alleine in den Stall sollten?«

»Nee.«

»Haben Sie sich keine Gedanken um ihn gemacht?«

»Der kann sich immer auf mich verlassen, das weiß er. Ich dachte mir, der hat wieder seinen Trieb und ist losgefahren, ohne an den Gülletransport zu denken, der immer freitags kommt. Dann ist man besser zu zweit, weil das schnell gehen muss. Hat er nicht dran gedacht. Man wird ja schrulliger mit dem Alter.«

»Und Sie sind nicht auf die Idee gekommen, die Polizei zu informieren?«

»Nee, ist doch keine Leiche.«

»Aber im schlimmsten Fall Teil eines Toten.«

Brunners Augen weiteten sich. So weit schien er nicht gedacht zu haben.

Karin schaute auf die Wanduhr. »Sie haben das Teil am Morgen gefunden, sagen Sie?«

»Ja.«

»Jetzt ist es zwanzig vor vier, wieso haben Sie so lange gewartet, um herzukommen?«

»Das ist nicht meine einzige Stelle, ich geh noch auf zwei Höfe. Von dem Schweinehof alleine kann ich nicht leben. Die Arbeit muss getan werden, da musste der Sack eben warten.«

Karin stellte sich den Sack im überhitzten Kofferraum eines Wagens vor, stundenlang der Witterung ausgesetzt. Das gab dem Geruch die Strenge. Sie wechselte das Thema. »Und wo genau liegt der Hof?«

»Im Alpener Ortsteil Drüpt.«

Also hatte sie doch richtig kombiniert, das musste der Hof sein, von dem der Freund ihres Sohnes stammte. Sie nahm sich einen Stuhl und rückte so nah es ging an Brunner heran. Von Aha blieb bei der geöffneten Tür stehen.

Brunner erzählte von der Fütterung, dem merkwürdigen Verhalten einiger Tiere und seinem Erstaunen über den Fund bei Willi.

»Welcher Willi?«

»Das ist der Zuchteber vom van de Sandt. Er findet es witzig, dass der Schweinemann den gleichen Vornamen hat wie er. Der Eber lag im Stall, vor seinem Rüssel das … dieses Teil. Er schubste das, ähm, das Ding mit der Schnauze an, statt es zu fressen. Da dachte ich, das ist ungewöhnlich. Das muss was sein, was er nicht mag. Es ließ sich nicht durch das Gitter spülen, da habe ich es rausgeholt.«

»Und der Fuß war nicht zufällig in Ihrer Futtermischung?«

Brunner lehnte sich zurück, er, der Fachmann der Schweinefütterung, schien brüskiert zu sein.

»Nein, so was passiert bei dem Fertigfutter nicht, da sind nie irgendwelche großen, festen Bestandteile drin, das ist so 'n Streuzeugs. Manchmal werden Sachen bei uns zerkleinert, Hackfrüchte eben, wie Kartoffeln oder Rüben. Jetzt gerade gibt es fertiges Futter aus Säcken und Maissilage, Biertreber, manchmal auch Molke. Aber niemals so Knochiges, ich meine, kein Fleisch oder so. Selbst Fische gibt et nur als Mehl.«

Von Aha ließ sich die Adresse nennen und wollte los, Karin hielt ihn auf.

»Wir sind gleich so weit, ich habe es mir anders überlegt, lass uns gemeinsam rüberfahren. Großer Einsatz, die Spurensicherung muss mit, vielleicht gibt es mehr zu finden.«

Brunner schüttelte den Kopf. »Was soll das denn heißen? Wir haben heute Morgen gründlich sauber gemacht, alles ist abgespritzt worden, die Gülle wird freitags immer abgeholt. Wenn da noch was … Ich mag gar nicht drüber nachdenken. Also wenn da noch was gewesen ist, dann ist es weg. Sie wissen gar nicht, was zweihundert Schweine für Dreck machen.«

»Wir?«

»Ja, wenn es knapp wird, rufe ich rüber zu den jungen Leuten. Die Frau kommt schon mal mit anpacken, heute ein Junge.«

Karin stutzte, fragte nicht genauer, ahnte, dass ihr Moritz der Gehilfe vom Brunner gewesen war, denn Stefan würde den Stall meiden.

Sie blieb bei ihrer Anordnung. Von Ahas Gesichtsausdruck unterstrich seinen mit leichtem Stöhnen leise ausgesprochenen Kommentar: »Am Freitagnachmittag ab in den Schweinestall. So wollte ich schon immer mal mein Wochenende einläuten.«

Karin Krafft sah ihn streng an: »Höre ich da einen gewissen Widerstand?«

Sie schickte Brunner in die obere Etage und rief bei Jerry durch, er solle das Protokoll aufnehmen und Tom Weber herunterschicken.

»Egal, die Statistik muss warten«, blockte sie Jerrys Einwände ab. »Was? Der Staatsanwalt macht Druck wegen diesem Papiermist? He, wir sind Ermittler, wir haben schnell zu reagieren, Haase soll mich anrufen, wenn er sich beschweren will. Außerdem wird er in Kürze erfahren, womit wir aktuell beschäftigt sind ... Ja, wir fahren zum Fundort eines Leichenteils ... Nein, es ist nicht klar, ob das auch ein Tatort ist. Das muss jetzt schnell gehen. Die meisten Spuren sind beseitigt, es wird schwierig in dem Terrain. Heierbeck nimmt das Teil gerade unter die Lupe, ich werde ihm sagen, dass seine Mannschaft mitkommen muss, Start in zehn Minuten.«

Sie blickte Georg Brunner an, der während ihres Telefonats eine aufmerksame Position eingenommen hatte. »Und Sie kommen nach, sobald das Protokoll fertig ist, und zeigen uns alles ganz genau.«

Aufgeregte Lebhaftigkeit durchzog sichtbar den sonst stillen Mann. »Sie können nicht einfach zum Stall fahren und hineingehen, die Tiere merken genau, ob jemand kommt, den sie kennen. Die sind ja nicht blöd. Die drehen durch, wenn Sie einfach mit ein paar Mann aufkreuzen.«

Karin Krafft sah ihn an, er schien die Schweine gut zu kennen. Sie revidierte die gerade getroffene Entscheidung. »Dann kommen Sie mit, und das Protokoll muss warten. Wir müssen zum Fundort, das hat jetzt Priorität.«

Von Aha blickte zur Decke. Karin ahnte, was sich in seiner Phantasie abspielte. Die Fahrt nach Alpen-Drüpt über die Rheinbrücke, unter der sich der große Fluss in ein dürrebedingtes Rinnsal verwandelt hatte, über die B 58n an Büderich vorbei, rechts am Salzbergwerk der Esco entlang, zu beiden Seiten hitzegeschädigte Felder, grau getrocknete Weiden, schwarze verbrannte Flächen, Konsequenz einer fortgeworfenen glimmenden Zigarettenkippe, flirrende Luft, und an der großen Ampelkreuzung bei Haus Grünthal links abbiegen. Und alles mit einem Landarbeiter auf dem Rücksitz, der intensiv nach seiner Arbeit roch. Sie verstand.

»Herr Brunner, Sie zeigen uns den Weg und fahren vor.«

»Jawohl, mach ich.«

Dieser kurze Dialog entspannte das kauzige Gesicht des Kollegen mit der Hornbrille unter buschigen Augenbrauen in Sekundenschnelle, bis Brunner auf die sommerlich leichte Fußbekleidung der Kommissare hinabblickte.

»Ich hoffe, Sie haben Gummistiefel …«

***

Während der Fahrt sprachen sie kaum. Die Klimaanlage tat ihr Bestes, was eindeutig nicht genug war, Gero von Aha setzte gar nicht erst zur Verteidigung seines Wagens an. Im Südwesten bemerkte er ein hohes Wolkengebirge, das sich wie eine Wand hoch in die oberen Schichten der Atmosphäre schob.

»Ob das Gewitter uns trifft?«

Karin Krafft schaute in ihre »Nina«, eine Notfallinformations- und Nachrichten-App. »Nina warnt vor Unwetter im halben Ruhrgebiet und in den Kreisen Duisburg, Wesel und Kleve. Das wird kein Landregen. Hoffentlich geht das gut.«

»Es war die richtige Entscheidung, dass wir jetzt zum Fundort fahren, Starkregen dürfte einiges vernichten.«

Von Aha folgte dem alten Corsa, der in Richtung Drüpt links abbog. Im Rückspiegel sah er, dass der Tatortwagen, der später gestartet war, sie mit Blaulicht einholte. »Da sind Heierbecks Leute. Wenn überhaupt, dann werden sie im Stall fündig, da regnet es hoffentlich nicht rein.«

»Und was ist mit dem Gülletank? Ich garantiere dir, der ist offen.«

Spurensuche im Gülletank bei dieser Wetterlage? Sie saßen schwitzend in dem Wagen, keiner mochte das Thema vertiefen.

Schließlich stand von Aha an der Stalltür, unschlüssig, ob er auch nur einen einzigen Schritt weitergehen sollte. Während sich Karin und zwei Beamte der Spurensicherung von Georg Brunner das Innere zeigen ließen, ungeachtet der Lautstärke von zweihundert aufgebrachten Schweinen, die sich in ihrem Rhythmus gestört fühlten, mit der permanent surrenden Lüftung über den Köpfen, bereute Gero von Aha zutiefst, wie ein ganzer Mann in die Gummistiefel geschlüpft zu sein, die neben der Küchentür standen. Unter seinen Fußsohlen krümelte es, und wenn er genau hinfühlte, dann lebte das Biotop auch noch, das sich am Boden der alten, von außen verkrusteten, an den Schäften ausgefransten Arbeitsstiefel befand.

Karin schlurfte in ausgeliehener, blitzblanker, jedoch viel zu großer Fußbedeckung mit den beiden Männern durch den Futtergang und ließ sich von Brunner erläutern, was er am Morgen gemacht hatte. Sie betrachtete den riesigen Zuchteber, der im Gegensatz zu den übrigen Schweinen rundum relaxt in seiner Box lag.

»Das ist also Willi. Wieso interessiert den nicht, was hier gerade geschieht?«

»Den kann nichts aus der Ruhe bringen. Seit Jahren weiß er, dass er seinen Job machen muss und dass ihm nichts passiert, wenn er ihn gut macht. Die anderen sind nur kurz hier, so ein

Schwein trägt einhundertfünfzehn Tage, zehn Säue werfen an die hundert Ferkel, die werden drei bis vier Wochen gesäugt. Ab dann gibt es Kraftfutter zur Aufzucht, das sind die Jungschweine ganz hinten. Vier bis fünf Monate wird noch gemästet, und dann werden sie verkauft. Das alles dauert ungefähr dreihundert Tage. Die Sauen können zwei Würfe pro Jahr kriegen. Wenn der Willi gut drauf ist.«

»Wie, der macht das? Ich meine, keine künstliche Befruchtung?«

Brunner grinste. »Nee, alles auf natürlichem Weg, die Anzahl der Sauen reicht gerade für die Eberbelastung, bald ist er wieder dran. Sie sollten den van de Sandt mal sehen, wenn's zur Gruppenrausche geht, der ist begeistert von seinem Willi.«

Von Aha hörte Brunner zu, völlig neue Wörter sausten ihm in die Ohren, »Eberbelastung«, »Gruppenrausche« ... Er schaute mal kurz ins Smartphone, suchte im Internet den Begriff »Schweinezucht«, las, schaute zu den quiekenden, grunzenden Schweinen. Aha, auch hier hatten sie keine Schwänze, damit es nicht zum Abbeißen der selbigen kam. Auch hier waren die männlichen Ferkel garantiert ohne Narkose kastriert worden, damit das Fleisch keinen Ebergeschmack annahm.

Er war so vertieft in seine Lektüre, dass er zunächst nicht mitbekam, dass seine Chefin nach ihm rief, während Brunner an ihm vorbeikam und die beiden Spurensammler in den hinteren Teil des Stalles liefen. Ob er wollte oder nicht, von Aha musste sich bewegen, nahm sich vor, das Biotop in den fremden Stiefeln zu erledigen, und stampfte in den Stall.

Karin schien unbeeindruckt von Geruch und Lautstärke. »Du solltest dir den Fundort auch anschauen, was machst du eigentlich die ganze Zeit mit deinem Handy?«

Leise zischte er durch die Zähne: »Argumente sammeln, um nur noch alternativ erzeugtes Schweinefleisch zu essen.«

»Darum geht es nicht. Schau, das ist Willi, der gute Eber, der zum Glück das Fundstück verschmäht hat. Niemand wird genau sagen können, ob die anderen eventuell etwas verspeist haben, was zu dem Fuß gehörte. Herr Brunner sagt, die Gruppe der Jungschweine am anderen Ende des Stalles hätte am Morgen nur zaghaft zugelangt, die Spurensicherung wird sich um die Boxen dort kümmern. In der Zeit müssen die Schweine raus, Brunner kümmert sich um transportable Zäune, hat furchtbar geschimpft, weil jede Aufregung und zusätzliche Bewegung bei den Tieren Gewichtsverlust zur Folge hat. Dafür will er keine Verantwortung übernehmen. Der van de Sandt wird maulen, wenn er davon erfährt, hat er gesagt.«

Von Aha rutschte unablässig mit den Füßen in den ausgelatschten Stiefeln von einer Seite zur anderen. »Und? Wie hast du ihn überzeugt?«

»Ich habe ihm gesagt, er solle seinen Arbeitgeber zu uns schicken, ich würde es ihm erklären. Was machst du da mit deinen Füßen?«

»Ich versuche, die Tiere unter meinen Sohlen zu erledigen, die nicht da hingehören.«

In Karins Blick lag so etwas wie der Vorwurf, er solle nicht so mimosenhaft sein.

Sie trat auf ihn zu. »Du kannst gleich raus aus den Latschen. Fahr rüber zum Brömkampshof, das ist der nächste Nachbar in Sichtweite. Ich vermute, dass ein gewisser Moritz Krafft dem Brunner heute geholfen hat. Schau nach, ob er noch da ist, und falls du ihn antriffst, bring ihn her.«

Von Aha dachte nach, nur kurz, schaute auf mit erstauntem Ausdruck. »Dein Sohn?«

Sie nickte.

»Dein Moritz hat den Stall gesäubert, in dem der Fuß gefunden wurde?«

»Er hat nichts von dem Fund gewusst, Brunner hatte ihn rausgebracht, bevor er den Stall betreten hat.«

»Was macht Moritz auf einem Bauernhof?«

»Er hat vor ein paar Tagen dort angefangen, sammelt praktische Erfahrungen für sein Studium. Los, hol ihn her.«

Dankbar stakste er nach draußen, schleuderte die Stiefel von den Füßen, die er sofort unter den Wasserhahn hielt. Beim nächsten Einsatz würde er seine Neopren-Spezialberufsstiefel im Kofferraum haben.

***

Stefan und Bine hatten Blaulicht gesehen, und sie hörten die Jungschweine, konnten sich nicht erklären, was auf dem Hof los war. Stefan widerstand seiner Neugier, schulterzuckend stand er neben seiner Frau am Zaun der Alpakas, die schon ein wenig zutraulich waren und gern grüne Leckerbissen von den beiden annahmen.

Bine schaute zum Himmel. »Die Wolken kommen näher. Ich denke, es gibt heute noch Segen von oben, wir sollten die Alpakas nachher in den Stall bringen, ich weiß nicht, wie sie hier draußen auf Gewitter reagieren.«

»Meinst du nicht, dass du anfängst, sie zu verhätscheln? Ich habe doch extra den Unterstand gebaut, und der Züchter sagte, dass sie bei Wind und Wetter draußen sein können.«

»Ja, aber schau nach oben, das wird kein einfacher Schauer. Schafe oder Ziegen würde ich auch reinholen, dich lasse ich vielleicht draußen.«

»Oh, vielen Dank, für dein Mitgefühl braucht es also vier Beine und Fell. Eine Regenjacke würdest du mir noch zuwerfen, oder?«

Beide lachten, ein unsicheres Lachen, denn die ungewöhnlichen Geräusche auf dem Hof von Stefans Vater ließen nicht nach.

Bine stupste ihn sanft an. »Los, fahr doch eben rüber und schau nach. Da ist irgendwas passiert, und du machst dir Gedanken, das sehe ich doch.«

Stefan richtete sich auf, rieb sich mit beiden Händen den Schweiß von der Stirn, zögerte, schüttelte den Kopf. »Nicht dass der Alte bei den Schweinen umgekippt ist. Du, das schaff ich nicht. Meine Mutter ist im Stall gestorben. Ich kann da jetzt nicht hinfahren und gucken.«

Bine wollte ihren Mann trösten, strich ihm über den Arm, wollte ihm einen Kuss geben, als beiden die Staubfahne hinter dem Heck eines Wagens auffiel, der in hoher Geschwindigkeit ihre Zufahrt hochgebraust kam.

»Wer kann das sein? Der Laden ist zu.«

»Da rast jemand wie irre. Mensch, hoffentlich sieht der die Vertiefungen auf dem Weg.«

Zu spät gesehen, der Wagen bremste, schlingerte kurz, was die Wolke noch verdichtete, kam auf sie zu und hielt so abrupt vor ihnen, dass die Bremsen quietschten. Die Alpakas rasten aufgeschreckt in die Tiefe der Weide. Bine sah ihnen besorgt hinterher, ging dann auf den Mann zu, der vom Reststaub umhüllt wie in einem Nebelschleier ausstieg. Ein Kerl, der ein wenig wie ein teuer gekleideter Uhu aussah.

»Na toll, die haben Sie gründlich fortgejagt mit Ihrem Fahrstil. Das hier ist nicht der Nürburgring, sondern ein Naturhof, haben Sie das Schild nicht gesehen?«

Ungeachtet der Kritik zückte von Aha seinen Dienstausweis, stellte sich vor und ging auf Stefan zu, dessen Gesicht noch ernster wurde. »Die Kriminalpolizei? Kommen Sie etwa von drüben? Was ist passiert?«

»Ich stelle hier die Fragen. Sind Sie Moritz Krafft?«

»Nein, das ist unser Praktikant, der hat schon Feierabend.«

»Und wer sind Sie?«

Beide nannten ihre Namen, Bine trat einen Schritt vor.

»Das ist unser Hof hier. Sie kommen mir bekannt vor. Ach, jetzt erkenne ich Sie. Sie waren auf der Hochzeit von Nikolas Burmeester, oder? Yasmin war so froh über Ihre Beteiligung. So ein treuer Freund, sagte sie den ganzen Abend, so ein netter Mann.«

Von Aha fühlte sich gebauchpinselt. Dann kam er zum dienstlichen Anlass zurück.

»Sie leben zu zweit auf diesem Hof?«

Bine antwortete mit Verzögerung. »Nein, hier lebt noch mein Vater, aber der ist im Urlaub.«

»Kann man ihn erreichen?«

»Das kann ich Ihnen nicht sagen, er besitzt kein mobiles Telefon, und ich habe die Reise nicht für ihn gebucht. Ich kenne weder den Namen des Schiffes, noch weiß ich, auf welcher Route es fährt.«

»Seit wann ist er denn unterwegs?«

»Ich habe ihn heute Morgen nach Wesel zum Bahnhof gebracht.« Mit einem Blick auf Stefan fuhr Bine fort: »Er wollte den Zug kurz nach sechs bekommen und hat gefragt, ob ich ihn bringe. Da konnte ich nicht Nein sagen. Was ist denn geschehen, dass Sie das von uns wissen wollen?«

Von Aha ließ Zwischenfragen nicht zu, er wies auf Stefan. »Sie sind der Sohn von Willy van de Sandt?«

»Ja, das bin ich. Mir wird ganz flau. Sagen Sie, ist ihm etwas passiert?«

»Wie kommen Sie darauf?«

»Wir haben das Blaulicht gesehen, und die ungewöhnlichen Schweinerufe hören Sie ja selber, die schallen bis hier rüber. Was ist los?«

»Moment, zuerst meine Fragen. Wissen Sie, wo und wie wir Ihren Vater erreichen können?«

»Nein, kann ich Ihnen nicht sagen.«

»Aber Sie wissen, dass er nicht daheim war am Morgen?«

»Ja klar, das weiß ich. Moritz ist ja zum Helfen rübergegangen, weil zwei Hände, die meines Vaters, fehlten.«

»Und das kommt Ihnen nicht ungewöhnlich vor?«

»Nein, Vater ist manchmal auf Tour. Gestern hat er sich geärgert, da musste er vielleicht Luft ablassen und ist abgehauen.«

Von Aha horchte auf. »Geärgert, sagen Sie? Worüber?«

Stefan berichtete in kurzen Sätzen von der Tour seines Vaters durch den Niederrhein, zu der er ihn gezwungen hatte. Rekultivierte Baggerlöcher anschauen, weil Vater selbst plane, sein Land an die Kiesindustrie zu verkaufen und die entstehenden Seen zu nutzen. Und wie er letztlich in Diersfordt wutentbrannt ohne ihn abgebraust war.

»Und da machen Sie sich keine Gedanken darüber, wo er abgeblieben ist?«

»Warum sollte ich? Er ist ein erwachsener Mann und mir keinerlei Rechenschaft schuldig. Ich war ziemlich gekränkt, weil er mich einfach stehen gelassen hat, ja, aber da hat er schon ganz andere Geschichten gebracht. Wer ihn kennt, weiß, dass er impulsiv sein kann und manchmal auch richtig eklig. Ich musste gestern bei der Hitze nach Hause trampen, das war keine dolle Erfahrung. Da, schauen Sie.«

Er streckte seine Arme vor, tiefrot mit weiß geränderten Cremeresten. »Sonnenbrand, habe ich mir bei der Aktion eingefangen.«

»Hm, wo könnten wir Ihren Vater finden, was meinen Sie?«

Stefan schaute zu Bine. Die wusste, dass ihm die Antwort schwerfiel. Wer redet schon gerne über das Sexualleben des eigenen Vaters? Sie übernahm die Beantwortung der Frage.

»Ein paarmal im Jahr sucht er irgendwo ein Bordell auf oder so eine Singlebörse, wo man jemanden abschleppen kann, und, na ja, Sie wissen sicherlich, was Mann dort macht. Er braucht das eben. Und das ist gut so, ich meine, in seinem Alter.«

Von Ahas linker Mundwinkel zog sich zum Ansatz eines Lächelns hoch. Wenn es den Schweinebauern juckt, dann geht er in den Puff. Na gut, warum auch nicht? »Dann müsste er längst wieder zurück sein, oder?«

Stefan schüttelte den Kopf. »Drei, vier Tage kann er weg sein. Ich sage nur: Sex und Alkohol. Aber länger bleibt er nicht fort von seinen geliebten Schweinen, also bislang nicht. Jetzt sagen Sie schon, was bedeutet der ganze Aufstand da drüben auf seinem Hof? Spätestens in einer halben Stunde rufen die nächsten Nachbarn bei mir an oder kommen vorbei. Ist doch doof, wenn ich als Sohn nichts dazu sagen kann.«

Gero von Aha wand sich wie ein Aal, sollte er, sollte er nicht? Wenn er nichts sagte, würden hier die Spekulationen in der Abendsonne kreisen, wenn er etwas sagte, dann erst recht. Es hieß nun, vorsichtig zu formulieren. »Also in dem Stall hat man eine Entdeckung gemacht, die in unsere Zuständigkeit gehört.«

Stefan schaute zu den Alpakas, die langsam mit gereckten Hälsen wieder näher kamen. »Haben Sie verbotene Antibiotika gefunden oder was? Wundern tät's mich nicht.«

Bine wurde hellhörig und kombinierte: »Moment, Sie sind ein Kollege von Moritz' Mutter, und die ist Hauptkommissarin bei der Kriminalpolizei in Wesel. Und Ihre Abteilung ist zuständig für Mord oder so. Richtig?«

Von Aha bestätigte, es handle sich um das Kommissariat 1, zuständig für Mord und Totschlagsdelikte.

Stefan trat einen Schritt in seine Richtung. »Was genau haben Sie da drüben im Stall gefunden? Verkaufen Sie uns nicht für blöd. Der Hof gehört meiner Familie, wir haben ein Recht auf Information. Oder müssen wir erst rüberfahren und selber gucken?«

So behutsam wie möglich, nahm der Kommissar sich vor. Er wollte nichts verraten, dennoch antworten. »Man hat im Stall einen ungewöhnlichen Fund gemacht, und wir müssen jetzt ermitteln, ob es sich dort um einen Tatort handelt.«

Beide standen mit ratlosem Gesichtsausdruck und offensichtlicher Neugier vor ihm.

Bine verschränkte die Arme. »Und?«

Von Aha ging zum Wagen. »Wie, und?«

»Und weiter? Was hat man gefunden?«

»Ein Stück, also ein Teil, etwas von einem Menschen.«

Stefan trat vor Bine. »Moment, das verstehe ich nicht. ›Etwas von einem Menschen‹ reicht vom Haar über Fingernägel bis hin zu was weiß ich. Da fehlt es mir leider an Phantasie. Wegen Haaren und Fingernägeln kommt ihr nicht mit Blaulicht raus. Also was?«

Von Aha öffnete die Wagentür, stieg ein, setzte zurück. Mit offenem Fenster stand er nun seitlich vor den beiden, die ihn anschauten, ähnlich wie die Alpakas, die nun hinter dem Paar über den Zaun blickten.

»Man hat ein Stück … also etwas von einem Fuß gefunden.«

Die Reaktion wartete er nicht ab, er hatte keine Lust auf weitere Fragen. Gero von Aha ließ die beiden mit verstörtem Gesichtsausdruck in seiner Staubwolke stehen.

***

Gegen zweiundzwanzig Uhr entschied die Spurensicherung, dass in dem Stall nichts Verwertbares mehr zu finden sein würde. Die morgendliche Reinigung und die erneute Verunreinigung der Boxen hatten jede Spur vernichtet. Sie hatten aus dem Kanal, der zum Gülletank führte, feste Bestandteile entnommen, die sich an einem Vorsprung im Rohr gestaut hatten, sie sollten im Labor untersucht werden.

Brunner, der verantwortungsbewusst auf die Jungschweine im provisorischen Gatter geachtet hatte, sorgte ebenso umsichtig dafür, dass alle wieder in ihre Boxen liefen, er blieb, bis Ruhe im Stall war.

Karin Krafft schaute auf dem Weg zurück ins Kommissariat noch kurz ins Smartphone, rief ihre E-Mails ab, überflog den vorläufigen Bericht der Spurensicherung und informierte von Aha, der am Steuer saß.

»Das Fragment gehört zu einem älteren Menschen, morgen wissen sie, ob Mann oder Frau. Am Vorabend gegen dreiundzwanzig Uhr plus/minus eine Stunde wurde es vom Körper getrennt. Heierbeck formuliert ganz vorsichtig, schließlich wissen wir nicht, ob es sich hier um eine Art unfreiwillige Amputation handelt, also ein Unglück, oder ob das Stück von einer Leiche abgetrennt wurde.«

»Wir sollten in den Krankenhäusern der Umgebung nachfragen, ob es eine Einlieferung mit einer massiven Verletzung an einem Fuß gegeben hat.«

»Genau, das machen wir gleich morgen. Du ahnst es, das

freie Wochenende hat sich verflüchtigt. Es reicht, wenn wir zu dritt sind, wir beide sollten da sein, und ich sage noch Burmeester Bescheid. Falls ich Moritz heute nicht mehr sehe, frage ich ihn morgen beim Frühstück, und wenn er etwas bemerkt hat, dann bringe ich ihn gleich mit zum Protokoll.«

Sie schaute weiter in den Bericht. Von Aha wies kurz vor Büderich aus dem Fenster. »Das mit dem Donnerwetter kann schon stimmen, über dem Pott brodelt es, das Wetterleuchten ist schon zu sehen.«

Karin Krafft schwieg.

Von Aha, nach Schwein stinkend, müde und mittlerweile am Rande der gemäßigten Stimmung, reagierte gereizt. »Willst du mir noch etwas zu dem Fuß sagen? Dann verschiebe es auch auf morgen, ich bin völlig platt und kann nichts mehr aufnehmen. Ich denke nur noch ans Duschen.«

»Was? Ach, ich war so vertieft, entschuldige. Die Kollegen möchten sich noch nicht festlegen, eventuell gibt es eine Auffälligkeit. Sie brauchen Zeit.«

Zuhören konnte er gerade noch, fuhr auf der zweispurigen Straße mit hundertzwanzig km/h auf die Rheinbrücke zu, wurde aber von der Ampel bei der Tankstelle ausgebremst. »Ein Fußstück mit einer großen Zehe, da muss doch der dazu passende Mensch schnell zu finden sein.«

Karin schaute auf der Rheinbrücke nach rechts, in Richtung Duisburg hatte der Nachthimmel eine bedrohlich wirkende Farbe, dauerhaft durchzuckt von unzähligen Blitzen. »Das bewegt sich schnell in unsere Richtung. Ich steige gleich auf dem Parkplatz in mein Auto, ich will daheim sein, bevor mich das Unwetter einholt.«

»Kein Problem, ich lass dich da raus. Der Fuß läuft uns nicht weg.« Von Aha grinste, welch ein Wortspiel.

Keine Stunde später saß Karin mit ihrer gesamten Familie im Wohnzimmer und schaute durch die regennassen Scheiben in den Garten. Alle waren aufgewacht vom Heulen heftiger

Windböen, gefolgt von einem Stakkato kurz aufeinanderfolgender Donnerschläge und Regen, der in ungewöhnlich kraftvollen Strömen auf das Dach trommelte. Draußen schien die Welt unterzugehen.

Moritz machte sich Sorgen um die Gewächshäuser in Drüpt, als Hagelkörner in der Größe von Taubeneiern im Licht der Außenleuchte auf die Terrasse prasselten. Hannah saß bei Maarten auf dem Schoß und zuckte bei jedem Donnerschlag zusammen, Woodstock presste sich an Karins Beine. Er folgte ihr eng bei Fuß, als sie aufstand, um einen Blick durch das Dielenfenster auf die Straße zu werfen.

»Mein Gott, die Fahrbahn ist ein einziger Wasserlauf, da werden nicht nur Kübel, sondern Badewannen ausgeleert. Die Gullys quellen über. Maarten, ist unten alles dicht?«

»Ja, bestimmt, ich habe nachgeschaut, als es noch in der Ferne grummelte und du mit Moritz gesprochen hast. Karin, du warst so anders, war das etwa dienstlich?«

»Ja, Moritz ist ein Zeuge. Wir erzählen dir beim Frühstück alles.« Sie schaute ihren Sohn lächelnd an, als der Abstand zwischen Blitz und Donner erneut sehr gering wurde.

Eine neue Gewitterwelle erreichte Lüttingen, ein gewaltiger Einschlag in unmittelbarer Nähe des Hauses ging mit ohrenbetäubendem Knall und elektrisch vibrierender Luft einher. Gleichzeitig fiel der Strom aus. Hannah schrie auf. Karin ließ das Display des Smartphones leuchten, um Streichhölzer zu suchen und Teelichter im Schrank zu finden. Das erste war schnell entzündet und in ein Glas versenkt. Sie stellte es auf den Tisch in die Nähe ihrer Tochter.

»Hannah, keine Angst, bei uns ist nichts passiert, wir machen lauter Kerzen an und bleiben einfach zusammen heute Nacht, ist das gut so?«

Im fahlen Licht sah sie ihre Tochter stumm nicken.

Moritz wollte auf dem Hof anrufen und nachfragen, ob alles in Ordnung sei, die Verbindung konnte nicht hergestellt werden. Er schaute noch einmal hinaus in den Garten, der eine einzige Wasserfläche zu sein schien. Im Licht der Blitze sah er die Kronen der Obstbäume in wilder Bewegung. In der Ferne hörten sie Feuerwehrwagen zum Einsatz fahren.

Moritz reckte sich. »Ich geh zu Bett, ich fahre morgen zum Hof.«

»Hast du nicht frei? Es ist Samstag.«

»Eigentlich schon, aber es wird einiges zu richten geben, hoffentlich wird der Schaden nicht zu groß sein.«

Karin holte Decken und eine Gästematratze von oben, ein Nachtlager entstand im Wohnzimmer. Während der nächsten Stunden ließ das Gewitter nach, und es war immer wieder das Martinshorn zu hören.

Kurz vor dem Einschlafen drifteten Karins Gedanken noch einmal zu dem aktuellen Fall ab. Wenn es draußen irgendwelche Spuren gegeben hatte, dann waren sie nach diesem Unwetter weggespült.

SIEBEN

Am nächsten Morgen schien die Sonne mit unschuldig wirkender Gleichmut auf den Niederrhein, der an vielen Stellen heftige Schäden aufwies. Schnell entwickelte sich hohe Luftfeuchtigkeit, ließ den Atem stocken. Ein Anruf bei der Kreisleitstelle versorgte Karin Krafft mit den notwendigen Informationen zum Zustand der Straßen. Von Lüttingen aus fuhr sie über Sonsbeck und Alpen nach Wesel, auf den anderen Hauptverkehrswegen lagen noch umgestürzte Bäume.

Die ausgetrockneten Böden hatten die Wassermassen nicht aufnehmen können, diese hatten das kümmerliche Getreide mit sich gerissen oder unterspült, Sand in Schlamm verwandelt, in breiten Bahnen auf Wege und Straßen geschwemmt. Regenwasser war als Fontäne aus den überlasteten Gullys geschossen und sturzbachartig durch die Straßen gelaufen, hatte Keller überflutet, war in Autos eingedrungen. Was nicht verankert gewesen war, fand sich beim Nachbarn oder auf dem nächsten Feld wieder.

Hannah würde am Montag schulfrei haben, die Nachricht wurde über WhatsApp-Gruppen an die Eltern verteilt, auch in der Lüttinger Grundschule standen das Untergeschoss und ein Teil der Klassenräume unter Wasser. Moritz war mutig auf sein Rad gestiegen, er würde irgendwie nach Drüpt kommen, hatte er gesagt, Waldstücke und Alleen würde er wegen der Gefahr stürzender Äste vermeiden, man solle sich nicht um ihn sorgen.

In der Kreisleitstelle brachen die Notrufe nicht ab, wurden Nachbarn vermisst, Schäden gemeldet, die zur Feuerwehr weitergeleitet wurden. Karin musste sich einen Beamten zur Seite nehmen, um zu erfahren, ob es aktuelle Vermisstenmeldungen gab, die sich auf den letzten Donnerstag bezogen. Nichts.

Burmeester war früher als üblich gestartet, hochmotiviert Richtung Kreispolizeibehörde in Wesel gefahren, Ästen, Laubhaufen und Schlammbahnen ausgewichen. Okay, der dienstliche Einsatz war eine Seite, sein ökologisches Vorhaben die andere. Der Himmel hatte das Land mit Wasser versorgt, Burmeester platzte vor Tatendrang, hatte sich dazu entschlossen, trotz aller Unkenrufe sein Projekt, gesundes Gemüse am Arbeitsplatz zu ziehen, unbeirrt zu verfolgen. Jetzt hieß es, überzeugende Tatsachen zu schaffen.

Der Parkplatz der Behörde war relativ leer, die Kollegen vom Wochenenddienst waren entweder unterwegs oder noch nicht eingetroffen. Er betrachtete das gut gegossene Stückchen Erde auf dem Gelände seiner Dienststelle, das er zum Glück am Vortag eingepflockt hatte. Er hob voller Elan den Klappspaten aus seinem Kofferraum. Endlich war der Boden gewässert, konnte dieses nicht genutzte Terrain urbar gemacht werden.

Mit der Manneskraft eines Eroberers stellte er seinen Fuß auf die umgebördelte Auftrittkante, niemand applaudierte, versetzte dem Blatt des Spatens einen wuchtigen Tritt und versenkte die Einstechkante in die Erde. Was er zutage förderte, raubte ihm das siegessichere Lächeln. Knapp fünf Zentimeter war der Regen in die Tiefe gedrungen, auf dem unteren Teil des Spatenblatts lag staubiger, trockener Boden. Und jetzt?

Er schaute sich um, niemand schien ihn zu beobachten, diesen frustvollen Moment mit ihm zu teilen. Er würde den Spaten wieder ins Auto bringen und sich seinem eigentlichen Job widmen.

Den dreien vom K1 fiel es schwer, zu Beginn der kleinen Lagebesprechung in den Fall zu kommen, jeder berichtete von seinen Erlebnissen aus der Nacht, von Unglück oder Glück. Doch dann setzten Karin Krafft und Gero von Aha Burmeester über den Fund vom Vortag in Kenntnis.

Der staunte nicht schlecht. »Also doch der van de Sandtsche

Hof, sagst du? Ich kaufe nebenan auf dem Biohof ein, die Besitzerin ist eine Freundin von Yasmin.«

Von Aha schaute zu Burmeester. »Mich haben sie auch beim Hofladen erkannt, weil ich bei deiner Hochzeit den Werber für dich muttergeschädigten und vaterlosen Bräutigam gemacht habe. Und Karins Sohn ist Praktikant beim gesunden Gemüse. Ja, sagt mal, was ist das denn für ein privates Kuddelmuddel? Nicht dass sie uns den Fall noch entziehen, weil wir alle eine Verbindung zu diesem Flecken in der tiefsten Provinz haben.«

Burmeester betrachtete die Fotos von Fund und Stall, rümpfte die Nase. »Zum Glück hatte der Eber keinen gesteigerten Hunger. Das ist ein richtig unappetitlicher Fall.«

Von Aha meldete sich zu Wort, schwenkte seinen Kaffeebecher, schien das Aroma seines Nobelkaffees zu genießen. »Ich kann mir gut vorstellen, dass ein gestandener Landwirt, wenn ihm etwas Schlimmes passiert, bei dem jeder andere umkippen würde, sich ins Auto klemmt und seine Verletzung in einer Art Schockzustand in eine Notaufnahme bringt.«

Karin schüttelte missbilligend den Kopf.

Von Aha zog grinsend einen Mundwinkel hoch. »Wenn es stimmt, was Stefan van de Sandt mir erzählt hat, dann könnte der Alte sich auch für ein paar Tage irgendwo in einem Bordell eingenistet haben. Stressabbau. Das macht der wohl regelmäßig. Anscheinend macht Schweinefleisch potent, Mann sollte drüber nachdenken.«

Mit ernstem Gesicht konterte Karin umgehend: »Das ist nicht der Zeitpunkt für geschmacklose Witzchen. Da gibt es nichts Verwerfliches, wenn ein Witwer bei Bedarf eine Sexarbeiterin besucht. Wir sollten dennoch in den Krankenhäusern nachfragen. Burmeester, das übernimmst du. Im Umkreis von fünfzig, sechzig Kilometern, Xanten, Geldern, Moers, die Kliniken in Wesel. Vielleicht ist er dort zusammengebrochen und noch nicht wieder aufgewacht, frag auch nach namenlosen Patienten.«

Sie musterte erneut das Foto des Fußes. »Wahrscheinlich

haben wir den Menschen zum Zeh noch gar nicht auf dem Schirm.«

Gero von Aha schaute in den PC. »Es gibt noch keine weiteren Informationen von der Spurensicherung, da werden wir wohl bis zum Montag warten müssen. Karin, was machen wir beide?«

Sie stand auf und wies auf seine Schuhe. »Du hast hoffentlich deine eigenen Gummistiefel im Kofferraum, wir schauen uns noch einmal auf dem Hof um. Und auch auf dem Biohof.«

»Ach nein, nicht wieder in den Gestank, ich kann da nicht atmen.«

Mit einer eindeutigen Kopfbewegung forderte sie ihn auf. »Los, setz dich in Bewegung. Vielleicht ist der Landwirt zurück und kann uns erklären, was man alles im Futter seiner Schweine finden kann. Vielleicht ist das Fußteil aus einer Tüte gefallen oder lag draußen in der Silage. Und Burmeester, du bleibst hier.«

Von Aha stöhnte wie ein Alter. »Da draußen ist nichts mehr zu finden, das kannst du dir denken.«

Langsam stand er auf und führte seinen Becher zum letzten Schluck an die Lippen, hielt inne, setzte ihn wieder ab. »Würden Schweine Menschen fressen?«

Karin schaute hoch. »Ich weiß es nicht genau, aber ich gehe davon aus, dass es ihnen egal ist, sie knabbern sich ja auch bei enger Stallhaltung die Ringelschwänze ab.«

»Damit ist meine Frage nicht hinreichend beantwortet.«

»Gero, das sind Allesfresser. Moralische Bedenken werden sie nicht äußern, auch wenn sie intelligent sind.« Karin öffnete die Tür. »Bei menschenähnlicher Intelligenz hätten sie den Spieß schon längst umgedreht und würden uns domestizieren. Nun mach schon, ich will heute im Hellen nach Hause fahren, ich habe ein schlechtes Gewissen, weil meine Familie ohne mich im Garten aufräumen muss. Der alte Apfelbaum ist abgeknickt und in den Pool gestürzt. Alles kaputt.«

Von Aha widmete sich der Neige im Kaffeebecher und

schlurfte schließlich hinter ihr her. »Fakt ist, dass an dem Fuß zumindest geknabbert wurde.«

Karin blieb vor der Teeküche stehen, beobachtete von Aha, der seinen Becher vorsichtig in den Geschirrspüler stellte. Er liebte seine kostbaren Trinkgefäße ebenso wie seinen teuren Kaffee.

»Vielleicht war das ganze Teil ja auch wesentlich größer, nicht nur ein Fuß, und der Eber rülpst heute noch vor Genuss«, sagte er.

»Bah, Gero, wie makaber, da pflanzt du gerade fiese Bilder in mein Hirn.«

Auf dem kurzen Weg zum Treppenhaus schaute Karin auf dem Smartphone in die Wetter-App. »Verflixt, keine Abkühlung, schon jetzt wieder fünfunddreißig Grad, achtzig Prozent Luftfeuchtigkeit, das wird grauslig da draußen.«

Burmeester hatte den Dialog der beiden Kollegen durch die geöffnete Tür gehört und sich im Internet über das Thema Schwein und Mensch informiert. Das Ergebnis fand er erschreckend. Er war froh, dass er in Wesel bleiben konnte und nicht in den Stall musste. Er würde die Krankenhäuser abfahren. Über Patienten, deren Namen bekannt waren, konnte er Auskünfte bekommen. Aus Datenschutzgründen gab man niemandem, der einfach anrief und sich mit Dienstgrad und Namen meldete, Auskunft über Verletzungen oder Erkrankungen.

Vorher sendete er noch eine Nachricht an Karins Smartphone: »Es gibt genügend Fälle weltweit, in denen Schweine Menschen verspeist haben. Durch ein abgehörtes Telefonat zutage getreten ist ein Fall in Italien, bei dem Mafiosi ein Mitglied eines Clans, das ihnen in die Quere kam, lebendig den Schweinen zum Fraß vorgeworfen haben. Da blieb nichts übrig.«

***

Bine hatte die Weidezäune kontrolliert – soweit sie es beurteilen konnte, war alles in Ordnung. Die Alpakas schienen die Nacht tapfer und unbeschadet in ihrem Unterstand verbracht zu haben.

Stefan legte seinen Arm um Bines Schultern. »Siehst du, mein Unterstand hat seinen Zweck erfüllt und ist nicht beim ersten Sturm in die Knie gegangen. Und den Tieren hat es nicht geschadet, draußen zu sein.«

Sie befreite sich lächelnd aus der Umarmung. »Du willst nur von mir hören, dass du recht hast. Komm, wir machen Bestandsaufnahme, lass uns der Realität ins Auge blicken.«

Das Unwetter hatte den grässlichen Fund vom Vortag in den Hintergrund geschoben. Einige Scheiben der Gewächshäuser hatten dem Hagel nicht standgehalten, Bine und Stefan dokumentierten den Schaden, die Fotos würden sie zur Versicherung senden, damit der Agent sich schon mal einen Eindruck verschaffen konnte. Zum Glück hatten sie die teure Versicherung für Elementarschäden abgeschlossen und fühlten sich auf der sicheren Seite.

Auf den Feldern sah es anders aus. Die kleinste Vertiefung in der Erde hatte sich in eine schlammige Pfütze verwandelt, alle Salatsorten lagen mit zerschmetterten Blättern am Boden, das Wurzelgemüse würde das nächtliche Debakel überstehen, was sie von den Beeren nicht sagen konnten.

Bine schaute hinüber zum Nachbarhof, sah dort Georg Brunner aus seinem Corsa steigen. »Ob dein Vater zurück ist?«

»Ich habe vorhin einen Blick auf den Innenhof geworfen, sein Wagen steht jedenfalls nicht dort.«

Bine schaute ihn ernst an. »Erzähl noch mal, wo hat dein Vater dich gestern stehen lassen?«

»Sag mal, wir sind hier gerade mit viel Glück an einer Katastrophe vorbeigeschrappt, und du denkst an meinen Alten? Ich habe dir doch haarklein erzählt, wie er mich am Baggersee ausgesetzt hat wie einen lästigen Straßenköter. Die Geschichte ist heute noch dieselbe. Und die Kränkung auch. Wieso fragst du?«

»Ich muss daran denken, was sich seit gestern alles verändert hat. Es sind keine vierundzwanzig Stunden, Stefan, und dein Vater ist auf Jück, meiner auf einem Kreuzfahrtschiff, beide Väter gleichzeitig außer Sicht- und Reichweite, das gab es noch nie. Wir haben ein Unwetter halbwegs unbeschadet überstanden. Mein Vater wird aus unerfindlichen Gründen von einer Frau umgarnt, die ich als stilvoll und intelligent eingeschätzt hätte. Vielleicht hat er in seinem Alter noch mal richtig Glück.«

»Dass du immer noch so positive Gedanken für den alten Zausel aufbringst, ihn sogar zum Bahnhof gebracht hast, das ist echte Größe.«

Bine streckte sich lächelnd. »Damit sind wir doch beide gesegnet, sonst wären wir vor der familiären Tristesse geflohen, statt uns hier eine Existenz aufzubauen. Man driftet nur manchmal ab und vergisst, positiv zu sein.«

Stefan stimmte ihr zu, wirkte mit einem Mal nachdenklich. Bine bemerkte die Wandlung sofort. »Was ist?«

»Es gibt Dinge, die kann man nicht positiv sehen, egal, wie man sie betrachtet. Denk an gestern, da fand man ein Stück Fuß im Stall von meinem Alten. Ich kann es noch immer nicht fassen.«

»Ja, furchtbar und ekelhaft.« Sie schmiegte sich mit einem Seufzer an Stefans Brust. »Das ist alles etwas viel, weißt du.«

Er küsste sie aufs Haar und lachte unvermittelt laut heraus.

Bine war irritiert. »Was ist so witzig daran?«

»Ach, mein Binchen, ich schwenke gerade wieder zur schönen Seite des Lebens. Es ist gut, liebe Menschen zu kennen, schau mal zur Einfahrt. Wenn mich nicht alles täuscht, kommt da unser emsiger Praktikant an einem Samstag freiwillig zur Mithilfe angeradelt.«

Sie löste sich von ihrem Mann und lief ihm entgegen. »Moritz, was machst du denn hier?«

»Ich konnte euch nicht telefonisch erreichen, ich muss doch schauen, ob auf meiner Arbeitsstelle alles okay ist. Sag, geht es euch gut?«

Sie berichteten von den Schäden, die sie bereits entdeckt hatten, und sprachen von großem Glück. Moritz erzählte von seiner Odyssee und der Feuerwehr, die überall sägte und pumpte.

Stefan lief in Richtung Haus. »Der Keller, Bine, wir haben noch nicht unten nachgeschaut.«

Schon von der Treppe aus sahen sie die Bescherung, das trübe Wasser stand dort knöcheltief.

Stefan streifte sich die Schuhe von den Füßen und stieg hinab. »Die Pumpe steht im Nebenraum, Moritz, komm, das Wasser muss raus. Bine, kümmere dich um den Laden, wir machen das.«

Bine war den Tränen nahe. Wasser im Keller, das hatte es, so lange sie denken konnte, nie gegeben. »Unser Lehmkeller, den brauchen wir doch. Hoffentlich kriegen wir den wieder hin.«

Moritz ließ ebenfalls seine Schuhe an der Treppe stehen, und beide Männer verschwanden aus Bines Blick.

Wasser im Haus. Zum ersten Mal seit den Blitzen und Regengüssen vom gestrigen Abend fühlte Bine sich betroffen und hilflos. Spürte ihr Herz klopfen. Alles ein bisschen viel.

***

Lange saßen sie bei geöffneten Türen in Geros Wagen im van de Sandtschen Innenhof, Karin hatte die Nachricht von Burmeester gelesen, das Smartphone an ihren Kollegen weitergereicht, der es nach der Lektüre stumm wieder an sie zurückgab.

»Der Gedanke ist ungeheuerlich.«

Karin wedelte sich Luft zu. Selbst wenn man sie in Bewegung brachte, kühlte sie nicht. »Welcher genau?«

»Wie, welcher genau?«

»Na, welcher Gedanke genau ist ungeheuerlich?«

»Der Gedanke, dass der Rest eines Menschen in den Bäuchen dieser borstigen Tiere den Weg jeder Verdauung nimmt.«

Sie starrten beide in Richtung Stall, in ihren Köpfen schienen ähnliche Eingebungen zu kreisen, Karin sprach sie aus: »Und letztlich landet der verdaute und in den Organismen verarbeitete allerletzte Rest dieser ungewöhnlichen Nahrung bei uns auf den Tischen und in den Bäuchen.«

Sie hockten im Auto, die Sonne wärmte den Innenraum unerbittlich auf, und sie rührten sich nicht, wirkten wie gelähmt nach dieser Erkenntnis. Von Aha brach schließlich das Schweigen.

»Ungeahntes kriminelles Potential, mafiöse Zustände in niederrheinischen, ach, in Schweineställen weltweit?«

»Du meinst …«

Von Aha wurde munter, nickte mit verkniffenem Mund. »Genau. Wozu braucht man Beton, um jemanden für immer verschwinden zu lassen? Es gibt mittlerweile so viele Großställe mit hungrigen Allesfressern.«

Karin deutete auf die Stalltür. »Ich kann mir nach all den Jahren bei der Kripo einiges vorstellen, aber das geht zu weit. Komm, wir müssen noch gründlicher suchen.«

Von Aha stieg aus, verharrte regungslos in der aufgeheizten Luft und setzte sich gleich wieder. »Stell dir dieses feuchtheiße Klima drinnen im Stall vor.«

Beide blieben sitzen, stumm, regungslos, bis Brunner zur Tür heraus- und auf sie zugelaufen kam. »Schon wieder da? Heute feuert ihr mir die Stimmung im Stall nicht wieder an, oder, Frau Krafft?«

»Nein, bestimmt nicht. Aber reingehen müssen wir trotzdem.«

»Nee, bitte nicht, die haben sich gerade von der gestrigen Aufregung erholt und sind ruhig.«

Karin stieg aus und unterhielt sich über das Wagendach hinweg mit ihm. »Uns bleibt nichts anderes übrig, das ist immerhin ein Fundort, da muss jeder Quadratzentimeter unter die Lupe genommen werden, das verstehen Sie bestimmt. Und heute sind wir nur zu zweit.«

Karin war froh, dass Georg Brunner mit ihnen gemeinsam den Stall betrat. Die große Unruhe blieb aus. Ob Schweine ein Gedächtnis für Personen hatten? Sie staunte über das Verhalten der Tiere, so ein krasser Unterschied zum Vortag. Vielleicht war die Stimmung auch hier durch die Hitze mit tropischer Luftfeuchtigkeit gehemmt, jedenfalls konnte Brunner den Stall sogar verlassen, ohne dass Unruhe aufkam.

Wo sollten sie anfangen?

Gero von Aha zog sein Smartphone aus der Tasche, suchte die Aufnahmefunktion, sprach flüsternd ins Mikrofon. »Schweinestall van de Sandt, zweite Begehung. Aufnahme der aufkommenden Fragen für das Protokoll.«

Karin verstand, nickte kurz. Es ging um Brainstorming vor Ort, jeder verbalisierte, was ihm gerade in den Sinn kam, anschließend wurde ausgewertet.

»Wer könnte diesen Stall betreten, ohne Aufsehen zu erregen?«

»Wenn jemand wirklich einen Körper im Laufe einer Nacht verfüttert hat, wie müsste der Leichnam beschaffen sein? Ich meine, der Täter muss sein Opfer zumindest in kleinste Teile zerstückelt haben, sonst hätten Georg Brunner mehr große Überreste auffallen müssen.«

»Brunner sprach von einem Zerkleinerer für Kartoffeln und Rüben. Die Spurensicherung soll sich den anschauen.«

»Ob die Spurensicherung Partikel von Kleidung gefunden hat?«

»Sind Schweine in der Nacht geräuschempfindlicher?«

»Hat auf dem benachbarten Hof jemand nächtliche Unruhe im Stall bemerkt?«

»Muss man sich mit Schweinen auskennen, um mit ihrer Hilfe einen Körper verschwinden zu lassen?«

»Wie kann ein Körper unbemerkt hertransportiert worden sein?«

»Wem war bekannt, dass der Stall gründlich gereinigt und die Gülle an dem Morgen abgefahren wurde?«

»Wer wusste von der Abwesenheit des Züchters?«

Von Aha hielt inne und schaltete das Mikrofon aus. »Ja, genau, wenn jemand anders als er selber hier zur Tat geschritten ist, dann muss derjenige von seiner Abwesenheit gewusst haben.«

Karin deutete auf die Stalltür. »Hast du die Ölflecken auf dem Betonsteinpflaster gesehen? Der Mensch ist ein Gewohnheitstier. Man muss nur wissen, wo van de Sandts Auto immer steht. Das ist, in diesem Fall wohl seit Jahrzehnten, ein verlässlicher Hinweis auf seine Anwesenheit.«

Von Aha fingerte wieder auf seinem Smartphone. »Moment, das müssen wir aufnehmen, wiederhole den letzten Satz noch mal.«

Karin sprach ins Mikrofon und war gleich bei der nächsten Frage. »Sollte der Fuß gefunden werden, war das Absicht?«

Von Aha stoppte die Aufnahme erneut. »Merkst du was?«

»Was meinst du?«

»Wir beide glauben nicht mehr daran, dass es hier nur einen bedauernswerten Unfall gegeben hat.«

»Das ist ja auch ziemlich unwahrscheinlich, aber wir müssen eben von der kleinsten bis zur größten Wahrscheinlichkeit alles in Betracht ziehen, solange uns weitere Fakten fehlen.«

»Und was bitte ist deiner Ansicht nach hier die kleinste Wahrscheinlichkeit?«

Von Aha drückte wieder auf die Aufnahmetaste. »Wie kann ein Fragment eines Fußes über den Futtertransport in einen Stall gelangen?«

Karin beugte sich über das Smartphone. »Ist es überhaupt möglich, dass Schweine, die immer nur ausgesuchte Kost bekommen, etwas anderes annehmen? Wir brauchen mehr Infos über dieses Viehzeug.«

»Und wir müssen noch einmal mit allen Personen aus dem Umfeld reden. Sabine und Stefan vom Nebenhof –«

Karin unterbrach von Aha barsch. »Du verdächtigst nicht allen Ernstes die jungen Leute von nebenan?«

»Lass uns einfach in alle Richtungen ermitteln, die wirken besorgt und harmlos, ja, und mir wäre es recht, wenn sich das bestätigen würde. Trotzdem!«

»Gut, und dieser Brunner weiß vielleicht mehr, als er berichtet hat. Moritz werde ich auch noch mal befragen, obwohl er sagt, er habe nichts bemerkt. Es mag sein, dass da irgendwas in die Tiefen seines Gedächtnisses gerutscht ist und wieder hervorgeholt werden muss. Es gibt garantiert noch mehr Leute, die van de Sandt und den Hof genau kennen, es gibt eventuell Zeugen, die Ungewöhnliches bemerkt haben. Verstehst du, Gero, wir nehmen uns das gesamte Umfeld noch einmal vor.«

Von Aha stimmte lebhaft zu. Sofort reagierten die Jungschweine unruhig, und er senkte die Lautstärke, als er ins Mikrofon sprach: »Das Umfeld des Hofes beleuchten.«

Karin blieb stehen und beobachtete eine Sau, die hinter einer Absperrung auf der Seite lag und ihren Ferkeln die Zitzen darbot. Zehn kleine rosige Mäulchen suchten nach Milch. Sau und Ferkel waren räumlich getrennt, damit das Muttertier sich nicht versehentlich auf ihre Nachkommen legen konnte. Milch und Rotlicht für die Kleinen. Enge für das Muttertier. Die Kleinen hatten auch noch ihre Ringelschwänzchen, stellten die Ohren auf, schmatzten.

Karin lächelte. »Schau mal, die können richtig putzig sein.«

Von Aha seufzte. »Zeige Frauen tierischen Nachwuchs, und sie finden alles niedlich und süß, kriegen diese helle Stimme, möchten es anfassen und mitnehmen. Meine Marlene würde genauso reagieren wie du. Bei den ausgewachsenen Schweinen rümpfst du die Nase, und die Ferkel sind putzig.«

Er schaute sich die schmatzende Schar an. »Also ich denke da eher an Spanferkel.«

***

Weder im Weseler Marienhospital noch im Evangelischen Krankenhaus in Obrighoven war eine Großverletzung, wie Nikolas Burmeester sie beschrieb, in den letzten achtundvierzig Stunden behandelt worden. In beiden Häusern war man an der Pforte hilfsbereit, informierte umgehend die Geschäftsführung und den Ärztlichen Direktor, die Verantwortlichen ließen im PC nachschauen, telefonierten mit den Intensivstationen und den Notaufnahmen, um die Behandlung einer derartigen Verletzung mit Sicherheit ausschließen zu können.

Ein diensthabender Chirurg der Klinik in der Aue, der zufällig seine Anfrage am Empfang hörte, bat um das Foto, schaute es sich intensiv an und gab es Burmeester zurück.

»Wenn Sie mich fragen, dann ist das ein Männerfuß. Derbe Haut, ein ungepflegter Nagel mit Pilzbefall, das muss jemand sein, der nicht viel Wert auf sich legt.«

»Und wieso sagen Sie mit Bestimmtheit, es sei ein Mann?«

»Sie können bei den Podologen nachfragen. Ein gepflegter Mensch hat auch gepflegte Füße, das gilt für alle Geschlechter. Es gibt gerade bei den älteren Semestern, und da vor allem bei den Männern, die harten Weggucker, besonders wenn sie alleine leben. Vielleicht verhindert manchmal auch ein feister Bauch den Blick bis zu den Zehen. Oder es ist die Eitelkeit, eine Brille zu benutzen. Jedenfalls begegnet uns hier auch so mancher Zeh, den Sie nicht sehen wollen. Und der da gehört auch ohne den Abriss in die Kategorie fieser Fuß, ehrlich.«

Burmeester war froh über die Gesprächigkeit des Fachmanns und nutzte die Gelegenheit. »Was spricht aus Ihrer Sicht dafür, dass es nur ein Abriss sein kann?«

»Das ist keine Schnittwunde, das wirkt wie gerissen, sehen Sie die zerfaserten Enden der Gefäße?«

»Wie lange überlebt jemand ohne ärztliche Hilfe, wenn es sich um einen Teilabriss zum Beispiel durch ein Unfallgeschehen handelt?«

Der junge Doktor schaute sich das Foto noch einmal an. »Das ist ein Vorfuß bis zum dritten Zeh, Ossa tarsi, Ossa metatarsi durchtrennt, da, sehen Sie, alle regelrecht gespalten, Nerven und Blutbahnen durchtrennt, Haut und Muskeln gerissen, zweiter und dritter Zeh fast bis zum Ansatz abgetrennt. Ich denke, im Schockzustand könnte sich jemand das Bein abbinden und die Wunde notdürftig abdecken. Es wird nicht lange dauern, bis der Schmerz kommt, und glauben Sie mir, der haut denjenigen garantiert aus dem anderen Latschen. Bei einem jungen, trainierten Menschen könnten sich die Gefäße relativ schnell schließen und so verhindern, dass es zu hohem Blutverlust kommt.«

Er reichte Burmeester das Foto und verabschiedete sich, drehte sich aber noch einmal um. »Wenn Sie den lebend finden wollen, dann müssen Sie sich beeilen.«

»Wir sind dran.«

Was dachte sich der Arzt? Burmeester schüttelte den Kopf, während er das Gebäude verließ und durch den parkähnlichen Eingangsbereich zum Parkplatz schlenderte. Seine Gedanken schweiften ab, er würde seine Frau, die in der Klinik als Qualitätsmanagerin arbeitete, fragen, warum es keine Gemüsezucht in dieser geschützten, bestens versorgten Anlage gab.

Aber zunächst würde er sich die übrigen Krankenhäuser vornehmen. Wenn der Mann noch lebte, dann nur mit fachlicher Hilfe. Auf zur anderen Rheinseite.

ACHT

Den Sonntag hatte Gero von Aha allein als Diensthabender mit der Bearbeitung der Fakten verbracht. Er war der Einzige, der nichts mit Hagel- oder Wasserschäden zu schaffen hatte, und da seine beste aller Bekannten von ihrem Onkel Jupp in Moers anlässlich seines neunzigsten Geburtstags zum Brunch eingeladen war, kam ihm der Dienst ganz recht. Der alte Herr stellte ihm stets mit Altersweisheit und geheucheltem Interesse die gleichen Fragen – wen er zuletzt verhaftet habe und ob er mit dem Gehalt eines Polizisten seine Nichte Marlene auch unterhalten könne. Dann musste Gero mit ihm anstoßen und einen zähflüssigen, stolz präsentierten, selbst gemachten Kräuterlikör seine Kehle hinablaufen lassen, der sein Inneres zu verbrennen schien. Verwandtschaft konnte grausam sein.

So hatte sich von Aha aus dienstlichen Gründen der neuerlichen Befragung geschickt entzogen, hätte am liebsten auch den Abend und die Nacht im Kommissariat verbracht, da er genau wusste, dass Marlene ihm haarklein berichten würde, wie es dem alten Jupp ging und dass er wieder die gleichen Sprüche von sich gegeben hatte. Da er aber schon dem selbst gebrauten Magenumdreher entkommen war, hatte er pünktlich Feierabend gemacht und Marlene zu einem späten Eisbecher ins »La Gondola« am Weseler Markt eingeladen. Eine aufregende Nacht hatte sich danach unter seinem Dach ergeben, ohne prasselnden Regen und stürmisches Heulen und doch nicht gerade geräuscharm.

Am Montagmorgen erschien Gero von Aha nun frisch und sehr munter als Erster zum Dienst, bereitete seine Präsentation der Fakten und vor allem eine ausreichende Menge seines edlen Kaffees vor, freute sich über die funktionierende, sehr effiziente Klimaanlage, ohne die es in den Räumen der obersten Etage der Kreispolizeibehörde unerträglich wäre. Von Aha fühlte sich großartig, als seine Kollegen eintrudelten.

Jerry war gezeichnet von einem Wochenende mit Aufräumarbeiten im zerschmetterten Wintergarten seiner Adoptiveltern. Der Mann aus Haiti war ein Weseler Jung geworden und geblieben, hatte den Kontakt zu seinen Wurzeln vor Jahren gesucht und gefunden, und seine beiden Familien, die deutsche wie die haitianische, waren ihm sehr wichtig. Tom war damit beschäftigt gewesen, gemeinsam mit den Nachbarn den Keller des Mietshauses, in dem er wohnte, trockenzulegen.

Karin erzählte von den Verwüstungen in ihrem Garten, sie bedauerte den Verlust von zwei alten Obstbäumen, Maarten sprühte bereits vor Ideen, was er alles aus dem Holz machen könnte.

Burmeester wohnte mit seiner Angetrauten Yasmin in einer modernen Wohnung mit Blick auf die Lippe im Weseler Stadtteil Fusternberg. Er hatte erlebt, wie sein Heim die Schaltzentrale für Hilfegesuche der großen Verwandtschaft seiner Frau wurde und wie unkompliziert und schnell jedem geholfen werden konnte, weil immer jemand einen kannte, der einen kannte, der über Ahnung, notwendige Geräte und Manpower verfügte. So waren am Montagmorgen alle zerdepperten Dachpfannen ersetzt und vollgelaufene Keller leer gepumpt, entwurzelte Bäume zersägt und abtransportiert, ohne dass er selbst ein einziges Mal aus dem Haus gemusst hatte. Glücklich war er dennoch nicht, als er zu seinem Team stieß. Sein Projekt Biogemüse am Arbeitsplatz bohrte in ihm, die Wasserversorgung stellte eine logistische Hürde dar.

Die Hauptkommissarin hatte bewusst nicht die große Lagebesprechung einberufen, ihr schien die Faktenlage zu dünn. Sie konnten ausschließen, dass in den umliegenden Kliniken ein Mann mit entsprechender Verletzung behandelt worden war. Ebenso waren weder im Schweinestall noch im Gülletank und auch nicht in den Futtervorräten neue Spuren entdeckt worden. Es waren keine weiteren Indizien erkennbar, die auf ein Tötungsdelikt deuteten. Es gab keinen Treffer auf der Liste der vermissten Personen. Die hierauf verzeichneten Senioren waren weit älter als das Opfer, dessen vermutetes Alter aus den vagen Ergebnissen der Spurensicherung hervorging. Die Kollegen dort befassten sich aktuell mit den kleinen Knochenpartikeln und Hornteilchen von Fußnägeln, die sie im Abwasserrohr gefunden hatten, beides war ausschließlich dem Fußfragment zuzuordnen.

Gero von Aha projizierte gerade das Corpus Delicti in dreifacher Vergrößerung an die Wand, und das Team beschäftigte sich mit den Fragen, ob es nur dieses eine menschliche Fundstück im Stall gegeben hatte und wie es dort hineingelangt sein könnte, als die Tür zum Besprechungsraum aufgerissen wurde. Staatsanwalt Haase und Behördenchefin van den Berg betraten mit deutlich nach unten weisenden Mundwinkeln und energischen Schritten den Raum.

Sie waren die Einzigen im Gebäude, die bei den herrschenden Außentemperaturen in völlig korrekter Bekleidung herumliefen, sie in einem Leinenzweiteiler, die Beine in eine hautfarbene Strumpfhose gehüllt, er, in Anzug, Hemd, Krawatte, hatte sich zumindest des Jacketts entledigt. Die müssen doch dem Hitzschlag nahe sein, dachte Karin noch, als hinter ihnen die Tür in den Rahmen fiel.

Haase legte sofort los, in dem rüden Tonfall, der seinem neuen Ruf in allen Abteilungen vorauseilte.

»Können Sie mir verraten, wo in diesem Fall Ihre aktive Präsenz ist? Frau van den Berg und ich sind uns einig, dass hier und jetzt eine große Lagebesprechung mit üblicher Besetzung und anschließender Pressekonferenz stattfinden müsste. Und? Ist der Pressesprecher informiert? Gibt es ein Dossier? Gibt es erste Ergebnisse, über die die Staatsanwaltschaft informiert sein sollte?«

Fünf Gesichter, in denen sich Erstaunen und eine gewisse Ungläubigkeit spiegelten, starrten den beiden entgegen. Was spielte sich hier gerade ab, was wollte der Mann?

Unbeirrt fuhr der Staatsanwalt fort. Er versprühte Druck. »Es gibt am linken Niederrhein einen Toten in einem Schweinestall, und das K1 hockt hier in intimer Runde und rührt sich nicht?«

Karins Augen trafen den Blick ihrer Chefin, sie wusste ihn nicht genau zu deuten, wusste aber eins, dass dieser Auftritt ein Ende finden musste, erhob die Stimme, unterbrach Haase so barsch, wie er selbst sich präsentierte.

»Moment, jetzt halten Sie mal inne, bevor es hier eskaliert. Wir sind dran, und das wissen Sie genau. Frau van den Berg, sagen Sie was, Sie haben doch alle vorliegenden Infos vom Wochenende wie immer zuverlässig in Ihren E-Mails gefunden. Es geht nicht schneller, wenn man uns hier beleidigt und antreibt.«

Van den Berg setzte zur Erwiderung an, kam nicht zu Wort, Haase sah sich in der stärkeren Position. »Hier beleidigt niemand irgendwen, nennen Sie es Manöverkritik. Es herrscht eine sommerliche Trägheit in Ihrem Ermittlungs- und vielleicht auch in Ihrem Führungsstil, Frau Krafft.«

Karin sah nicht die Hand von Burmeester, die beschwichtigend in ihre Richtung wies, auch nicht die Geste von Gero von Aha, die besagte: *Keep cool*, Chefin. Sie verengte ihre Augen zu Schlitzen, der Zeitpunkt für eine verbale Detonation stand unmittelbar bevor.

»Würden Sie, Herr Haase, sich den ganzen Vorgang von Freitagnachmittag bis heute, Montagfrüh, einmal genau ansehen, dann würden Sie erstens erkennen, dass wir unsere Arbeit machen, und zweitens sehen, dass es nicht mehr zu finden gibt bei der dünnen Faktenlage. Und wir haben nicht einen Toten im Stall gefunden, sondern ein Stück eines Fußes.«

Sie ging demonstrativ einige Schritte auf ihn zu, ohne den Staatsanwalt dabei aus den Augen zu lassen.

»Und ich habe hier und jetzt nicht vor, meine Arbeit und die meines Teams zu rechtfertigen, da ich keinen Grund dazu erkennen kann. Sollten Sie Versäumnisse bemäkeln, dann bitte ich Sie hiermit, den schriftlichen Dienstweg einer Beschwerde einzuhalten, damit ich angemessen reagieren kann.«

Die Gesichtsfarbe des Staatsanwalts wechselte, er fischte ein Stofftaschentuch, frisch und auf Kante gebügelt, aus seiner Hosentasche und tupfte sich die Stirn trocken, deutete dann damit auf die Hauptkommissarin.

»Sie haben es so gewollt. Und ich sage Ihnen, was mir an Ihrer laschen Art in diesem Fall nicht gefällt. Das ist Inhalt des ersten Semesters Ihrer Ausbildung. Die meisten Indizien, Spuren, Verdachtsmomente sammeln Sie in den ersten Stunden und Tagen nach der Tat. Die sind vorbei. Wo ist Ihr Ansatz zur Identifizierung? Gibt es eine Vermisstenmeldung, die passt? Irgendwer hat nicht nur dieses … dieses Ding da verloren, sondern taucht garantiert auch sonst nicht wieder auf, weil er sein Leben gelassen hat. Sie schreiben das Dossier für den Pressesprecher und lassen für den Nachmittag eine Pressekonferenz einberufen, die Sie persönlich leiten. Das haben Sie ja in jüngster Vergangenheit schon mal gerne an einen Ihrer Kollegen delegiert. Nein, ab jetzt will ich ausschließlich Sie als Verantwortliche da vorne sitzen sehen und sprechen hören.«

Er löste sich von Karins Blick und schaute in die Runde der stummen Männer.

»Ich will, dass der Schweinezüchter gesucht und gefunden wird, der angeblich gerne ein paar Tage untertaucht. Wenn das mal nicht in direktem Zusammenhang steht. Und nehmen Sie sich die Umgebung vor, Nachbarn, nahe und weiter entfernte, die Verwandten. Verwandtschaft bedeutet viel in der Provinz, Nähe und Verstimmung bis hin zu unterschwelligem Hass, alles brodelt unter der Oberfläche. Ich will Ergebnisse, und zwar flott.«

Damit drehte er sich um, stieß fast mit van den Berg zusammen, die während seiner Tirade halb von ihm verdeckt im Raum gestanden hatte. Haase öffnete mit energischem Griff die Tür, riss sie auf, bedeutete der Behördenchefin, dass er ihr den Vortritt ließ. Ein zorniger Kavalier.

Van den Berg tat etwas, das er wohl nicht erwartet hatte: Sie folgte ihm nicht. »Ich bleibe noch auf zwei Sätze bei meinem K1«, sagte sie.

Wortlos ging er, man konnte seine energischen Schritte hören, bis die Tür ins Schloss fiel. Ein Aufatmen, tief und erlöst, war nicht zu überhören, man rührte sich wieder. Die Hauptkommissarin konnte ihr Entsetzen über den Auftritt des Staatsanwalts nicht länger zurückhalten.

»Was ist denn in den gefahren? Wieso kanzelt der uns kollektiv ab und wirft mit Anweisungen um sich? Frau van den Berg, in aller Offenheit, haben wir irgendetwas gemacht, das Anlass zu so einer Ansprache bietet?«

Van den Berg setzte sich, von Aha verteilte Kaffeebecher, und obwohl sie Teetrinkerin war, nahm sie den Becher dankbar entgegen.

»Ich weiß es auch nicht. Ich vermute, seine Doppelfunktion, die kommissarische Aufgabe bei der Staatsanwaltschaft Kleve zusätzlich, das ist alles zu viel. Auch zu viel Ehrgeiz und dazu dieses übermäßige Demonstrieren von Führungsstärke. Ich kann Ihnen nur versichern, dass ich mich genauso in Reichweite seiner unerbittlichen Kritik befinde wie Sie. Auf dem Weg hierher habe ich ihm noch gesagt, er solle sich zurückhalten. Hier müsse mal aufgeräumt werden, hieß es da.«

Karin ließ nicht locker. »Sie sind diejenige, die im Fall der Fälle vor der Kamera steht und nach außen resümieren muss, wie es innen läuft. Zwei Dinge will ich wissen: Stehen Sie hinter der Arbeit vom K1? Und gibt es berechtigte Kritik an unserer Vorgehensweise in diesem Fall?«

Van den Berg setzte zu einem Kopfschütteln an, hielt dann inne. »Deuten Sie das nicht falsch, ich differenziere meine Antwort lieber. Ja, ich stehe hinter Ihrer Arbeit, und nein, es gibt von meiner Warte aus keine Kritik an Ihrer Vorgehensweise. Auch hätte ich die Pressekonferenz eher in zwei Tagen auf den Plan gestellt, aber da müssen wir jetzt gemeinsam durch.

Der Staatsanwalt hat garantiert auf dem Weg zu seinem Büro schon mit der Pressestelle telefoniert.«

Sie stand auf und ging zur Tür, drehte sich um, ein kleines Lächeln umspielte ihre Mundwinkel. »Sie haben bestimmt die Fähigkeit, kleine Ergebnisse groß zu präsentieren, Frau Krafft. Ich rede gleich mal mit ihm, vielleicht rückt er endlich mit dem Grund für sein nahezu besessenes Auftreten raus.«

Van den Berg straffte ihre Haltung, auch ihre Mimik wechselte von einer auf die nächste Sekunde. »Ach, Herr Burmeester, wenn ich Sie da unten in unserem Grünstreifen sehe, dann könnte mir leicht der Gedanke kommen, dass Ihnen der nötige Ernst für Ihre Arbeit abhandenkommt.«

Burmeester reagierte wie ein aufgescheuchtes Huhn, sein Projekt, Kritik aus der Leitungsetage, das Aus für seine erste Ernte. »Äh, aber ich … Frau van den Berg, ich bin nur nach Feierabend und in den Pausen dort, niemals während der Dienstzeit.«

»Man redet über Sie im Haus. Und hier ist jeder zu jeder Zeit dienstlich. Was machen Sie eigentlich dort?«

»Da unten in der Anlage … äh, was ich da mache?« Sollte er in so brisanter Situation von seinem Projekt sprechen? »Ich nutze dieses Fleckchen Erde zum Abreagieren, das ist alles. Ja, den schweren Dienst aus den Knochen herausarbeiten, bevor ich nach Hause fahre.«

Mutig ging er noch einen Schritt weiter. »Das müssen Sie auch mal probieren, *urban gardening*, *wellness for mind and body*. Und das in unmittelbarer Nähe zum Arbeitsplatz.«

Van den Berg unterdrückte etwas, ihre gesamte Körperhaltung passte nicht zu ihrem versteinerten Gesicht. Statt ihm einen Vogel zu zeigen, verließ sie irgendwie erheitert, aber ohne ein weiteres Wort den Besprechungsraum. Zurück blieben Verunsicherung und im Zeitlupentempo abflauender Zorn.

***

Eine Kundin drückte Bine die Tageszeitung in die Hand. »Habt ihr es schon gelesen?«

Bine schaute irritiert von Blatt zu Frau. »Was denn?«

»Na, es gibt jetzt eine Entscheidung der Landespolitik zu den ausgewiesenen Kiesflächen am Niederrhein, das ist die offizielle Erlaubnis zum Abbau, nicht für alles, was geplant war, aber doch viel. Da kommt was an Flächen zusammen, um für fünfundzwanzig Jahre Rohstoffsicherung zu gewährleisten.«

»Ach so, ich dachte, das stünde schon lange fest.«

Die Bioladenkundin erklärte in epischer Breite den Zusammenhang zwischen den Flächennutzungsplänen und der Genehmigung aus Düsseldorf oder was sie meinte, von der schwierigen Materie verstanden zu haben.

»Verstehst du? Da drüben, dein Schwiegervater, der hat unter seinem Grund eine Abbaufläche, das kann man auf den Plänen erkennen, die veröffentlicht sind.«

»Ja, das wissen wir. Was ist jetzt neu an der Lage?«

»Na, ob Widerstand jetzt noch Sinn macht, das ist die Frage. Also wenn er nicht will, dass sein Acker zum See wird, muss er sich schleunigst der Bürgerbewegung gegen den Abbau anschließen, die vor Gericht gegen die Entscheidung aus Düsseldorf vorgehen will.«

Bine legte die Möhren der Kundin zu den Tomaten in die Stofftasche, die Frau blieb hartnäckig am Thema.

»Du wirkst, als sei das alles neu für dich.«

Bine zögerte einen kleinen Moment. Sollte sie zugeben, dass sie sich nicht auskannte mit dem Thema, weil ihr wirkliches, aktuelles Problem war, das Land der van de Sandts für eigene Zwecke zu nutzen, statt zuzuschauen, wie ein See vor der Haustür entstand? Nein, das wirkte egoistisch. War es auch.

»Weißt du, wir haben wenig Einfluss auf die Entscheidungen von Stefans Vater. Es ist sein Land, er kann damit machen, was er will. Aber wo kein Landverkauf, da keine Auskiesung.«

Die Kundin ließ nicht locker, sie fühlte sich durch die letzten

Worte herausgefordert. Bislang war sie in Bines Laden freundlich und wortkarg gewesen, doch heute hatte sie ihr Thema mitgebracht.

»Weißt du, ich habe auch kein eigenes Land, aber ich bin drüben in der Bönninghardt dagegen, dass die Erde zu einem Schweizer Käse wird, durchlöchert und langweilig, ökologisch bedenklich, unwiederbringlich zerstört. Deshalb engagiere ich mich in der Bürgerbewegung. Du kannst dazukommen, auch wenn dein Land nicht betroffen ist. Vielleicht kommst du mal zu unserer Versammlung. Ich habe dir die Kontaktdaten unter den Artikel geschrieben. Ruf mich an, wir brauchen jede Stimme. Und hast du noch Kopfsalat?«

»Bedaure, alles, was reif zum Pflücken war, ist der Sintflut zum Opfer gefallen, aber wir pflanzen neu in dieser Woche.«

»Dann wäre es das für heute.«

Während Bine die Posten in die Kasse tippte, betrat Burmeester den Laden und wartete hinter der Kundin, schaute sich um. Die Frau bezahlte, er trat vor zu Bine, die sich freute, ihn zu sehen.

»Hi, heute ohne Yasmin? Klar, ist ja auch noch früh, die ist noch in der Klinik, stimmt's? Was kann ich für dich tun? Eure Wochenkiste steht schon auf dem Plan.«

»Bine, heute bin ich dienstlich hier. Sag mal, ist der Nachbar, dein Schwiegervater, inzwischen aufgetaucht?«

Die Kundin verlangsamte ihr Tempo.

»Das kann ich dir nicht sagen, ich habe noch nicht rüber zum Hof geschaut. Von den Gewächshäusern aus kann man auf den Innenhof gucken und sehen, ob sein Wagen da ist. Von hier aus ist das nicht zu erkennen.«

Die Kundin rief von der Tür aus in Richtung Kasse, sie sei sich ganz sicher, dass ihr die hellblaue Rostlaube am Morgen auf der B 57 begegnet sei.

Burmeester drehte sich um, trat auf die Frau mit den umfangreichen Stoffbeuteln in den Händen zu. »Wann und wo genau meinen Sie, Herrn van de Sandt gesehen zu haben?«

»Als ich die Kinder zum Schwimmen gebracht habe, zum Freizeitzentrum in Wardt. Wissen Sie, ich bin ja dagegen, weil das auch nichts anderes als ein Baggersee ist. Aber die hatten heute schulfrei, wegen dem Unwetter, da ist einiges zu Bruch gegangen in der Schule, deshalb wollten sie ins Freibad. Und da habe ich das Auto gesehen, wie es am APX vorbei in Richtung Marienbaum unterwegs war. Ich bin noch bis zur Abzweigung Wardt fast hinter ihm gewesen.«

»Was meinen Sie mit ›fast hinter ihm‹, wie kann ich mir das vorstellen?«

»Da waren die ganze Zeit über zwei Autos zwischen ihm und mir.«

»Haben Sie Herrn van de Sandt erkannt?«

»Nein, aber das Auto, das kennt hier doch jeder. Eine ziemliche Dreckschleuder, die allen ökologisch bewussten Mitbürgern stinkt.«

»Ganz sicher?«

Ohne die schweren Taschen hätte sie wild gestikuliert, doch ihr Einkauf verhinderte den Einsatz ihrer Arme, dafür regte sich zur Unterstützung ihrer Sprache ihr ganzer Oberkörper. »Wenn ich es doch sage.« Sie reckte das Kinn nach oben.

Stefan betrat hinter der Kundin den Laden und brachte eine Steige mit Himbeerschälchen. »Hallo, Nikolas, du hast bestimmt gerochen, dass wir noch einige Himbeeren retten konnten. Die standen so geschützt, dass sie vom Hagelschlag verschont blieben.«

Die Kundin machte kehrt. »Oh, da nehme ich glatt noch zwei Schälchen mit.«

Burmeester liebte Himbeeren und nickte begeistert. »Ich auch, für mich bitte auch zwei, eines wird leer sein, wenn ich zurück in Wesel bin.«

Die Kundin bezahlte und ließ sich die Schälchen in eine Papiertüte einpacken. Sie blickte auf Burmeester, der die ersten Beeren naschte. »Brauchen Sie mich noch?«

»Ich, äh, nein. Kommen Sie nach Wesel in die Kreispolizeibehörde, damit wir alles protokollieren können.«

Burmeesters Aufmerksamkeit richtete sich auf die süßen Früchte. »Köstlich, Stefan, die sind genau richtig.«

Stefan drückte ihm ein weiteres Schälchen in die Hand. »Wenn du nicht aufhörst, langt es nicht einmal bis zu deinem Auto, geschweige denn bis nach Wesel.«

Die Kundin blickte auf Burmeester, der sich im Himbeerhimmel befand. »Wann soll ich da sein?«

»Was? Egal, wann es Ihnen passt. Du, Stefan, ich nehme drei Schälchen.«

Die Frau ging zu ihrem Wagen, nicht ohne lächelnd bei den Alpakas stehen zu bleiben, während Burmeester, immer noch kauend, Stefan fragte, ob er wisse, wo sein Vater sei.

»Woher soll ich das wissen? Er ist auf jeden Fall nicht daheim, so viel kann ich sagen.«

»Die Kundin, die gerade gegangen ist, hat ihn heute in Richtung Marienbaum fahren sehen.«

»Ach, dann ist er vielleicht über Nacht da gewesen. Ungewöhnlich, dass er am nächsten Morgen wieder losfährt. Autofahren strengt ihn an. Du weißt doch, er ist der Mann mit Hut, der den ganzen Verkehrsfluss durcheinanderbringt, weil er immer langsamer fährt, als es die Richtgeschwindigkeit vorgibt. Glaub mir, so viel Ignoranz kostet Energie.«

»Habt ihr einen Schlüssel zum Haus?«

»Wieso? Es steht doch offen.«

»Immer?«

Stefan lachte. »Was will man dort klauen? Den alten Röhrenfernseher, der nicht mehr funktioniert? Zum Fernsehen geht er manchmal in die Dorfkneipe. Oder ob jemand auf die Kaffeemühle mit der angeknacksten Kurbel scharf ist, die mit drei Lagen Panzerband so eben noch hält? Ich glaube, die neuesten und teuersten Anschaffungen befinden sich in und neben dem Schweinestall, ansonsten ist dort drüben sprichwörtlich alles beim Alten.«

Burmeester konnte die Finger nicht von den Himbeeren lassen. Die Verwandten sollte er befragen. Hatte er somit getan. Nein, eine Frage fehlte noch.

»Hast du in der Nacht zum Freitag irgendwas Außergewöhnliches gehört? Ich meine, die Schweine regen sich bestimmt auf, wenn jemand zur falschen Zeit den Stall betritt. Schallt das nicht zu euch rüber?«

»Nach so vielen Jahren hörst du die nicht mehr, glaub mir. Die regen sich auch auf, wenn der Fuchs um den Stall schleicht oder die Gänse im Tiefflug drüberfliegen und kreischen. Wenn ich jedes Mal aufwachen würde, wenn denen ein Pups quer sitzt, dann käme ich nie zum Schlafen.« Stefan schaute rüber zu Bine. »Hast du was gehört?«

»Ich? Nein, ich schlafe doch immer wie ein Stein, das weißt du doch.«

Stefan lachte, wandte sich Burmeester zu. »Ja, stimmt, ich sage immer, der Frau könnten sie die Bude über dem Kopf leer räumen, die würde erst wach werden, wenn ihr das Bild auf den Kopf fällt, das über dem Bett hängt.«

Burmeester, die Himbeeren vor Augen und den Auftrag im Kopf, fragte: »Wer außer Georg Brunner hat noch regelmäßigen Kontakt zu dem Altbauern?«

Stefan musste nicht lange überlegen. »Er säuft immer mit Bines Vater, Gisbert Brömkamp, das ist bequem, da muss er nicht weit fahren. Und die Mia Calvers kommt zum Saubermachen.«

»Sonst niemand?«

Stefan schüttelte den Kopf. »Manchmal redet er mit Nachbarn, bei den Schützen ist er nur noch selten. Dann kommt immer derselbe Viehhändler auf den Hof, aber den kenne ich nicht näher. Und der Unternehmer, der die Gülle holt, aber da weiß ich auch nur, dass der ein niederländisches Nummernschild hat. Ach ja, und letztens hat er mit jemandem mitten auf dem Hof eine Flasche Korn geleert. Ein Mann von einer Kiesfirma, Heuwels.«

»Worum ging es dabei?«

Stefan warf Bine einen Blick zu. »Mein Vater hat schon lange nicht mehr mit mir über seine Pläne gesprochen«, sagte er.

Burmeester blieb sachlich. »Bine, und dein Vater? Bei wem hat er die Reise gebucht?«

»Er wollte, dass ich das übernehme, aber ich habe mich geweigert. Eine Kundin von uns hat den Streit gehört, ihr seid euch noch begegnet, denn da warst du zusammen mit Yasmin hier. Elke Sommerling heißt sie. Die scheint sich jetzt um ihn zu kümmern.«

Immerhin ein Name. Mehr konnte auch Bine ihm nicht nennen.

***

Wie auch immer der Morgen gelaufen war, das K1 war aktiv, niemand schien mehr an Haases Auftritt zu denken. Tom Weber bot Karin an, aus lauter Protest und zu ihrer Entlastung die Leitung der Pressekonferenz zu übernehmen.

»Ich warte einfach, bis alle Platz genommen haben, und setze mich dann wie selbstverständlich ans Mikrofon, entschuldige dich mit dienstlichem Einsatz.«

Karin lehnte dankend ab. »Zwar widerstrebt es mir, seiner barsch formulierten Anweisung zu folgen, aber dieses Mal leite ich die Konferenz lieber selber. Ich traue Haase in seiner jetzigen Verfassung auch öffentliche Schelte zu, das können wir uns sparen. Und beim nächsten Fall bist du wieder an der Reihe. Wir könnten vor der Konferenz noch die Suchmeldung nach einem Mann mit Teilabriss des rechten Fußes formulieren. Dann geht die Info gleich an die regionale Presse, die ›Aktuelle Stunde‹ im Fernsehen und die Radiosender.«

»Und bei Facebook werden wir auch aktiv. Obwohl die Formulierung ja merkwürdig klingt. Wir suchen einen Mann zwischen fünfzig und siebzig, dem ein Teil seines rechten

Fußes fehlt. Da wird die Phantasie Blüten kriegen, und ich garantiere dir knallharte Fragen aus den Reihen der Medienleute.«

Jerry Patalon kümmerte sich um die aktuellen Vermisstenanzeigen, erweiterte den Radius, schaute in die Meldungen aus dem Ruhrgebiet und auf der anderen Rheinseite bis nach Nettetal und den Rhein entlang bis Kleve und Emmerich und auch gleich noch in die angrenzenden Regionen der Niederlande. Nach zwei Stunden rauchte ihm der Kopf, er holte eine Flasche Mineralwasser aus der Stehküche und klopfte bei Karin.

Sie schaute kurz auf. »Und? Fündig?«

»Nein, das hätte jeder auf dieser Etage gehört, glaub mir.«

»Ich schreibe die Mitteilung für den Pressesprecher, der wartet auf Futter für die offizielle Verlautbarung.«

»Wo ist Burmeester?«

»Der befragt die Verwandten und Nachbarn des Schweinezüchters.«

»Haben wir den van de Sandt eigentlich schon als vermisst gemeldet?«

Karin schaute auf. Sie griff zum Hörer, Burmeester meldete sich mit Verzögerung.

»Sag mal, bist du noch in Drüpt?«

»Hm, ich ahre ab, u de Nachbrn.«

»Ich kann dich ganz schlecht verstehen.«

»Entschuldige, ich habe frische Himbeeren ergattert, da kann ich nicht widerstehen. Es gibt drei weitere Höfe hier, die liegen ziemlich weit auseinander. Ich beeile mich.«

»Ich will eigentlich nur wissen, ob Willy van de Sandt inzwischen wieder aufgetaucht ist.«

»Das kann ich mit einem definitiven Nein beantworten. Aber eine Nachbarin hat den Wagen heute gesehen.«

»Was?«

»Ja, sie meint, er wäre heute auf der B 57 in Richtung Marienbaum gefahren.«

»Also ist er zurück und kann befragt werden.«

»So kann man das nicht sagen. Ich bin mit seinem Sohn rübergefahren und war im Haus. Da war alles unverändert. Stefan meinte, vielleicht war er nur kurz da, um Geld aus der Kaffeedose zu holen. Da lagen noch fünfzig Euro drin.«

»Wie, du warst im Haus? Wie bist du hineingekommen? Ich hoffe, du hast nichts angerührt oder mitgenommen. Nicht dass uns Haase daraus einen Strick dreht, Durchsuchung ohne richterlichen Beschluss und so weiter.«

»Keine Sorge, der Zugang zum Haus ist immer möglich, da wird nicht abgeschlossen, weil es nichts zum Stehlen gibt. Stefan war mit.«

»Wenn er noch nicht aufgetaucht ist, dann sollten wir das Haus sichern. Fahr noch einmal hin und kleb ein Siegel auf die Tür. Heierbeck wird sich die Futterkammer vornehmen und das Siegel erneuern, wenn er dazu durch das Haus muss. Ich lasse den alten van de Sandt jetzt auf die Suchliste setzen.«

»Meinst du wirklich?«

»Findest du die Geschichte mit dem gelegentlichen tagelangen Abtauchen in irgendeinem Bordell plausibel?«

»Wieso nicht? Das hat doch jeder bislang bestätigt. Ich werde bei den Nachbarn nachhorchen, solche Geschichten ziehen übers Land. Warte noch, du kannst die Meldung immer noch eine Stunde vor der Konferenz machen. Noch vermisst ihn niemand hier in der Drüpter Ebene. Und wenn er wirklich schon in der Nähe ist, wird er das Siegel brechen. Also erst das Haus sichern. Dann sehen wir weiter.«

»Melde dich, sobald du durch bist.«

»Hm, mach ich.«

»Lass ein paar Himbeeren übrig für Yasmin.«

»Es gibt Aufgaben, die ich kaum bewältigen kann …«

Karin schaute zu Jerry, der sich nachdenklich am Kopf kratzte. Sie selbst war auch nicht überzeugt. »Und? Was meinst du, Jerry?«

»Warte, bis Burmeester zurück ist. Sollten die Nachbarn die

Geschichte bestätigen, dann müsste er innerhalb der nächsten zwei Tage spätestens wieder da sein. Wäre doch fatal, wenn wir da einen Aufriss machen. Kannst du dir die Presse vorstellen? ›Polizei nimmt Zeugen oder tatverdächtigen Landwirt in Bordell fest‹. Das würde jedes Sommerloch füllen.«

»Na gut, ich werde warten.«

Am anderen Ende der Leitung schien sich Burmeester die Finger abzuschlecken. Die Himbeeren waren anscheinend alle, er sprach wieder deutlich. »Ist Tom schon zurück von der Kiesfirma?«

»Wir haben uns eben unterhalten. Ihr Mitarbeiter, Heribert Scholten, wollte einen Vorvertrag mit van de Sandt abschließen, und nun wartet er auf die endgültige Zusage. Er scheut eine weitere Begegnung, weil der Bauer anschließend alles gründlich begießen müsse, hat er gesagt. Scholten hat nach dem letzten Besuch auf dem Hof um seinen Führerschein gebangt.«

Burmeester lachte auf. »Ist ja fast wie Schützenfest in Bislich-Büschken. Saufen bis zum Umfallen.«

NEUN

Die Alpakadamen reckten ihre Hälse neugierig in Richtung Zaun. Moritz hatte sein T-Shirt über einen Pfosten gehängt. Diese Hitze war unerträglich, der Arbeitsrhythmus am Niederrhein hatte sich bislang nicht an die neuen klimatischen Bedingungen angepasst. Statt wie in Südeuropa oder in Asien in der Mittagszeit zu ruhen, ackerte man hier seine acht Stunden hintereinander ab, egal, wie die Sonne vom Himmel schien und alles erbarmungslos aufheizte.

Die cremefarbene Stute traute sich näher an das unbekannte textile Objekt, die drei anderen folgten ihr mit vorgereckten Hälsen.

Bine kam aus dem Laden gelaufen. »Na? Kannst du diesen Augen auch nicht widerstehen?«

»Nein, man muss diese Ladys einfach mögen. Soll es eigentlich bei den vier Tieren bleiben?«

Bine wies in die Richtung, in der Stefan mit dem Trecker verschwunden war. »Wenn es nach ihm geht, dann wird es so bleiben.«

»Ach, du hast also andere Pläne als dein Mann?«

»Klar, es wird sich rentieren, wenn die vier dafür sorgen, dass es eine kleine Herde wird. Und dann kommt es noch darauf an, welche Qualität die Wolle haben wird.«

»Dann musst du noch einen Hengst dazukaufen.«

Bine schaute ihn lächelnd an. »Wir haben viel investiert, mehr geht nicht. Erst mal werden wir den Kontakt zu dem Züchter halten. Der hat einige Hengste, die nicht mit unseren Damen verwandt sind, und wir werden die Jungs aussuchen, die sie schwängern, damit es bei der gleichen Fellfarbe bleibt. Wir werden sie zur Zucht bringen, wenn wir uns einig sind. Sie bleiben dann ein paar Tage dort und kehren trächtig zurück.«

Moritz grinste breit. »Sexurlaub für die Ladys, wie aufregend.«

Bine prustete los, brauchte ein paar Sekunden, bis sie vor Lachen wieder sprechen konnte. »Stimmt, so habe ich es in der Theorie noch nie betrachtet. Was sich der Schweinebauer leistet, ist den Alpakamädels recht.«

Dabei deutete sie in Richtung des van de Sandtschen Hofes, blickte dann wieder in die neugierigen, großen braunen Glupschaugen.

»Und wenn der Nachwuchs da ist und auch den Farben der Eltern entspricht, dann können wir den nächsten Kleinen planen. Wenn es genügend Tiere sind, werden wir überlegen, ob wir einen oder zwei Hengste dazukaufen, damit immer wieder frisches Blut in die Herde kommt. Das ist aber Zukunftsmusik, zumal wir dann auch mehr Land brauchen.«

Moritz amüsierte sich über die Alpakas, die nun sein T-Shirt anstarrten wie ein kleines Weltwunder.

»Na, ihr Hübschen? Bei dem Blick wird jeder Hengst schwach werden, den sie jemals für euch aussucht.«

Bine kraulte das cremefarbene Tier. »Ich glaube, ich nenne dich Pfirsich. *Peaches* vom Brömkampshof, genau, du hast schon mal einen Namen.«

»Hübscher Name.« Moritz zog sich das T-Shirt über. »Ich fahre noch zu Stefan rüber und helfe beim Pflanzen.«

»Gut, ich glaube, er kann jetzt nicht nur deine Hilfe, sondern auch einen Freund gebrauchen.«

Moritz horchte auf. »Warum? Was ist los? Schlechte Nachrichten?«

»Hier ist doch der Teufel los. Gerade hast du mit ihm den Keller trockengelegt, dafür ist er dir sehr dankbar.«

»Dafür nicht. Mach ich doch gerne.«

»Das war ein riesiger Schreck für ihn. Und alles, was drüben bei dem van de Sandt geschieht, beunruhigt ihn massiv. Da liegt ein Fuß im Stall, die Kripo fragt nach seinem Vater, der immer noch nicht zurück ist. Was glaubst du, wie es ihm mit all dem geht? Der macht sich natürlich lauter Gedanken und spricht nur wenig drüber.«

Vier Hände streckten sich dem weichen Fell entgegen.

»Ein Kollege von deiner Mutter war vorhin wieder hier und hat eine Menge Fragen gestellt. Zum Glück hat eine Kundin den Wagen vom van de Sandt heute noch gesehen. Und bestimmt fühlt Stefan sich ganz schlecht, weil er bis jetzt der Letzte ist, der seinen Vater gesehen hat.«

»Bine, mach dir keine Sorgen, das wird sich alles aufklären, glaub mir. Meine Mutter ist eine gute Ermittlerin, die wird den Menschen zum Fuß finden, und dein Schwiegervater taucht bestimmt bald in bester Laune wieder auf.«

»Du hast ja recht, aber unheimlich ist das trotzdem alles.«

»Sag mal, hast du was von deinem Vater gehört? Geht es ihm gut auf dem Schiff?«

»Der meldet sich nicht ab und nicht zurück. Ich weiß auch gar nicht, auf welchem Schiff er ist, weil sein Krösken alles organisiert hat. Ich bin völlig außen vor. Bestimmt ist alles bestens, solange ich nichts höre.« Bine lachte auf. »Er wird mit einem Bierchen unter einem Sonnenschirm an Deck sitzen und sich darüber freuen, dass es lauter dienstbare Geister gibt, die seine Wünsche erfüllen, wenn er nur mit dem Finger schnippt. Kreuzfahrten oder All-inclusive-Urlaube verderben auf Dauer den Charakter. Du kommst nach Hause und glaubst, dass auch hier der persönliche Service um die Ecke kommt, wenn du nur einen Ton sagst. Das ist genau die Haltung, mit der er mir begegnet und weshalb ich jetzt den Riegel vorgeschoben habe. Nicht mehr mit mir, nie wieder! Ich bin doch nicht seine Leibeigene.«

»Du glaubst nicht wirklich, dass er diese Unart von seinen Reisen mitgebracht hat?«

»Nein, aber diese Art zu reisen hat seine Forderungen unterstützt. Du kannst dir nicht vorstellen, wie oft er mich in den letzten Monaten abends zu sich zitiert hat, um Dinge zu erledigen, für die er einfach nur aus seinem Sessel hätte aufstehen müssen. Es war höchste Zeit für diesen Schlussstrich.«

»So schlimm? Dass es früher nicht einfach war, das weiß ich ja, mir war aber nicht klar, dass er sich nicht geändert hat.«

Bine lächelte Moritz zaghaft an. »Was gut ist, bleibt. Ich kann den Spruch ergänzen. Was schlecht ist, wird noch schlimmer.«

Moritz fiel es nicht leicht, sich auf sein Rad zu schwingen, um zu schauen, wo er Stefan tatkräftig unterstützen konnte. Bine wirkte manchmal so zerbrechlich, dass er sich nicht vorstellen konnte, wie sie alles auf dem Hof unter Kontrolle hielt. Andererseits wusste er mittlerweile, dass man sie in Ruhe lassen musste, wenn sie abblockte.

Sie war mit dem Hinweis, Stefan und er sollten die Mittagszeit beachten, es gebe wieder eine kühle Kleinigkeit, schnell in Richtung Haus verschwunden.

***

Burmeesters Fahrt zu den Nebenhöfen endete mit spärlichen Neuigkeiten. Man knipste Äugsken und bezeichnete Willy van de Sandt als sturen Bock.

»Bock. Wenn Se als Städter wissen, wat ich meine.«

Sie ärgerten sich über van de Sandts Abwesenheit bei der Bürgerinitiative gegen die Auskiesung, die in diesem Bereich hauptsächlich auf seinem Grund und Boden stattfinden würde. Keiner der Nachbarn sprach sich für das Projekt aus, es waren sogar in den beiden nächstgelegenen Hofeinfahrten selbst gemalte Transparente zu sehen mit Parolen wie »Hände weg von unserer Existenz« und »Landwirtschaft braucht Boden, nicht Seen«. Eindeutige Haltung. Man wunderte sich über die mangelnde Beteiligung der jungen Leute vom Brömkampshof am Widerstand, hatte aber auch Verständnis für deren Situation.

»Die Bine hat ja nicht nur den Laden, sondern auch noch ihren Vater am Hals, die junge Frau und ihr Stefan müssen immer kämpfen. Stefans Vater hat nix mit dem Ökohof am Kopp, der hält das alles für Spinnerei. Da bleibt keine Zeit, aber die sind bestimmt gegen die Kiesbagger, die brauchen doch Land.«

Die Frauen auf den Höfen freuten sich, als sie über die Alpakas sprachen, die bei den jungen Leuten eingezogen waren, die Männer schüttelten die Köpfe. Ein Landwirt sagte, er habe in der Dorfkneipe mitgekriegt, wie die beiden Alten auf die Tiere reagiert hätten.

»Der Brömkamp und der van de Sandt, die haben abgelästert ohne Ende. Normal war dat schon nich mehr, kein gutes Wort. Ich mein, et sind ja auch Tiere, die nich hierhingehören. Aber dat tun die Wasserbüffel in Ginderich eigentlich auch nich, und se sind im dritten Jahr da, und jeder freut sich über dat starke Bild, dat die Herden abgeben. Also wenn mein Junge mit so Viechern käme, dann würd ich ihn erst mal fragen, wat et bringt. Und wenn et wat bringt, mein Gott, dann soll er se doch haben. Aber die beiden, Gisbert Brömkamp und Willy van de Sandt, die waren echt fies. Ich konnt et nich mehr anhören.«

Während der Fahrt von Hof zu Hof hatte Burmeester nicht nur seine Anmerkungen auf Band gesprochen, sondern zudem alle Himbeeren vertilgt. Nichts mehr übrig.

Auf dem letzten Hof in der Nähe der Bundesstraße traf er auf viel Verständnis für die jungen Ökobauern, die selbst von den dort lebenden Altbauern als fleißig und sprühend vor Ideen beschrieben wurden. Burmeester wurde an den Küchentisch gesetzt und zu einem Stück Erdbeerkuchen genötigt, was er gern über sich ergehen ließ.

Auch hier war die geplante Auskiesung ein Hauptthema, und man vermutete nicht, sondern man wusste, dass Willy van de Sandt mit der Abgrabungsfirma bereits im Gespräch war und ohne Wenn und Aber sein Land verkaufen würde.

Der Landwirt nahm sich noch ein Stück Kuchen. »Haste lecker gemacht, wie immer«, sagte er zu seiner Frau.

Die Unterhaltung war lebhaft, es gab keine Doppeldeutigkeiten, man sprach offen über die Nachbarn, ohne Häme oder Geheimnisplauderei.

»Wissen Sie, Herr Kommissar, hier rundum ist keiner den Ideen der Jungen gegenüber so abgeneigt wie der Willy. Wir sagen ihm immer, nun lass sie doch. Die beiden haben eigene Pläne, das ist doch besser, als wenn sie alles hinwerfen würden, um in der Stadt zu arbeiten. Unterstütze sie doch einfach. Geh du doch in den Widerstand gegen den Kies, was sollen wir hier mit einer Seenplatte? Für das Vieh brauchen wir Weiden und Land zum Bearbeiten. Aber letztens hat er noch damit geprahlt, dass er bald aufs gut gepolsterte Altenteil gehen würde und dann sein Bierchen mit Blick auf den See süppeln könnte.«

Seine Frau fügte noch hinzu, wie geduldig die beiden jungen Leute mit ihren Vätern seien, das sei schon vorbildlich.

»Die beiden Altbauern waren nie einfach zu nehmen, das sind Eigenbrötler vor dem Herrn, ich bin froh, keinen von der Sorte in unserer Familie zu haben. Beide konnten sich nicht neu binden, nachdem sie ihre Frauen verloren hatten. Und es mangelte nicht an Bewerberinnen, glauben Sie mir. Der Brömkamp hatte sogar eine Zeitlang eine Polin bei sich aufgenommen, aber die hat bei Nacht und Nebel das Weite gesucht. Das sind herrische, humorlose Männer, denen es niemand recht machen kann. Ich bewundere die Bine oft. Wie sie das aushält.«

Die Bäuerin verteilte weitere Kuchenstückchen auf die Teller, dem Gast, dem Mann, sich selbst, ohne ihren Redefluss zu unterbrechen.

»Und der Stefan hat seinem Vater schon sehr früh zu verstehen gegeben, dass er mit dessen Schweinen nichts anfangen kann. Statt den Sohn zu fragen, was er sich vorstellen kann, um den Hof in der nächsten Generation zu bewirtschaften, hat er ihn auf den Brömkampshof getrieben. Der Gisbert hat wenigstens Platz gemacht für seine Tochter und ihre Ideen, auch wenn er ansonsten ein fieser Mann ist.«

Burmeester kam noch einmal zurück zum Anlass für seine Befragung. Dem rätselhaften Fund im Schweinekoben. Auch diese beiden Nachbarn waren entsetzt und hatten keine Erklärung parat. Furchtbar. Entsetzlich. Der Landwirt stand auf und brachte Teller und Tasse zur Spüle, drehte sich um.

»Wenn der van de Sandt mal nicht in besoffenem Kopf in den Koben gefallen ist. Soll ja in Amerika schon passiert sein, dass die Schweine nicht unterscheiden konnten zwischen Herr und Futter.«

Seine Frau reagierte entsetzt. »So etwas darfst du nicht einmal denken. Wie furchtbar. Aber das, was Sie dort gefunden haben, ist wirklich rätselhaft, ich kann mir gar nicht vorstellen, was da passiert ist.«

Ihr Mann lachte und tätschelte liebevoll ihre Schulter. »Herr Kommissar, für meine Frau bricht schon eine Welt zusammen, wenn ich mal sonntags einen ›Tatort‹ statt einer Liebesschnulze sehen will. Die ist so lieb, ich weiß gar nicht, wie ich die verdient habe.«

Mit dem Gefühl, dass man sich selbst nach langen gemeinsamen Jahren noch verständnisvoll und voller Respekt begegnen konnte, fuhr Burmeester von diesem letzten Hof los in Richtung Wesel. Übrig blieb die Info über das mangelnde Verständnis von Brömkamp und van de Sandt senior gegenüber den jungen Leuten und ihre Unausstehlichkeit, für die sie in der Gegend bekannt waren.

Es ging aber nicht um die beiden, es ging um den Fund im Stall. Und dazu fehlte schon zu lange jeder weitere Ansatz. Mieses Ergebnis.

Der Bauch arbeitete an der Menge frischer Früchte.

***

Karin Krafft verließ schweißgebadet den Konferenzraum. Zur Hälfte waren die Plätze der Presse besetzt gewesen. Ein Teil der anwesenden Journalisten war darauf aus, das berühmte Sommerloch mit einer Sensation zu füllen, die anderen betrachteten die Fakten und befanden sie nicht für wert, zweispaltig in ihrem Blatt zu erscheinen. Doch die fünf Männer und

Frauen mit Lust auf Sensation hatten sie mit Fragen gelöchert, wollten Details hören, die es noch gar nicht gab, wollten mit Vermutungen gefüttert werden, hingen an ihren Lippen, die nicht mehr als diese Handvoll Fakten parat hatten. Der Teil eines männlichen Fußes im Schweinekoben eines Zuchtebers im Alpener Hinterland, keine weiteren Spuren.

Aus der Pressekonferenz, die für dreißig Minuten angesetzt war, wurde eine entsetzlich lange Stunde mit ständigen Wiederholungen und dem mehrfachen Hinweis auf die Fakten, die in der Pressemitteilung standen, auf die bald folgende Suchmeldung, die zu verbreiten das sinnvollste Anliegen der Pressemeute sein sollte.

Und dann noch der unsäglich falsche, nicht abgesprochene, aus der Hüfte herausgeschossene Einsatz von Staatsanwalt Haase, der ihr das Schlusswort nahm, indem er aufstand, sich den Vertretern der Presse entgegenstellte, salbungsvoll die Hand erhob, um Ruhe zu fordern, und dann mit fester, überzeugender Stimme die verhängnisvollen Sätze in Umlauf brachte, die sie im Anschluss an sein Statement nicht mehr stoppen konnte. Sie hatte seine Stimme noch im Ohr, als sie sich in ihrem Büro hinter die Tür hockte und den Kopf in den Händen versenkte.

»Das Kommissariat 1 der Kreispolizeibehörde arbeitet mit Nachdruck an dem Fall, und bislang deutet alles darauf hin, dass diese Tat in einem landwirtschaftlichen Betrieb nur von jemandem verübt worden sein kann, der sich bestens mit den Gegebenheiten auskennt.«

Bis hierhin hatte sie gedacht, er wollte einfach das letzte Wort in dieser Konferenz haben, so weit war es okay. Aber Haase hatte noch einen Nachsatz.

»Hauptkommissarin Krafft und ihr Team verfolgen intensiv den Verdacht, dass es sich bei dem Täter oder der Täterin um ein Mitglied der Familie des Hofes handeln könnte. Das K1 steht kurz vor dem erfolgreichen Abschluss des Falles, noch in dieser Woche werde ich einen Haftbefehl unterschreiben.«

Was hätte sie ihm in dieser Situation entgegensetzen sollen? Nein, Herr Staatsanwalt, wir sind am Anfang, und nichts spricht für Ihre These? Das hätte die Pressevertreter sehr gefreut, und das Sommerloch wäre nun hinreichend gefüllt mit internen Querelen der Polizeibehörde. Wie kam er dazu, öffentlich Ergebnisse anzukündigen, die nicht einmal ansatzweise vorhanden waren?

In Karins Bauch rumorte es, ihr wurde übel, sie zog sich an der Türklinke hoch und schaffte es gerade noch an ihren erstaunten Kollegen Tom und Jerry vorbei zu den Toilettenräumen. Jetzt bloß nicht krank werden. Dem Scheißkerl nicht zu diesem Zeitpunkt mit einer Krankschreibung eine Steilvorlage für ihr vermeintliches Versagen bieten.

Von Aha klopfte zaghaft an die Tür zur Damentoilette. »Karin? Ist alles in Ordnung mit dir? Brauchst du Hilfe, soll ich eine Beamtin von unten herbeiordern?«

»Was? Nein, nein, es geht schon, ich komme gleich. Gib mir noch fünf Minuten, dann bin ich wieder fit.«

»Na gut, wenn du in fünf Minuten nicht wieder rauskommst, hole ich die Kavallerie.«

Sie musste schmunzeln, während sie sich kaltes Wasser über die Unterarme laufen ließ. »Für den Einsatz von Pferden in Dienstgebäuden braucht es bestimmt eine Sondererlaubnis vom allmächtigen Staatsanwalt, ich wäre vorsichtig an deiner Stelle. Bin gleich da.«

Die anschließende Manöverkritik in kleiner Runde in Karins Büro fiel eindeutig aus. Niemand konnte sich einen Reim auf diesen offiziellen Alleingang machen. Neben Entsetzen herrschte aber auch Selbstreflexion. Hatten sie etwas Wichtiges vergessen, einfach übersehen, was Haase ihren Berichten entnommen hatte?

Sie lasen die Schriftstücke erneut und kamen zu fünft immer wieder zu dem gleichen Ergebnis. Es gab keinen konkreten Hinweis auf eine verwandtschaftliche Tat. In den Fundort

Schweinestall hatte jeder eindringen können, der beobachtet hatte, dass der Bauer nicht anwesend war.

Was war in der Nacht geschehen? Es lag einfach vieles im Dunkeln, schon weil Spuren fehlten, weil der Stall gründlich gereinigt worden war. Den Rest hatte das Unwetter der darauffolgenden Nacht erledigt – eine Säuberung, für die das K1 niemanden verantwortlich machen konnte. Das war einfach Schicksal gewesen.

Die Untersuchung der Futterkammer war ebenso erfolglos beendet worden. Aus Heierbecks Bericht las Karin vor, dass die Örtlichkeit erst kürzlich mit einer Chemiekeule restlos ausgespült worden war. Der Häcksler war durchaus in der Lage, auch Knochen zu zerkleinern, jedoch habe selbst der Einsatz von Luminol, mit dem sich selbst geringste Mengen von Blut nachweisen ließen, keinen verwertbaren Hinweis erbracht. Eine vorbildliche Kammer, die jeder Hygieneprüfung standhalten würde.

Schon merkwürdig angesichts des Zustands des restlichen Anwesens, fand Gero von Aha. Aber um seine Schweine hatte der alte van de Sandt sich eben gekümmert.

Tom blickte vom Laptop auf und deutete auf das Whiteboard mit den Informationen. »Wir sollten trotzdem Sohn und Schwiegertochter noch einmal befragen.«

Karin nickte halbherzig, um gleich wieder den Kopf zu schütteln und dann doch zuzustimmen. »Machen wir. Und den alten Brömkamp, falls wir ihn erreichen.«

Tom stimmte zu. »Dann gehen wir jetzt mit der Suchmeldung für van de Sandt an die Öffentlichkeit?«

Stilles Einverständnis.

Karin blickte auf. »Burmeester, du kümmerst dich um die Suchmeldung. Wir gehen noch einmal die Fakten durch. Systematisch.«

Von Aha stand auf. Sollte man ihm ruhig ansehen, dass ihm etwas völlig missfiel. »Das kann nicht dein Ernst sein. Wir suchen seit Tagen die fortgespülte Nadel im Schweinekoben, haben eine lächerlich kleine Anzahl von Fakten und sollen alles noch einmal auf Anfang stellen?«

»Nein, so habe ich das nicht gemeint. Ich will nicht, dass ein gewisser Staatsanwalt dem K1 Nachlässigkeit vorwerfen kann. Vielleicht haben wir auf dem Biohof etwas übersehen.«

»Bei den Jungbauern vom Ökohof? Die haben wir doch schon befragt, und du verdächtigst sie nicht wirklich, zu irgendetwas Bösem fähig zu sein, es sei denn, Unkraut mit der Harke umzubringen? Karin, angeblich kennst du doch den Stefan van de Sandt seit seiner Jugend. Ist der dir als aufmüpfig oder aggressiv aufgefallen?«

»Nein, aber –«

Burmeester unterbrach Karin schroff, Empörung lag in seiner Stimme. »Wildkraut, bitte die korrekte Bezeichnung für ungewollte Vegetation nutzen, ansonsten stimme ich Gero zu. Ich kenne die beiden seit ungefähr vier Jahren. Die sind so friedliebend wie ihre Alpakas, glaub mir.«

Karin stand auf, schaute aus ihrem Fenster in die Aue, die sich mit deutlichen Spuren der Trockenheit in die Ferne zog. »Ich will doch eigentlich auch nur beweisen, dass niemand aus der Verwandtschaft unter Verdacht steht. Wie kann Haase so etwas nur denken?«

Sie drehte sich um, schaute von Aha und den anderen Kollegen kurz in die Augen. »Wir befragen die beiden systematisch und stellen somit gegen jeden Zweifel sicher, dass es keinen Zusammenhang zwischen ihnen und dem Fund im Stall gibt.«

Jerry ließ seinen Kuli hörbar auf den Tisch fallen. »Sagt mal, was sind das für Statements hier? Karin und Gero, ihr traut zwei Menschen nur das Gute zu, Burmeester, du bist überzeugt vom guten Leumund deiner Bekannten. Verflixt, wie oft haben wir erlebt, dass die Menschen mit den harmlosesten Gesichtern abscheuliche Taten verüben oder zumindest daran beteiligt sind?«

Tom nickte seinem Kollegen zu. »Jetzt richtet euch bitte nicht gemütlich in dieser Gutmenschenecke ein. Ich bin ebenfalls dafür, alle Seiten zu beleuchten. Auch diesen Landarbeiter, der den Fuß hergebracht hat.«

Jerry pflichtete Tom bei, es gab noch ein paar offene Fragen. »Gibt es noch mehr Leute im Umfeld? Gibt es Lieferanten, Putzhilfen, Kunden, die zu guten Bekannten wurden? Gibt es Handwerker, die den Schweinestall kennen und um den Appetit der Tiere wissen?«

Tom übernahm wieder. »Was ist mit den Viehhändlern? Kam einer vielleicht dem alten van de Sandt quer und hat die Preise unterbieten wollen? Ist er betrogen worden?«

Jerry fuhr fort: »Und wieso ist van de Sandt gerade jetzt seinen Hormonen gefolgt?«

»Weiß er vielleicht genau, wen seine Tiere verspeist haben, und taucht ganz bewusst unter?«, ergänzte Tom. »Der andere Senior ist auf Kreuzfahrt, der ist außen vor. Das sollten wir uns von dieser Sommerling noch mal bestätigen lassen. Aber lasst uns jetzt ganz bewusst Willy van de Sandt und sein Umfeld beleuchten. Vielleicht fehlt uns da noch jemand.«

Jerry kam auf die Ausgangsfrage zurück. »Aber nach allem, was ich bislang gelesen und gehört habe, traue ich den Jungbauern so eine Tat ja auch nicht wirklich zu. Außerdem steht noch immer nicht fest, ob das Fußfragment nicht doch mit dem Futter in den Stall kam.«

Karin unterbrach. »Der Fuß ist einfach zu frisch, um aus einem Futtersack gefallen zu sein. Das Futter wird abgepackt, geliefert, gelagert, das passt zeitlich nicht. Ich glaube eher an einen anderen Weg in Willis Box.«

Tom stimmte zu und fuhr fort: »Ich habe Berichte aus aller Welt durchgelesen, in denen Schweine einen Menschen verspeist haben. Da waren Überreste der Kleidung zu finden, entweder im Stall oder als faseriger Rest in den Ausscheidungen. Hat die Spurensicherung ein Auge darauf? Die müssen noch mal in den Stall.«

Burmeester wippte mit dem neuen Stuhl, erntete einen fast schon pädagogischen Blick von Karin und reagierte wie ein ertappter Schuljunge. »Ist ja schon gut. Aber den Hinweis mit den Kleidungsresten finde ich interessant, nur welche Schlussfolgerung ziehen wir bei der derzeitigen Faktenlage daraus?«

Von Aha fühlte sich verstanden. Es kam Bewegung in die Köpfe des K1, alle wirkten plötzlich motiviert, es war eine neue Energie spürbar. »Ja, genau. Wieso fehlen Kleidungsreste, Reste von Schuhen? Der Rest des Menschen? Und die Theorie, dass van de Sandt sich bewusst versteckt hält, weil er mitbekommen hat, was im Stall geschehen ist, klingt logisch, hat aber einen entscheidenden Haken.«

Karins Blick war Frage genug, von Aha reagierte. »Er ist passionierter konservativer Landwirt. Ich glaube nicht, dass er um die Vorkommnisse in seinem Schweinekoben weiß. Die Viecher sind seit Jahren seine Einnahmequelle, da achtet er besser drauf als auf sich selber. Denk an die Beschreibung der Futterkammer.«

Burmeester fiel ihm ins Wort. »Er ist schrappig, wie die Leute hier sagen, geizig. Er gönnt sich weder neue Kleidung noch irgendwas im Haus. Er verkauft Schweine seit Jahren unter Preis, weil er sich gegen die Zertifizierung wehrt, da das Verfahren und die regelmäßigen Audits Geld kosten. Sein Land und seine Kohle hält er beisammen. Seine einzigen Laster, für die er bezahlt, sind Alkohol und Sex.«

Er gab zurück an von Aha. »Genau und aktuell ist er damit beschäftigt, sein Land an eine Auskiesungsfirma zu verkaufen. Deshalb meine ich, dass er nicht lange fortbleiben wird.«

Jerry meinte, sie sollten sich dennoch von seinem Sohn Stefan die Stelle zeigen lassen, an der er von seinem Vater stehen gelassen wurde.

»Er soll uns die Örtlichkeit zeigen und die Geschehnisse schildern. Vielleicht gibt es dort Zeugen, ein Angler am anderen Ufer oder so. Und, ja, ich weiß, der Regen hat die kleinste Spur verwaschen, darum geht es mir nicht. Mag sein, dass wer den Disput mitgekriegt hat und auch, in welcher Verfassung Stefan zur Straße gegangen ist. Zwei Fahrer haben ihn als Anhalter mitgenommen, die soll er uns noch einmal beschreiben, die müssten doch zu finden sein.«

Karin entschied, dass Tom und Jerry Bine und Stefan befragen sollten.

»Euch beiden kann niemand nachsagen, dass ihr das Paar kennt und voreingenommen seid. Mag sein, dass sie euch als Hochzeitsgäste von Burmeester wahrgenommen haben, aber das hat nichts weiter zu bedeuten, da waren Hunderte Menschen. Fahrt hin und befragt sie. Burmeester, du bist jetzt abgestellt für Hinweise aus der Bevölkerung zu aktuell vermissten älteren Männern und konkret zu Willy van de Sandt, wenn er mit seinem hellblauen Benz öffentlich gesucht wird. Gero und ich werden das erweiterte Umfeld der beiden Bauernhöfe aufsuchen.«

Von Aha sprang auf, voller Tatendrang drehte er sich noch einmal an der Tür um. »Wo Auskiesungen geplant sind, da bündelt sich Widerstand. Wir sollten die Initiative zum Erhalt des Status quo in Drüpt unter die Lupe nehmen.«

Burmeester verdrehte die Augen. »Da baut sich vor meinem geistigen Auge ein fieses Szenario auf: Van de Sandt sollte von der Gegnerschaft überzeugt werden und hat einen aufdringlichen Kiesgegner zu Futter verarbeitet.«

Karin sah ihn mit ernster Miene an. »Das ist eine widerliche Phantasie, lass so etwas hier nicht kursieren. Aber deinen Hinweis auf eine Bürgerinitiative nehmen wir mit. So, Männer, auf geht's. Kurze Info an alle gibt es nur bei herausragenden Neuigkeiten, ansonsten treffen wir uns zur Lagebesprechung wieder. Morgen um zehn Uhr im Besprechungsraum.«

ZEHN

Moritz war wieder nach Lüttingen gefahren, als Bine begann, nach Stefan zu suchen. Den ganzen Nachmittag und auch beim Abendessen hatte er sich merkwürdig still verhalten. So kannte sie ihren Mann sonst nicht. Ob es daran lag, dass die beiden Kommissare mit ihm gesprochen hatten? Das waren andere Männer gewesen, nicht Nikolas Burmeester und dieser von Aha, die kannten sie ja schon. Einer der beiden war dunkelhäutig, sprach aber mit leichtem niederrheinischen Dialekt, Kommissar Patalon. Der andere, Kommissar Weber, war eher mausgrau, Haut, Haar, Kleidung, alles in farblosen Tönen. Die beiden waren aufgefallen, als sie am Nachmittag auf dem Brömkampshof eintrafen.

Sie hatten von offenen Fragen gesprochen und sich aufgeteilt, Weber setzte sich zu ihr, als sie Kartoffeln für das Abendessen schälte. Sie sollte ihm erzählen, wie das Verhältnis der Brömkamps und der van de Sandts zueinander war. Ob sich Väter und Kinder verstünden, ob man sich einig sei bei der Frage der Kiesflächen, ob die Alten miteinander konnten. Ganz reibungslos scheine vieles ja nicht zu laufen.

Bine hatte freimütig über die Väter und den geregelten Ärger mit ihnen gesprochen, erzählt, wie sehr die Ablehnung der Alpakas sie getroffen hatte und dass sie ihren Vater endgültig nicht mehr unterstützen würde. In aller Ruhe hatte sie berichtet, ohne böse Worte, fühlte sich gut, hatte die Kartoffeln umsichtig von der dünnen Schale befreit.

Wer denn noch in den näheren Kreis der Höfe gehöre, hatte der Mausgraue gefragt. Was sollte sie sagen? Eine Menge Kunden, manche namentlich bekannt, andere nicht, Händler, Imker, drüben der Viehhändler und die Haushaltshilfe, die mehr oder weniger zum lebenden Inventar gehörte und jetzt vielleicht zusätzlich ihren Vater tatkräftig unterstützen würde, da sie, Bine, selbst eine strikte Teilung der Haushalte vorgenommen hatte.

»Ich bin so froh, dass ich mich nicht mehr um seinen Kühlschrank und seinen Schmutz kümmern muss. Das wird von Jahr zu Jahr schlimmer. Und wir haben immer mehr mit unserem Hof zu schaffen, pflanzen, säen, ernten, verkaufen, ordern, ausliefern, da sind wir momentan froh über unseren Praktikanten, übrigens der Sohn Ihrer Chefin, ein fleißiger junger Mann, der die Arbeit sieht und anpackt.«

»Und dann noch Alpakas.«

Bei der Bemerkung hatte sie ihn mit versteinerter Miene angeschaut – nicht noch so ein Gegner. Der Kommissar bemerkte ihren Blick.

»Bitte verstehen Sie mich nicht falsch, ich mag die Tiere gerne anschauen, aber die Väter mit ihrem Blick auf Ihr Tagewerk haben vielleicht gedacht: Die haben so viel zu tun und schaffen sich noch mehr Arbeit an.«

»Die machen doch keine Arbeit, die machen nur Freude, glauben Sie mir, ich freu mich jeden Tag aufs Füttern, die werden langsam zutraulich, jedes hat einen eigenen Charakter. Und sie sind gut fürs Image, die Kundschaft mag die Tiere.«

Sie hatte ihm, wie zuvor schon Nikolas Burmeester, ein paar Namen genannt, den von Maria Calvers und von der blöden Sommerling, die um den Alten herumscharwenzelte.

Weber hatte zusammengefasst. »Also die Haushaltshilfe von drüben will bei Ihrem Vater putzen, und was will Frau Sommerling?«

»Wenn ich das wüsste. Den Mann kann doch kein Mensch wirklich lieb haben, so wie der sich benimmt. Die umgarnt ihn richtig, kocht, was er mag, und hat ihm seine Reise gebucht. Natürlich noch günstiger, als ich es geschafft hätte, ich habe keine Zeit für stundenlange Internetrecherche und Preis- oder Leistungsvergleich. Herr Weber, die kann ihn geschenkt haben, ich habe keine Probleme damit, wenn er sich einwickeln lässt. Der Hof ist überschrieben, da kann uns nichts passieren.«

Sie hielt betreten inne. Ihr lief ein Schauer über den Rücken. Weber bemerkte es, und er hakte nach.

»Woran denken Sie gerade?«

»Daran, dass ich ihm schon lange nicht mehr nahegekommen bin, weil er immer so … so ungepflegt riecht. Wenn er mit dem da drüben einen Abend lang gesoffen hat, dann dünstet er den Alkohol drei Tage aus.«

»Ein friedlicher Säufer?«

»Sie meinen, ob er gewalttätig ist? Nein, ist er nicht, nur lästig, er hat mich nach Besäufnissen manchmal drei-, viermal in der Nacht aus dem Bett geholt, nur damit ich ihm ein Glas Wasser bringe. Damit ist ein für alle Mal Schluss. Soll er zukünftig Elke Sommerling anrufen, wenn er Durst hat.«

Der Kommissar hatte sich noch gewundert, dass sie dennoch so ruhig und ausgeglichen war.

Bine hatte ihn angelächelt. »Schauen Sie sich um, das hier ist mein Leben, ich liebe es so, wie es ist. Da kann mich so schnell nichts aus dem Gleichgewicht bringen.«

Während Weber mit ihr gesprochen hatte, war Patalon mit Stefan durch die Beete gegangen. Nach dieser Begegnung war ihr Mann ihr beim Abendessen sehr schweigsam vorgekommen, sie bohrte nicht nach, kannte ihn, wusste, dass er nachdachte. Es stand dann ein großes Schild auf seiner Stirn, darauf in riesigen Lettern »Bitte nicht stören«. Die Kommissare wollten Stefan am nächsten Morgen früh abholen, um den Ort mit ihm zu begehen, an dem er seinen Vater zum letzten Mal gesehen hatte.

Nun reagierte er nicht einmal mehr auf ihr Rufen, und sie wusste nicht, wie seine Abwesenheit zu deuten war. Es gab nur einen Ort auf dem Anwesen, an dem er sein konnte.

Bine setzte sich auf ihr Fahrrad und fuhr zu den Gewächshäusern. Dort schaute er sich manchmal den Sonnenuntergang an, die beste Aussicht, sagte er mal voller Freude, während er mit einer Flasche Bier auf dem Regenwassertank saß, der die Bewässerung unterstützte, und sie von oben anlächelte.

Dort sah sie ihn auch jetzt schon von Weitem hocken, aber nicht etwa entspannt wie an anderen Abenden, sondern mit angezogenen Beinen, die Arme um die Knie geschlungen.

»Ich habe dich überall gesucht. Was ist los?« Sie ließ das Rad ins vertrocknete Gras sinken und kletterte zu ihm auf dem Tank. »Du siehst traurig aus, Stefan. Rede mit mir, was ist?«

Er wies mit dem Kopf in Richtung des Nebenhofes. »Ich habe nachgeschaut, er ist nicht zurückgekommen.«

»Bist du deshalb so? Mach dir keine Sorgen, er ist bestimmt bald wieder da. Und dann regst du dich wieder über seine Ignoranz auf und schämst dich, wenn er jemanden mit betrunkenem Kopf beleidigt.«

Sie schwiegen eine Weile, die Luft stand selbst so spät noch heiß über dem Boden, die Hitze wurde von den Scheiben des Gewächshauses reflektiert. Bine wischte sich mit der Handfläche den Schweiß von der Stirn, trocknete die Hand an ihrem T-Shirt.

»Er wird schon auftauchen, glaub mir.«

Stefan schüttelte den Kopf. »Wenn du realistisch nachdenkst, dann zweifelst du genau wie ich daran. Vadder müsste längst zurück sein. Er ist am Donnerstag abgezischt. Am Freitag haben sie diesen … den … das Stück Fuß gefunden. Jetzt geht der Montag zu Ende, und er ist sonst spätestens nach zwei Übernachtungen außer Haus wieder da. Das kann ich nicht verschweigen, wenn die Kripobeamten mich fragen.«

»Hast du es ihnen gesagt?«

»Natürlich, das weiß doch jeder im Umkreis von zehn Kilometern. Und ich frag mich gerade, warum sie mich morgen abholen wollen, um mit mir zu diesem Baggerloch in Diersfordt zu fahren.«

»Wieso? Du sollst ihnen zeigen, wo er dich abgesetzt hat, das ist alles. Die wollen den Tag rekonstruieren, mehr nicht.«

»Wenn du das sagst, dann wird es wohl stimmen. Ich meine aber zwischen den Worten herausgehört zu haben, dass sie glauben, ich hätte was mit seinem Verschwinden zu schaffen.

Das ist doch auch eine völlig bekloppte Geschichte. Überleg mal, da lässt mich mein Vater an einem tropisch heißen Tag mitten in der Pampa stehen und fährt nicht etwa nach Hause, nein, er verschwindet einfach.«

Er lehnte seinen Kopf an Bines Schulter und sagte: »Weißt du was? Ich könnte sogar verstehen, wenn sie den Hergang anzweifeln.«

»Sag doch nicht so was. Ich glaub dir, und das werden die auch machen.«

Er drückte seine Stirn an ihre, eine kurze Berührung, gefolgt von einem flüchtigen Kuss. »Ich mach mir einfach Gedanken. Und Sorgen. Ich kann mir nicht vorstellen, wo er abgeblieben ist. Der ist voller Wut und Enttäuschung losgefahren.«

»Stefan, du wirst sehen, morgen ist er zurück und alles verpufft.«

Sie schauten in die Ferne, die Sonne verschwand hinter den Pappeln.

»Und zu wem gehört dieser Fuß? Die Frage kreist mir immer durch die Birne, verstehst du? Wo ist Vadder, und zu wem gehört dieser Fuß?«

***

Burmeester war ganz auf seinen Bericht konzentriert, suchte einen sinnvollen Anfang und vergaß darüber seinen morgendlichen Gießeinsatz zur Urbarmachung der Grünfläche vor dem Gebäude. Alles, was den aktuellen Fall betraf, sollte effizient und perfekt und professionell aussehen, damit Staatsanwalt Haase nichts zu meckern hatte. Weder das eine noch das andere traf auf seinen gestrigen Einsatz in Emmerich zu, nun suchte er nach passenden Worten, um zu umschreiben, was er erlebt hatte.

Am Vortag hatte es einen zweiten Hinweis darauf gegeben, dass der hellblaue Benz gesichtet worden war, nicht nur in Richtung Emmerich, sondern auch auf der Parkfläche neben dem Wohnmobilstellplatz am Yachthafen. So hatte er sich über die A 3 auf den Weg gemacht, war der B 220 in Richtung Kleve gefolgt. Von Weitem hatte er die Golden Gate des Niederrheins gesehen, diese Hängebrücke in Form und Farbe ihrem kalifornischen Vorbild gleich, nur im Ausmaß dem Rhein angepasst, wesentlich kleiner also.

Er bedauerte fast, nicht drüberfahren zu müssen, weil er vorher zum Yachthafen abbog und sofort wieder links auf die Eltener Straße. Fast hätte er den Abzweig zur Fackeldeystraße bei einem brach liegenden Fabrikgelände verpasst, er querte den Deich und fuhr auf ein ungewöhnlich tief liegendes Hafenbecken zu, im Hintergrund eine Werft und vor ihm rechts ein Parkplatz. Erst mal umschauen. Von hier aus hatte er einen phantastischen Blick auf die Brückenpfeiler, die zum Austausch der Seile auf einer Seite eingerüstet waren. Er lief am Hafenbecken vorbei zum Parkplatz neben den Wohnmobilen.

Emmerich war ihm ein Rätsel, eigentlich eine Stadtperle am Rhein, doch selbst von hier aus sah er, dass ein riesiger Industriebetrieb den Blick auf die markante Bebauung längs der Promenade störte. Hier dröhnten die Maschinen der benachbarten Klinkerwerke bis auf den Platz herüber.

Er hatte seine Augen von Brücke und Umgebung gelöst und aus der Entfernung erkannt, dass der hellblaue Benz dort stand, eingerahmt von zwei SUVs, in bester Gesellschaft von ungefähr zehn größeren Automobilen, die wohl Yachtbesitzern gehörten. Da passte der Youngtimer mit dem Stern nicht wirklich hin. Wo konnte van de Sandt sein?

Burmeester war so unauffällig wie möglich herumgelaufen, beäugt von Wohnmobilisten, die unter Sonnensegeln in leichter Bekleidung vor ihren Fahrzeugen saßen. Der Sohn von Willy van de Sandt hatte dem K1 ein Foto seines Vaters zur Verfügung gestellt, das einzige vorhandene, ein relativ neues, wie er sagte. Nun hielt er das Konterfei in Händen und fragte sich, wie er diese vergilbte Aufnahme aus den frühen Neunzigern mit dem ernsten, jedoch viel jüngeren Gesicht mit den Anwesenden auf diesem Fleckchen Erde übereinbringen sollte. Da passte nichts, sosehr er auch versuchte zu abstrahieren.

Er war wie beiläufig zu den Stegen geschlendert, an denen unterschiedlich große Boote vertäut waren. Das Restaurantschiff »Schulte Marina«, das fast mittig zwischen den Bootsstegen lag, hatte noch geschlossen. Einige kleine Segelboote lagen offensichtlich ohne Besatzung da, die meisten Anlegestellen waren leer, nur beim ersten Steg hatte er auf einem Motorboot Köpfe gesehen, Männer, die auf dem Deck saßen. So hatte er den Steg betreten, nicht ohne sich wieder von den eleganten Pfeilern der Brücke ablenken zu lassen, um dabei fast über ein Tau zu stolpern und sich nur im letzten Moment sicher auf den Beinen zu halten. Einer der Männer hatte ihn beobachtet und schaute ihm lächelnd entgegen.

»Pass auf, nur Landratten schauen zur Brücke statt auf den Steg, und manche zieht es dann magisch ins Hafenbecken. Kann man dir helfen?«

Burmeester hatte das Foto weitergereicht. »Ich suche diesen Mann hier, sein Auto, der alte hellblaue Mercedes Benz steht dort drüben auf dem Parkplatz. Kennen Sie ihn?«

Der Mann hatte einen Lachanfall bekommen, gab das Foto dem zweiten Anwesenden, beide kriegten sich nicht mehr ein.

Burmeester hatte sich plötzlich unwohl gefühlt, zog seinen Ausweis aus der Hemdtasche. »Hallo? Hier spricht die Polizei. Kennen Sie den Mann?«

Der erste Skipper kletterte auf den Steg, ein Käppi verkehrt auf dem Kopf, einen stattlichen Bierbauch über dem Bund der Badehose vor sich herschiebend. »Sie hätten vielleicht auf das Kennzeichen achten sollen. Ich kann mir nicht vorstellen, dass Sie mein Auto suchen, denn ich bin keineswegs der Mann auf dem Foto.«

Er musste ganz verdattert geguckt haben, denn der Mann wiederholte seine Informationen langsam und überdeutlich formuliert.

»Der Wagen, der dort hinten auf dem Parkplatz steht, hat ein Saisonkennzeichen aus Kleve. Er gehört mir seit fünf Jahren. Mein zweites Hobby, Youngtimer, ich habe ihn selber restauriert. Mein Name ist Hans Mölders, und ich bin nicht der Mann auf dem Foto.«

Der zweite Skipper blendete sich geiernd ein. »Was hat unser Hansi ausgefressen? Wieder mal zu langsam über die Autobahn gekrochen? Nee, nee, leck mich fett, die Polizei sucht den Hans, wenn ich das meiner Frau erzähl, die glaubt mir nicht.«

Mölders hatte seine Botschaft mit ausgiebigem Kopfschütteln unterstrichen. Abgang eines frustrierten Kommissars.

Burmeester erinnerte sich genau, was diese Situation in ihm ausgelöst hatte, dieses beschissene Gefühl, vorgeführt worden zu sein, als er den Steg wieder verließ und die Männer hinter ihm herlachten, sich die nackten Bäuche hielten. Klar, er hatte den Wagen gesehen, hatte aber in siegesgewissem Eifer keinen Blick auf das Kennzeichen geworfen. Als gäbe es nur einen einzigen hellblauen alten Benz auf der Welt. Der richtige hatte ein altes Kennzeichen mit MO für Moers und war keineswegs mit einem Saisonkennzeichen unterwegs.

Nun hielt er seinen Kopf in Händen und suchte nach einer Formulierung, die sein Versagen ein wenig retuschieren würde.

»Bei näherer Sichtung des Wagens stellte sich heraus, dass das Kennzeichen nicht mit dem gesuchten übereinstimmte. Der Besitzer des Fahrzeugs konnte in Anwesenheit eines Zeugen glaubhaft machen, dass ihm der Wagen seit fünf Jahren gehört und er ihn hobbymäßig mit Saisonkennzeichen nutzt. Auch bestätigte er, am Morgen des gestrigen Tages von Moers aus auf der B 57 unterwegs gewesen zu sein, da er von der Wohnung seiner Lebensgefährtin aus zu seinem Boot im Emmericher Yachthafen fuhr, womit die erste Zeugin aus Drüpt wohl dasselbe Fahrzeug gesehen und mit dem von Willy van de Sandt verwechselt hat.«

So las es sich nicht schlecht.

Es war fünf vor acht, als sein PC ihm den Eingang neuer E-Mails anzeigte, halbherzig öffnete er sein Postfach.

Die Polizeidienststelle in Dinslaken an der Wilhelm-Lantermann-Straße meldete die Sichtung eines hellblauen Benz älteren Baujahres im verkehrsberuhigten Bereich des Ortsteils Hiesfeld, Kennzeichen MO …

Burmeester rief die Straßenansicht des genannten Bereichs auf seinem Rechner auf und stellte fest, dass im Ortskern von Hiesfeld das Parken an vielen Stellen erlaubt war. Was konnte Willy van de Sandt dort interessieren? Es gab weder Bars noch eindeutiges Gewerbe, Hiesfeld wies einen gutbürgerlichen Ortskern auf.

Er würde zur genauen Sichtung hinfahren. Um zehn Uhr war Besprechung. Das schaffte er locker.

***

Tom Weber und Jerry Patalon hatten Stefan van de Sandt pünktlich abgeholt, es schien ihm sehr unbehaglich zu sein, in den Polizeiwagen einzusteigen, obwohl es kein gekennzeichnetes Dienstfahrzeug war.

»Moment, ich brauche mein Handy.«

Er lief zurück ins Haus und kam mit dem Gerät in der einen und einem Geldschein in der anderen Hand zurück. Den Fünfziger stopfte er in die Oberschenkeltasche seiner kurzen Arbeitshose. »Ich will nie wieder wie blöd in der Landschaft stehen. Dieses Mal habe ich Geld für ein Taxi und mein Telefon mit.«

»Wir bringen Sie nachher zurück, ehrlich.«

Im Rückspiegel sah Tom, wie Stefan seinen Kopf zweifelnd hin und her wiegte, bis er sich beobachtet fühlte. »Das hat Vadder auch gesagt, und dann stand ich da.«

»Sie hatten nichts dabei, als Sie mit Ihrem Vater unterwegs waren?«

»Sie haben ja keine Ahnung, er hat ein, wie soll ich es nennen, ein Benehmen wie ein Oberfeldwebel an sich. Der kam auf den Hof und öffnete die Wagentür, sagte nicht guten Morgen oder sonst was zur Begrüßung, befahl nur, ich sollte einsteigen.«

»Und da gehen Sie einfach mit?«

Stefan schnallte sich auf dem Rücksitz an, bat um Luft, kühle, klimatisierte Luft. »Da kennen Sie den alten Mann schlecht. Wenn der was sagt, dann hat es zu geschehen. So war er immer schon, ungeduldig und wortkarg. Ich wollte an dem Morgen keinen Streit auf dem Hof. Wissen Sie, meine Frau hatte es nicht leicht in den Tagen davor, also habe ich nachgegeben, zumal Moritz, unser Praktikant, ihr helfen konnte.«

Unterwegs beschrieb Stefan noch einmal den Anlass für die Fahrt und die Ziele, die sein Vater mit ihm abfuhr.

»Er wollte Sie von dem Kiesabbau überzeugen und den Perspektiven, die sich danach für die Baggerseen auftun?«, fragte Tom nach.

»Jaja, er hatte die Seen mit Bedacht ausgewählt. Das waren nicht die toten Löcher mit den verwilderten Ufern von früher, die nicht rekultiviert wurden. Er hatte sich gezielt die besten Freizeitseen mit attraktiven Angeboten für Radtouristen und Wassersportbegeisterte ausgesucht. Können Sie sich vorstellen, dass es eine Infrastruktur wie an der Xantener Nordsee in Drüpt geben wird? Wen interessiert Alpen-Drüpt? Ich bin ja schon froh, dass die Existenz unseres Bioladens sich bei den Leuten herumgesprochen hat, die alternativ angebautes Gemüse bevorzugen. Wir hätten den Hofverkauf sonst vergessen können.«

Jerry fragte nach Stefans Standpunkt zur Abgrabung. Der antwortete gelassen und sachlich, er habe sich zwar vorgestellt, eines Tages das väterliche Anwesen seinem Betrieb anzugliedern, aber schon längst begriffen, dass sein Vater andere Pläne habe.

»Wissen Sie, er mischt sich in alles ein, was ich vorhabe, bespricht aber nie, was ihm durch den Kopf geht. Dass ich seine Schweine nicht ausstehen kann, das wollte er lange nicht akzeptieren, und Biogemüse ist für ihn Quatsch. Man gewöhnt sich daran, ständig gegen eine Wand zu laufen, und beginnt, sich innerlich auszupolstern und eigene Wege zu gehen. Mit Bine an meiner Seite geht es mir gut, gemeinsam schaffen wir alles.«

Jerry nahm den Faden wieder auf. »Sie haben aber mit dem Land gerechnet, oder?«

»Das schon, aber wir werden auch ohne seine zusätzlichen Hektar klarkommen. Wissen Sie, die Nachbarn zur anderen Seite werden sich bald zur Ruhe setzen, da müssen wir eben Pacht zahlen, wenn wir ihr Land übernehmen. Doppelt und dreifach, bis es sich rechnet, denn auch die Böden müssen sich erst erholen, bis sie Demeter-Standard haben und wir sie nutzen können. Es wird kosten, ja. Ich kann da nichts machen, aber von Dingen, die man nicht ändern kann, muss man Abstand nehmen, bevor sie Unzufriedenheit hervorbringen. Das macht auf Dauer krank, daran ist meine Mutter gestorben.«

»Kommen Sie, so viele weise Einsichten? Sie waren nie sauer über die Entscheidung Ihres Vaters?«

»Natürlich gab es Momente, in denen ich stinksauer war. Das war ich am Donnerstag ja auch, als er mich stehen ließ. So ist das zwischen ihm und mir. Wahrscheinlich steht er mit Schaum vor dem Mund auf, wenn er an unsere Alpakas denkt, und ich rechne mir aus, was ich zusätzlich ausgeben werde, wenn ich das Land der Nachbarn pachten muss. Glauben Sie mir, ohne Bine wäre ich bestimmt längst nicht mehr in der Gegend.« Er blickte aus dem Fenster. »Sie müssen da hinten rechts ab und dann ans Ufer.«

»Da geht es doch gar nicht zum See.«

»Er hat einfach da angehalten, nachdem er die niedrigen trockenen Sträucher platt gefahren hat. Da vorne, die Schneise kann man von hier aus erkennen. Sie wollten doch wissen, wo wir gewesen sind, oder?«

Erstaunt nahm Jerry den beschriebenen Weg am Schloss

Diersfordt vorbei über eine graubraun getrocknete Wiese, durch Strauchwerk hindurch, von der Welt nicht einsehbar. »Wieso ist er hierhergefahren?«

»Ganz einfach, er musste pinkeln und hasst es, dabei von Fremden beobachtet zu werden. Ich habe die Gelegenheit genutzt und einen Schluck Seewasser getrunken, weil wir weder Geld für Getränke noch eine einzige Flasche Mineralwasser dabeihatten. Er hat direkt neben mir ins Wasser uriniert. Da habe ich ihm gesagt, dass sein Eber Willi bessere Manieren hat als er.«

Die drei Männer stiegen aus und gingen ans Seeufer. Die kühlenden Regenfälle von Samstagnacht hatten sich in der Hitze schon wieder verflüchtigt, der Boden war sandig, durchsetzt von Kies. Es waren keine Spuren zu sehen, weder von Füßen noch von Reifen. Da war das niedergefahrene Strauchwerk, über das sie ebenfalls geholpert waren, um an diese Uferstelle zu gelangen, mehr nicht.

Hier war nichts in der Nähe, keine Badebucht, keine Anlegestelle, das andere Ufer in weiter Ferne, der Bewuchs zwar relativ dicht, aber dort, wo sie standen, tat sich eine ebene, unbewachsene Uferfläche auf, die man von der Straße aus nicht einsehen konnte. So schnell würde niemand auf die Idee kommen, sich hier ans Wasser zu legen. Jerry schaute Tom an, beide dachten wohl das Gleiche: Man konnte allenfalls vom Wasser aus beobachtet haben, was sich hier abgespielt hatte.

Tom stellte sich neben Stefan und schaute auf den See. »Hier haben Sie den Stopp gemacht?«

»Nicht ich, er. Hier hat er endlich angehalten und ist ausgestiegen, sodass ich die Gelegenheit nutzen konnte, mich schweißgebadet aus dem Auto zu pellen. Meine Tür klemmte, die Fenster ließen sich nicht öffnen, Kommissar Weber, ich war ausgetrocknet und gebraten. Und glücklich über das Wasser, einen Schluck und noch einen.«

»Und dann?«

»Dann wollte er tatsächlich noch einen weiteren See anfahren, und da habe ich protestiert. Ich wollte nach Hause, dort blieb ein Teil der Arbeit liegen, und ich konnte in seiner Sightseeing-Tour nicht den geringsten Nutzen entdecken.«

Stefan ging zur Uferkante, bückte sich und schöpfte mit einer Hand Wasser, ließ es durch die Finger tropfen, stand wieder auf. »Da war ich plötzlich in seinen Augen wieder der kleine Junge, der nicht parieren wollte, nur konnte er mich hier nicht in mein Zimmer schicken und ist stattdessen einfach eingestiegen und davongefahren.«

Er schaute erst Tom, dann Jerry an. »Das war schon immer seine Art, einen Konflikt zu beenden. Man droht, man schreit und beleidigt Anwesende, und wenn es sinnlos erscheint, dann schafft man Distanz. Man haut ab. Und am nächsten Tag oder am übernächsten ist alles wie vorher, man spricht nicht mehr drüber. Deckel drauf und fertig.«

Jerry ließ sich zeigen, in welche Richtung van de Sandt verschwunden war, und gemeinsam gingen sie den Weg bis zur Straße, wobei die Kommissare sich aufmerksam beim Heimatmuseum umschauten, entstanden aus dem ehemaligen Eiskeller für das Wasserschloss im Hintergrund, neben dem eine heimelige Kapelle unter schattenspendenden Bäumen aufragte. Das Schloss wurde für Feste genutzt, das Museum öffnete nur an Sonntagen, in der Kapelle gab es gelegentlich internationale Jazzkonzerte. Es war dort niemand in Sicht.

Schweigsam machten sie sich auf den Weg zurück nach Drüpt und setzten Stefan ab. Tom und Jerry fuhren zum van de Sandtschen Hof, um sich selbst ein Bild von der Örtlichkeit zu machen.

Stefan stand noch vor dem Zaun der Alpakas, als er deutlich hörte, dass die beiden Kommissare den Schweinestall ohne Begleitung betreten hatten. Sein Vater war also noch immer nicht daheim.

***

Kommissar Gero von Aha und Hauptkommissarin Karin Krafft werteten ihre morgendliche Befragung der weiteren Nachbarschaft aus und kamen fast zu den gleichen Ergebnissen wie schon Burmeester, der den engeren Kreis befragt hatte. Karin machte Notizen auf dem Whiteboard.

»Okay, neu ist der Name des Viehhändlers, Alfons Kremer aus Bocholt, der bei dem Alten ein- und ausfährt. Einer, der auch Fleisch von nicht zertifizierten Höfen kauft, sagen die Nachbarn. Und wir haben zumindest die Auskiesungsfirma Heuwels, die sich für sein Land interessiert und deren Mitarbeiter Heribert Scholten nichts Nennenswertes zu berichten hat.«

Zwei Namen, zwei Pfeile zum Kreis, in dem Willy van de Sandts Hof als angedeutetes Haus eingezeichnet war.

Von Aha nickte. »Wir sollten die Haushaltshilfe unter die Lupe nehmen. Wie meinte die Nachbarin, die an der Bundesstraße lebt? Maria Calvers, genannt Mia, würde seit dem Tod von van de Sandts Frau darauf hoffen, dass er sie zu sich holt.«

»Viel schlimmer fand ich das Gerede, das sie zitierte. Van de Sandt würde Maria nach Strich und Faden ausnutzen, die würde sich an den zwei Tagen pro Woche auf dem Hof den Buckel krumm arbeiten, dann noch Wäsche mitnehmen und für ihn kochen.«

»Die lässt sich ausnutzen, und darum hast du sie in den Blick genommen?«

Karin schrieb ihren Namen auf das Board. »Bei ihr geht es um unerfüllte Träume und Hoffnungen. Wenn Anerkennung jahrzehntelang ausbleibt, dann können ungeahnte Frustrationen zum Ausbruch kommen.«

»Karin, das ist eine ganz einfache Seele. Was willst du ihr anlasten? Dass sie den unfreundlichen Alten verwurstet hat?«

»Du hast recht, aber befragen sollten wir sie dennoch. Und diese Kundin, Elke Sommerling, nehmen wir uns ebenfalls vor.«

»Warum? Weil sie sich um den alten Brömkamp kümmert?«

»Genau, aus vermeintlich heiterem Himmel bietet sie ihm Unterstützung an. Mich interessiert ihre Motivation. Und sie hat sich ja nicht nur ein bisschen gekümmert. Elke Sommerling weiß mehr, sie hat die Reise für Brömkamp gebucht, sie kann uns sagen, auf welchem Schiff er wie lange unterwegs ist. Vielleicht hat er ihr auch erzählt, ob er was dagegen hat, dass Willy van de Sandt seinen Boden in einen See verwandeln lässt. Wenn ihn das nicht stört, fällt ein starkes Motiv weg.«

Von Aha deutete auf der Karte, die er an die Wand projiziert hatte, auf einen Fleck an der Hucker Straße. »Da ist wohl die Zentrale des Widerstands gegen die Auskiesung. Dort war es vorbei mit der Gelassenheit. Hast du auch bemerkt, wie die drei Frauen sich zusammengerissen haben, während sie über den Eigner des Landes sprachen, das zum Abbau der Steinchen vorgesehen ist?«

»Stimmt, das Trio wirkte total verkrampft, die drei mimen die Supercoolen. Sie sind nicht mehr die Jüngsten, diese regionalen Aktivistinnen wirken wie übrig gebliebene Friedens- und Anti-Atomkraft-Demonstranten. Schreib die Namen auf, Susanne Brimmers, Gerda Schöppken und Michaela Döpker.« Karin leerte ein Glas Wasser in hastigen Schlucken. Das Hirn vor dem Austrocknen bewahren, nannte sie das. Sie nickte in Erinnerung an die Zentrale des Widerstands. »Diesen Gesichtsausdruck, der Überlegenheit und Überzeugung vermitteln soll, kenne ich noch von meiner Mutter. Johanna war in ihrer Blütezeit auch aktiv und hat mich manchmal zu Großdemonstrationen mitgeschleppt. Der Sternmarsch am 1. Mai war Pflicht. Jetzt setzt sie sich für verträgliche Klimapolitik ein und wird meine Hannah zu Demos in der Nähe mitnehmen. Bei Fridays for Future waren sie schon zusammen.«

»Das wünsche ich mir auch, dass ich in dem Alter so aktiv bin wie deine Mutter jetzt.« Von Aha hob seine Brauen. »Mir fehlen nur wesentliche Personen, um glücklich zu altern.«

»Wie meinst du das?«

»Als sie so alt war wie ich heute, da hatte sie dich an ihrer

Seite. Nun ist sie über siebzig und hat dazu noch Hannah. Beides kriege ich rein zeitlich nicht mehr hin. Aber ich will nicht abschweifen.«

»Schon okay, Kollege, Hauptsache ist, du kommst jetzt nicht mit Torschlusspanik oder Ähnlichem daher.«

»Nein, keine Sorge. Wo waren wir stehen geblieben?«

»Hast du bei den Frauen einen Blick in die Scheune geworfen? Dort stehen Tapeziertische, auf denen Bettlaken beschriftet werden. Eingängige Slogans wie ›Hand in Hand gegen Kiesabbau in Drüpt‹ und ›Schluss mit der Zerstörung der Landschaft‹. Eindrucksvoll auch: ›Kiesabbau! Nicht in unserer Heimat!‹. Der nächstgelegene Ort des Widerstands ist wohl der Alpener Ortsteil Bönninghardt, und man scheint zusammenzuarbeiten. Dort heißt es dann ›Nicht in unserer Hei‹, weil der Ortsteil ein bisschen höher liegt.«

Von Aha schrieb die Bürgerinitiative an das Board und fuhr fort. »Die Anwohner sammeln überall Unterschriften und halten Mahnwachen, bilden Menschenketten, bislang alles friedlich und geordnet. Als Nächstes planen sie, eine Klage gegen die Entscheidung zur Auskiesung einzureichen, die im Landtag getroffen wurde.«

»Genau, in der Werkstatt lagen Flugblätter dazu im Regal, und ein Transparent in der Zufahrt ist nicht zu übersehen.« Karin zückte ihr Smartphone und rief die Fotos auf. »Da. ›Friedlich oder militant, wichtig ist der Widerstand. Nein zum Kiesabbau‹. Ordentliche, handgeschriebene schwarze Buchstaben auf weißen Laken, zwischen zwei Bäume gespannt.«

»Das ist deutlich formuliert. ›Friedlich oder militant‹, steht da. Wenn ich militant richtig deute, dann könnte ein uneinsichtiger, egoistischer Bauer schon mal auf mysteriöse Weise verschwinden, wenn er sein Land kompromisslos an die Ausbeuter, die in der Warteposition lauern, verkaufen will.«

»Das traue ich den Leuten dort nicht zu, das ist doch viel zu offensichtlich.« Karin wies auf die Uhr an der Wand. »Eine halbe Stunde noch, dann kommen die anderen. Lass uns resümieren.«

»Guter Gedanke. Manches steht meiner Meinung nach schon fest. Erstens sind wir beide bei der gemeinsamen Stallbegehung bereits zu dem Schluss gekommen, dass es sich nicht um einen Unfall handelt, bei dem jemand einen oder ein Stück seines Fußes eingebüßt hat. Und es fehlen auch die entsprechenden Spuren, zum Beispiel Blut außerhalb des Gebäudes, und es müsste einen Schwerverletzen geben, der behandelt wurde.«

Von Aha hielt inne und schaute zur Wand mit den Hinweisen, Fotos, Namen. Karin wurde ungeduldig.

»Und?«

»Was, und?«

»Wie geht deine These weiter? Auf ein Erstens folgt meist ein Zweitens.«

»Ja, ich bin im Geiste noch dabei, den zweiten Punkt zu überprüfen. Erst denken, dann reden. Also zweitens deutet in unseren Ergebnissen vieles darauf hin, dass Willy van de Sandt in seinem direkten Umfeld nicht nur Freunde hat. Alle wirken gelassen und beschreiben seine Charaktereigenschaften und Unarten wie lästigen Güllegeruch in der Luft, der kommt und wieder verfliegt, doch in den Kleidern hängen bleibt. Wir gehen davon aus, dass es eine Menge Leute dort auf diesem kleinen Flecken Erde gibt, die sich darüber freuen würden, wenn er nicht zurückkommt.«

»Das sehe ich ähnlich. Manch einer zeigt uns gegenüber Gelassenheit, und wenn wir wieder fahren, wird daraus eine verhaltene Freude mit einem versteckten Lächeln.«

»Und hinter der Tür machen sie drei Kreuzzeichen von der Decke bis zum Boden, von Wand zu Wand. Nur wenige sind ganz offen mit negativen Bewertungen.«

»Warten wir ab, was die Kollegen zu berichten haben.« Karin streckte sich, reckte ihre Arme zur Decke. »Meine Güte, es ist Dienstagmorgen, und ich fühle mich, als wäre es Freitagmittag.«

»Das ist der Stress. Wir stochern wie wild an einem Stück

Fuß herum, weil der Staatsanwalt Druck macht. Ist doch nicht normal, oder?«

»Mord, Totschlag, Gewalt, Verstümmelung, was ist schon normal in unserem Metier?«

***

Burmeester kam zu spät, Karin war verstimmt, zumal er weder eine Nachricht hinterlassen hatte noch momentan erreichbar war. Keine fünf Minuten nach Beginn der Lagebesprechung hatte von Aha sie, die sich zu dem Zeitpunkt schon am Rande der Gereiztheit befand, durch eine Bemerkung schließlich in Rage gebracht.

»Nein, nein und nein, das werde ich auf gar keinen Fall beantragen!«

Karin stand wütend auf und lief an der Fensterwand auf und ab, die durch schräg gestellte Lamellen vor der Sommerhitze geschützt nur wenig Tageslicht in den Besprechungsraum ließ. Von Ahas Vorschlag löste bei ihr strikte Ablehnung aus.

Der Kommissar schaute ihr erstaunt nach, bis sie ihre Fassung zurückgewonnen hatte.

»Gero, wie kommst du auf die Idee, einen Durchsuchungsbeschluss für Willy van de Sandts Anwesen zu beantragen? Es gibt bis dato keinerlei Anlass, ihn entweder als Opfer oder als Täter in Betracht zu ziehen. Was willst du in dem Haus? Wir wissen, dass sein Sohn, der Landarbeiter und die Haushälterin schon seit Jahren dort ein und aus gehen, nach dem Rechten schauen, Ordnung machen, die Schweine versorgen. Was versprichst du dir von einer Durchsuchung?«

»Vielleicht finden wir den Rest zum Fuß?«

»Das ist weit hergeholt. Meinst du nicht, dass bei der Hitze eine der genannten Personen schon längst Alarm geschlagen hätte, weil man die Verwesung von Weitem riechen würde? Und wenn ich Tom und Jerry richtig verstanden habe, dann bestehen keinerlei Zweifel an Stefan van de Sandts Aussage, wann und wo er seinen Vater das letzte Mal gesehen hat. Außerdem hatte Burmeester garantiert seine Sinne eingeschaltet, als er mit dem jungen van de Sandt im Haus gewesen ist.«

»Ach, der war schon im Objekt? Wie interessant, dass wir auch davon erfahren.«

»Reg dich ab, Gero, es ging nur um ein Foto vom Senior, und er ist nicht dort eingedrungen, sondern mit Stefan gemeinsam kurz reingegangen. Dieses Haus der offenen Tür ist mittlerweile versiegelt.«

Von Aha gab nicht auf. »Mensch, ich versuche, einen anderen Blickwinkel in den Fall zu bringen. Ausnahmslos alle haben ihr Bestes gegeben, Karin, so wie du und ich. Trotzdem zerlaufen die Ergebnisse zu einem harmoniebesessenen Einheitsbrei. Verstehst du, wir haben es im Umfeld des Verschwundenen und des Fundes im Schweinestall mit einer Reihe von Gutmenschen im gesamten Ortsteil Drüpt zu tun. Lauter brave, pflichtbewusste Menschen. Ich glaube, und das lehrt mich meine langjährige Erfahrung, dass es unter der Oberfläche bei einigen der Befragten gefährlich brodelt. Alle geben sich tolerant gegenüber Willy van de Sandt, aber keiner würde ihn zum Kaffee einladen.« Das Stichwort ließ ihn nach seinem Kaffeebecher greifen.

»Der Einzige, mit dem er manchmal auf Sauftour geht, ist sein Nachbar Gisbert Brömkamp. Wenn er bei den Schützen den Vogel abschießen würde, stünde nur Maria Calvers als leidenschaftliche Königin neben ihm. Alle anderen meiden seine Unfreundlichkeit, seine beleidigende Art. Und dennoch ist er ein anerkannter Landwirt, und keiner, nicht einmal der Sohn, dem er das eigene Land vor der Nase weg an andere verkauft, ist richtig sauer auf ihn. Das gibt es doch nicht. Wie lange soll er denn noch irgendwo in einem Puff untertauchen, wie viele Viagrapillen sind noch in seiner Packung? Das stinkt auch ohne Leiche zum Himmel.«

Die Tür sprang auf, Burmeester stieß in aufgebrachter Stimmung zu seinen Kollegen und sprudelte seine Unzufriedenheit spontan heraus.

»Das war eine Schnapsidee, van de Sandt und den hellblauen Benz zur Suche auszuschreiben, das sage ich euch, denn plötzlich taucht er überall auf. Gestern bin ich nach Emmerich gegurkt, heute suchte ich in Dinslaken erst den Stadtteil Hiesfeld und dann dieses verflixte Auto. Niemand achtet auf das Kennzeichen, als wenn es nur einen einzigen von der Sorte gäbe. Nicht mal die Kollegen in Dinslaken haben sich das komplette Kennzeichen angeschaut. Es heißt, sie wären zu einem Einsatz gerufen worden. Sie hatten leider überhaupt keine Zeit, sich außer MO zwei weitere Buchstaben und maximal drei Zahlen zu merken, so schnell mussten sie losfahren. Ich habe den gesamten verkehrsberuhigten Bereich nach dem Wagen abgesucht, bin zweimal von der Evangelischen Kirche aus die Hohlstraße raufgefahren und dann die Sterkrader wieder runter, auf und ab geht's da, habe noch auf den Parkplätzen an der Kirchstraße nachgeschaut und bin dann alles noch mal zu Fuß abgelaufen. Nichts.«

Mit dem Rücken zu den Kollegen und seiner Chefin nahm er sich Kaffee und redete ununterbrochen weiter.

»Nette kleine Läden gibt es dort und emsige Verwaltungsangestellte, die frühmorgens schon unterwegs sind. Dieser sinnlose Ausflug hat mich zehn Euro gekostet, weil ich kein Kleingeld für den Parkautomaten hatte. Daraufhin bin ich ein Stück weitergefahren und habe mir ein Brötchen im ›Mühlencafé‹ gegönnt, komme raus, da klemmt die pflichtbewusste Frau den nächsten Zettel hinter meinen Scheibenwischer. Ich zeige ihr meinen Dienstausweis und frage, ob sie einen hellblauen Benz gesehen hat, den würde ich suchen, da sagt sie glatt, festgenommen hätte ich ja anscheinend ein Käsebrötchen, das könnte man nicht dienstlichen Einsatz nennen. Ob sie mir den Begriff des Kurzzeitparkens erklären soll, eine halbe Stunde sei schließlich frei. Und sie macht so eine Wischbewegung mit der Hand vor ihrem Kopf. Ein hellblauer

Mercedes, so ein Quatsch, der wäre ihr bestimmt aufgefallen. Ich …«

Erst jetzt merkte er, dass es still im Raum war, bedrückend und geladen. Spätmerker nannte seine Yasmin ihn manchmal. Ihm wurde in diesem Moment bewusst, was sie damit meinte. Er hatte mitten in eine laufende Besprechung hineingeplappert, und die Gesichter, in der er jetzt blickte, hatten alle schon entspannter dreingeschaut.

»Oh, schon klar, ich verstehe. 'tschuldigung. Wo wart ihr stehen geblieben?«

Karin bedeutete ihm, sich zu setzen. »Ist schon gut, ich denke du hast den richtigen Moment erwischt, um zu verhindern, dass wir hier in kontroverser Meinung über Tische und Stühle gehen.«

»Ich versteh gar nichts, klärt mich auf.«

Sein Eingreifen hatte die Stimmung keineswegs heruntergekocht, von Aha blieb bei seinem Standpunkt. »Du bist hier bei der Frage hereingeplatzt, ob es Sinn macht, eine Hausdurchsuchung bei van de Sandt durchzuführen.«

»Bei Stefan? Nein, wieso denn, gab es heute Morgen neue Erkenntnisse?«

»Nein, Herrgott, bei dem alten van de Sandt. Will mich hier jeder falsch verstehen, was ist denn los?«

Burmeester blieb in seiner Spontanität verhaftet. »Der Alte ist doch einfach nur unterwegs, und es deutet weder etwas darauf hin, dass er ein Täter ist, noch, dass er ein Opfer ist. Ich war ja mit Stefan kurz im Haus. Dort stehen abgewohnte Möbel aus den Siebzigern, es herrscht eine gewisse Unordnung, Wäschestapel liegen in der Diele, mehr nicht. Ich meine, ich habe nichts Ungewöhnliches bemerkt, außer dass es nach Einsamkeit aussieht und riecht. Der ist einfach nur der Stinkstiefel vom Dienst, so einen findest du überall, ich denke da an den toten Filmemacher von der Himmelsstiege in Bislich-Büschken, ihr erinnert euch an den Fall im Storchendorf. Der lag eines Tages im Vorgarten des Nachbarn, und jeder dort dachte, einer aus dem Ort hätte ihn umgebracht. Der war auch ein beispielhaftes Ekelpaket, und die wären jedem dankbar gewesen, der den Ort von ihm befreit hätte.«

»Ja«, sagte Karin mit einem Seufzer, »ein totes Ekel. Danke für deinen Beitrag, genau deswegen meint Gero, man solle mal bei dem Alten nachschauen. Ich sehe das anders, uns fehlt bislang die rechtliche Handhabe.«

Tom und Jerry berichteten über die Eindrücke, die sie bei dem jungen Paar gesammelt hatten. Sie fanden Stefan abgeklärt und eine Spur zu altklug, seine Frau sei nicht viel anders, sie würden gut zueinanderpassen, es gäbe jedoch keinerlei Hinweis, der sie mit dem Fuß in Verbindung bringen würde.

Jerry fasste zusammen. »Die stammen beide aus strengen Elternhäusern, sind von verwitweten Vätern erzogen worden. Die stehen mit beiden Beinen im Hier und Jetzt, wirken pragmatisch, wenn es um ihren Hof geht. Die Frau hat nur beim Gedanken an die Alpakas gelächelt. Da war kein Groll zu spüren, nur Sorgen und Erleichterung, weil sie beschlossen hat, sich nicht mehr um ihren anstrengenden Vater zu kümmern, der wiederum von einer anderen Frau umgarnt wird.«

Stefan van de Sandts Geschichte über die Abfahrt seines Vaters am See fanden beide authentisch, das niedergefahrene Strauchwerk, seine genaue Beschreibung, alles sprach für seine Schilderung.

Nichts Neues. Wo sollte das hinführen? Es war Dienstag, der Staatsanwalt hatte der Öffentlichkeit bis Freitag die Aufklärung des Falles vorhergesagt, das K1 drehte sich im Kreis. Tom schlug vor, die einschlägigen Etablissements im Umkreis wegen des Alten aufzusuchen, Jerry winkte gleich ab.

»Wenn ich das richtig in Erinnerung habe, dann steht er meistens im ›Sauerlandstern‹ an der Theke. Das liegt ziemlich weit außerhalb unseres Wirkungskreises und ist kein Bordell, da geht es um One-Night-Stands, nicht um Prostitution.«

Von Aha stand kopfschüttelnd vor der Infowand. »Das ist aber auch ein echter Hinterwäldler, kein Handy, obwohl seine

Generation inzwischen Facebook und WhatsApp erobert hat, während die jungen Leute in andere Netzwerke abwandern.«

Burmeester stellte seinen Kaffeebecher ab. »Da bleibt nur die Hoffnung auf unseren pflichtbewussten Kommissar Burmeester, der allen Hinweisen auf hellblaue Youngtimer mit dem Stern hinterherflitzt und dabei zum Kripo-Kasper mutiert.«

Karin wandte sich mit ernster Miene an ihn. »Betrachte den Auftrag gefälligst mit dem gebührenden Ernst.«

»Mach ich doch, jetzt sei mal nicht so humorlos.«

»Ich bin nicht humorlos. Ich weiß bloß nicht weiter.«

Sie ging zur Tür, ohne die anderen zu beachten, Burmeester folgte ihr. »Mensch, Karin, ich bin voll dabei, echt, es ist nur so frustrierend, diesen hellblauen Vehikeln nachzureisen, ohne das richtige zu finden.«

Die Hauptkommissarin drehte sich entschlossen um. »Bring in Erfahrung, wo du Mia Calvers finden kannst. Und dieser Elke Sommerling fühlen wir jetzt mal auf den Zahn. Was genau will die von dem alten Brömkamp? Vielleicht kann uns einer von denen weiterbringen.«

Sie wandte sich an die anderen Kollegen. »Bitte fasst eure Ergebnisse in kurze Berichte, auch du, Burmeester. Schickt alle an meine Mailbox, ich will nachher zur van den Berg gehen und unsere Ergebnisse vorstellen. Sie weiß, dass wir gut ermitteln. Haase muss einfach den Druck hier rausnehmen, so kann ich nicht arbeiten. Ist doch unmöglich. Kann einer von euch noch klar denken?«

ELF

Moritz suchte Bine, rief ihren Namen über den Hof, betrat die Küche, rief ins Haus. Stefan war im Laden beschäftigt.

Es hatte sich herumgesprochen, dass der Biohof nun auch Alpakas auf der Weide hielt, immer wieder standen Familien vor dem Zaun und versuchten, die vier Stuten anzulocken. Peaches war die Neugierige, die sich zuerst in die Nähe der Besucher traute und sich kraulen ließ, meist folgten die anderen, hielten jedoch länger Abstand. Sie schienen zu lächeln. Die vierbeinigen Attraktionen bewirkten einen Zuwachs an Neukunden, die mit erntefrischem Gemüse wieder vom Hof fuhren.

Moritz brauchte die Listen für die Wochenkisten, die am nächsten Morgen ausgeliefert werden mussten, und wusste nicht, wo er sie finden konnte. Er schaute zur Treppe hinauf und rief, hörte Bines Antwort schließlich aus einem fernen Winkel.

»Ich bin im Dach.«

Moritz spurtete die Stufen hinauf, im ersten Stock ging es noch, je höher er stieg, desto wärmer wurde es. Er fand Bine vor einer geöffneten Kiste kniend, um sie herum aufgeschlagene Fotoalben mit vergilbten Farbaufnahmen. Sie war so in die Betrachtung vertieft, dass sie Moritz zunächst nicht wahrnahm, der sich seitlich näherte.

»Was machst du bei der Hitze hier oben? Das ist gerade der heißeste Ort in Mitteleuropa.«

Sie schaute auf, wies auf die Fotos, die vor ihr lagen. »Ich habe so viel an meine Mutter denken müssen in den letzten Tagen, da wollte ich mir in Erinnerung holen, wie schön es mit ihr war. Schau, da war ich wohl gerade ein Jahr alt, wie sie mich anlächelt, so voller Liebe.«

Moritz ging neben ihr in die Hocke. »Ich wollte nicht … Ich

meine, haben unsere Gespräche das ausgelöst, dass du gerade jetzt an sie denkst?«

Sie schaute kurz hoch, lächelte ihn an. »Nein, mach dir keine Gedanken, ich schaue immer mal wieder in die alten Alben. Irgendwas in meiner Kindheit muss doch heil gewesen sein, und das suche ich dann und finde es in den Bildern, auf denen sie lächelt.«

Sie nahm ein anderes Album, blätterte, wusste genau, wonach sie suchte, hielt ihm eine Fotoreihe entgegen.

»Da, schau, das ist sie bei einer Schützenfeier. Einmal war sie mit Vater auf dem Thron, das war kurz vor ihrer Hochzeit, davon hat sie lange gezehrt. Sie war so glücklich, wenn sie davon erzählte. Wenn er nur einmal den Vogel geschossen hätte, sie wäre ihr kurzes Leben lang für immer eine Königin gewesen. Vater war es schon zu viel, als Throngefolge mit auf den Bildern zu sein. Und da, das ist beim Frühschoppen im Zelt aufgenommen, das ist die Mutter, an die ich mich nur schlecht erinnern kann. Ich muss immer nachschauen, kann gar nicht glauben, dass sie wirklich so ausgelassen sein konnte.«

Moritz nahm das Album in die Hände und sah auf eine illustre Runde, die Frau, auf die Bine gewiesen hatte, stand mit anderen an einem Stehtisch, hinter ihr sah er einen Mann, der ihr ins Ohr zu flüstern schien, was ihr offenbar gefiel.

»Ich kann mir gar nicht vorstellen, dass dein Vater immer schon so streng und hart gewesen ist, da sieht er richtig ausgelassen und freundlich aus und scheint mit deiner Mutter zu schäkern.«

Bine nahm das Album und schaute lächelnd auf das Foto. »Mein Vater ist da nicht drauf, das ist der Willy von nebenan. Der konnte sehr nett sein, hat sie manchmal gesagt, wenn sich Stefan wieder über ihn beschwert hat. Auf jeden Fall gibt es Bilder von ihr, auf denen sie lacht, und das ist mir das Wichtigste, ihr Lachen nicht zu verlieren.«

Auf anderen Fotos war offenbar die ganze Nachbarschaft zu

sehen, alle in bester Feierlaune, wie es so zuging auf Schützenfesten am Niederrhein. Hopp, hopp, in de Kopp, man prostete sich zu, man tanzte, stand stolz für offizielle Fotos in festlich gekleideten Reihen, die Männer hinter den Frauen, der König silberbehangen, die Königin strahlend an seiner Seite.

Bine wies auf den Zeitungsausschnitt mit solch einem Foto. »Da siehst du meinen Vater hinter ihr stehen, da lächelt er wenigstens einmal im Ansatz.«

Moritz erkannte, was sie meinte.

Bine blätterte schnell weiter, suchte ein ganz bestimmtes Foto, fand es. Die Königin und ihre Hofdame, vergrößert, die ganze Seite für die beiden Frauen. Bines Mutter strahlte mit der Sonne um die Wette, die diese Aufnahme beleuchtete, und Bine strahlte beim Anblick ihrer Mutter.

Moritz sagte nichts, wollte diesen Moment nicht unterbrechen, schweifte ab zu Bildern auf der nächsten Seite, wilde Feier, im Tanz gedrehte Frauen, gelöste Strähnen aus hochgesteckten Frisuren, die im Takt wogten. Und auf einem der Bilder im Hintergrund eine nahezu ähnliche Szene wie mit van de Sandt zuvor, bloß umgedreht. Dort schien Gisbert Brömkamp mit einer Frau zu schäkern, die er auf anderen Bildern immer neben dem alten van de Sandt gesehen hatte.

Er verwarf den Gedanken, dass es munter zugegangen sein musste bei diesem Fest. Wenn man an die eigenen oder die Eltern von Freunden denkt, dann immer im Guten und ohne Zweifel an deren Treue. Moritz verwarf den Ansatz einer Deutung von dem, was er gesehen hatte. Bine neben ihm seufzte zufrieden, Moritz lief der Schweiß aus den Kniekehlen an den Beinen lang.

»Warum nimmst du dir nicht eins von den Bildern und rahmst es ein? Dann müsstest du nicht immer auf diesen staubigen, heißen Dachboden steigen, um es zu sehen.«

Bine schien nachzudenken. »Ich fürchte, dass ich ein Foto zerstöre, wenn ich es herausnehme. Die sind angeklebt. Ich würde mir nie verzeihen, wenn ich auch nur ein einziges Bild meiner Mutter zerknicken oder anreißen würde. Manche Dinge sind nicht wiederherzustellen.«

Moritz hatte eine Idee. »Du könntest mit deinem Smartphone ein Foto vom Bild machen, dann hättest du sie zumindest immer bei dir mit ihrem Lächeln. Das große, das mit ihr als Hofdame, finde ich besonders schön.«

Er sah, dass der Gedanke ihr gefiel, jedoch schien sie ebenso schnell davor zurückzuschrecken.

»Dann würde ich vielleicht dauernd daraufschauen, nein, ich lasse alles, wie es ist. Ich kann ja raufgehen.«

Abrupt packte sie die Alben wieder in die Kiste, Moritz erkannte, dass jedes weitere Wort zu ihrem Ausflug in die Vergangenheit an dieser Stelle sinnlos wäre.

Er stand auf, reckte sich. »Du, ich brauche die Listen für die nächsten Wochenkisten, wo finde ich die?«

»Ich habe sie noch auf dem Schreibtisch liegen, komm mit, ich gebe sie dir. Erzähl Stefan bitte nicht, dass du mich hier oben getroffen hast. Er kann nicht verstehen, dass ich manchmal die alten Bilder anschauen muss. Das macht dich nur traurig, sagt er dann, lass es doch. Man kann an seiner Vergangenheit nichts ändern, man muss an der Zukunft schrauben.«

***

Was niemand sah in der Nacht von Dienstag auf Mittwoch, spielte sich auf Willy van de Sandts Hof ab. Die Person lauerte, sah sich um, als wolle sie sichergehen, dass der Wagen, der immer auf dem Hof stand, nicht da war. Ein Schatten schlich aus dem Dunkel heraus über den Hof, zielstrebig auf die Küchentür zu. Man konnte die schemenhafte Person aus der Ferne nicht wahrnehmen, dunkel gekleidet und mit einer Sturmhaube über dem Kopf. Der Widerstand des Polizeisiegels, das in Augenhöhe in den Winkel von Türrahmen und Türblatt geklebt war, irritierte die Person zunächst. Sie verharrte, nachdem der Strahl der Taschenlampe ihr offenbarte, um was es sich handelte. Ein heftiger Ruck setzte sich über das geklebte Verbot hinweg, gab den Weg frei.

Während Bine und Stefan auf dem Hof nebenan schliefen, wanderten leise Sohlen durch das Haus, beleuchteten Hände, die in dünne Gummihandschuhe geschlüpft waren, mit einem gezielten kleinen Lichtstrahl den Küchentisch, sämtliche Ablagen, öffneten Schranktüren, traten Füße in profillosen Schuhen achtlos auf die Dinge, die bei der Suchaktion hinunterfielen. Da trugen schwerfällige Knie die Person in die erste Etage, da ließ ein trockener Mund einen Fluch aus über die aufgestauten Gerüche in ungelüfteten Räumen, hielten die Lippen die kleine Taschenlampe, durchsuchten beide Hände gleichzeitig den Wäscheschrank, Kommoden, die altmodischen Nachtschränkchen, eins leer, das andere voller Pornohefte mit abgegriffenen Seiten. Wo könnte es sein, das gesuchte Objekt?

Da stand Schweiß unter der Sturmhaube und lief die Schläfen entlang, wurde mit einem Papiertaschentuch abgewischt, und da bemerkten dieselben Hände nicht, dass ebendieses Taschentuch nicht in der eilig gesuchten Hosentasche, sondern auf dem Boden landete.

Da verließ ein frustrierter Geist das Haus wieder, schloss die Küchentür so leise, dass die Schweine nebenan nicht in Tumult ausbrachen, und schlich davon. Hinter die Scheune, quer durch den trockenen Mais. Die braunen Blätter raschelten, als die Füße zwischen zwei Pflanzenreihen entlanggingen, um letztlich wieder völlig in der Dunkelheit zu verschwinden.

Die Person hatte ihr Ziel nicht erreicht und dachte angestrengt nach: Verdammt, wo kann es sein? Wo hat dieser Scheißkerl es hingelegt?

***

Karin hatte eine Mappe auf dem Frühstückstisch liegen, die sie erst öffnete, als Hannah das Haus auf dem Weg zur Schule verlassen hatte. Wie viele Kinder hatte ihre Tochter sich erhofft, dass es wegen der Starkregenschäden länger schulfrei geben würde, jedoch war das Gebäude in Lüttingen provisorisch hergerichtet worden und würde in den Sommerferien, die bald begannen, renoviert werden.

Nun saß Karin da und schaute sich Fotos an, las in den Berichten. Maarten schüttelte nur den Kopf, verkniff sich, sichtlich angestrengt, jeden Kommentar. Er wusste genau, unter welchem Druck seine Frau stand. Er schenkte Kaffee nach, stand auf, wollte zum Telefon auf der Ablage greifen, fand jedoch die Ladestation leer vor.

»Weißt du, wo das Telefon ist?«

Karin blickte von den Unterlagen in der Mappe auf. »Was? Hast du mit mir gesprochen?«

»Ja, ich brauche das Telefon, weißt du, wo es ist?«

»Ich? Nein. Frag doch Moritz, der telefoniert bestimmt wieder mit seinem Mädchen.«

»Du meinst, er telefoniert vom Festnetz aus mit Myanmar? Sag mal, weiß er, was das kostet?«

Genervt schaute sie erneut von den Bildern auf. »Klär das doch mit ihm, ich habe im Moment andere Sorgen.«

»Das sehe ich, du hattest noch nie eine Aktenmappe auf dem Frühstückstisch liegen. Gut, dass Hannah das nicht sieht.« Er wies auf das Foto des Fußfragments, das sie neben die Kaffeetasse gelegt hatte.

»Ich habe bewusst gewartet, bis sie das Haus verlassen hat.«

»Sehr umsichtig. Meinst du, dass ich solche Bilder appetitlich finde?«

»Ich will doch nur eben mal durchschauen. Als ich gestern mit der van den Berg über den Fall reden wollte, war sie schon außer Haus. Ich muss vorbereitet sein, denn ich will erreichen, dass sie sich Haase gegenüber vor mich und das K1 stellt. So kann es nicht weitergehen. Verstehst du, ich muss sicher sein, dass wir bislang nichts übersehen haben. Ein Ergebnis fehlt mir noch. Heierbeck schrieb gestern, dass er den Fuß in der Rechtsmedizin rekonstruieren lässt, weil er einen bestimmten

Verdacht hat. Hoffentlich wird uns das weiterbringen. Zunächst zählt, was wir haben.«

Die Stimmung war dahin, Karin vertiefte sich in die Fakten, Maarten rief im Treppenhaus nach Moritz, er müsse telefonieren. Keine Minute später kam der hinuntergelaufen, wedelte mit dem Gerät, war bereit für die Radfahrt zum Hof.

»Sorry, ich bin doch jeden Morgen zu einem Mittagsgruß verabredet, denn wenn wir hier frühstücken, isst Kay Kay zu Mittag. Mein Handy hat den Dienst verweigert, ich habe vergessen, es aufzuladen, sonst hätte ich wie immer über WhatsApp mit meiner Süßen gesprochen.«

Maarten wirkte gereizt, bat ihn, das Telefon nicht mehr für solche Ferngespräche zu nutzen.

»Kommt nicht mehr vor.« Ohne eine Reaktion von ihm abzuwarten, schaute Moritz auf den Tisch, trank einen Schluck Wasser, wies auf Karins Unterlagen. »Das ist ja krass, bringst du deine Leichen immer mit nach Hause?«

Mit strenger Miene las sie weiter, schaute nicht auf.

Moritz blickte Maarten nach, der mit dem Telefon im Arbeitszimmer verschwand, und sprach seine Mutter darauf an. »So kenne ich euch nicht, was ist denn heute hier los?«

»Nenn es Stress. Jetzt lass mich eben weiterlesen, ich muss nachher topfit zu meiner Chefin gehen.«

Er blickte ihr über die Schulter und blieb interessiert bei dem Foto des Fußes hängen. »Was ist das da?«

»Das siehst du doch, ein Teil eines Fußes.«

»Sieht ja krass aus. Haben die Schweine die paar Zehen abgefressen?«

»Moritz, jetzt stör mich bitte nicht weiter. Es reicht schon, dass Maarten so schlecht gelaunt hier rumläuft, weil du mit Asien telefoniert hast.«

»Sorry, wenn das jetzt so ein Problem ist, dann sag mir, was auf der Rechnung steht, und ich zahle es dir zurück.«

Jetzt hob sie den Kopf und suchte den Blickkontakt. »Werd mal nicht komisch, es ist einfach unnötig, solche Ferngespräche zu führen. Muss es denn auch ausgerechnet eine Frau aus Myanmar sein, in die du dich verliebst?«

»Mutter, jetzt komm mir nicht so. Nur weil du Stress im Dienst hast, musst du nicht wieder anfangen, an mir herumzunörgeln.«

»Tu ich doch gar nicht.«

»Doch, machst du.«

»Du hast ja keine Ahnung. Meinst du, mir ist es leichtgefallen, dich in die Ferne ziehen zu lassen? Und meinst du, es macht mir nichts aus, dass du wieder dort hingehen willst, und dann noch, um dazubleiben? Es ist so schrecklich weit weg, weißt du.«

Moritz stellte seine Tasse in die Spüle und atmete tief durch, Karin schaute schon wieder in die Papiere, die sie vor sich ausgebreitet hatte. Man hörte Moritz die Enttäuschung an.

»Ich liebe sie, und ich werde sie heiraten, und ich werde dort leben. Es ist, wie es ist, okay? Nichts kann mich von meinen Plänen abbringen, auch du nicht.«

»Ja, aber meine Meinung dazu darf ich aussprechen, oder?«

»Okay. Ich muss los. Sag mal, ist das da auf dem Foto der rechte oder der linke Fuß?«

»Moritz, ich muss auch gleich los.«

Er verabschiedete sich, Karin sah ihm nach. Ihr Großer mit seinem Herzen in der Ferne.

Ihr Smartphone holte sie aus ihren Gedanken, sie erkannte Heierbecks Nummer.

»Guten Morgen, was gibt's?«

»Neuigkeiten. Ich bin auf dem Weg zur Rechtsmedizin und werde das Ergebnis des Fachmanns abholen. Es gibt Fakten, die er dem Fuß entlocken konnte, sozusagen. Kommen Sie doch gleich am Vormittag bei mir vorbei.«

Ein Hoffnungsschimmer.

***

Das Gespräch mit van den Berg tat gut, Karin Krafft fühlte sich verstanden, die Arbeit ihres Teams akzeptiert und gewürdigt. Van den Berg selbst hatte sich eine ganze Weile schon über Haases Verhalten gewundert, die wildesten Gerüchte machten bei Gericht und in der Polizeibehörde die Runde.

»Sie können sich nicht vorstellen, was für Fragen von allen Seiten an mich herangetragen werden. Ob er krank ist, Midlife-Crisis, ob er vorhat, durch Suspendierung in den vorzeitigen Ruhestand versetzt zu werden, ob er sich die letzten Sympathien verscherzen will, um sich den Abschied leicht zu machen, und so weiter.« Fast schon schnippisch sah sie mit erhobenem Kopf zur Seite. »Mit mir redet der Herr ja nicht mehr. Und ehrlich gesagt lege ich auch keinen Wert mehr auf eine Mittagspause mit ihm. Der schlingt das Essen nur so hinunter und verlässt den Tisch, bevor man fertig ist. Mit mir nicht. Dabei wüsste ich gern, was an den Karrieregerüchten dran ist. Wenn er wechseln will, würde sich manche Verhaltensweise erklären.«

Alles interessant, nur war Karin aus ganz anderem Anlass bei ihr.

»Ich brauche Ihre Unterstützung, Frau van den Berg, der macht mich und das ganze Team wuschig. Es gab nie so viele Spannungen und Auseinandersetzungen wie in den letzten Tagen, und es ist denkbar, dass der Staatsanwalt bald niemanden mehr im K1 antreffen wird, da alle vor ihm flüchten, sobald er auf das Gebäude zuläuft. Die Einzige, die den Segen von ihm abbekommt, werde ich sein, er wird mir nachtelefonieren und mich mit E-Mails zutexten. Es wird an Stalking grenzen. Das kann ich nicht gebrauchen. Sie wissen selber, dass es Fälle gibt, in denen man lange ermitteln muss, um auf kleinste Hinweise zu stoßen, und wir sind keine neu gegründete Mordkommission mit angelerntem Personal, wir sind das K1 in üblicher Besetzung.«

Van den Berg winkte ab. »Ich weiß, ich weiß, Sie leisten gute Arbeit, und ich kann mich auf Sie verlassen. Ignorieren

Sie ihn einfach oder schicken Sie ihn zu mir. Ich halte Ihnen den Rücken frei. Haben Sie die letzten Berichte dabei, damit ich mich auf den aktuellen Stand bringen kann?«

Karin Krafft reichte ihr die inzwischen wieder völlig geordnete Mappe und erhob sich.

»Wenn Sie Fragen haben, dann wissen Sie, wo Sie mich finden. Und der neueste Stand ist, dass Heierbeck unterwegs ist, um eine Rekonstruktion des kompletten Fußes in Duisburg abzuholen.«

»Ach!«

»Genau, mit viel Dusel wissen wir heute Nachmittag mehr.«

»Da drücke ich uns mal die Daumen, jeder Fortschritt führt zum Ziel.«

Als sie die Türklinke bereits umfasst hatte, folgte ein Nachsatz, den Karin am liebsten überhört hätte, den sie nicht mehr aus dem Kopf bekam, eingegraben, festgetackert, der dem Ergebnis des Gesprächs jegliche Substanz nahm.

»Schließlich ist heute ja auch erst Mittwoch, und der ganze Tag liegt noch vor Ihnen. Sie schaffen das schon.«

***

Gero von Aha reagierte reserviert, als Karin Krafft aufgebracht vom Gespräch mit der Chefin berichtete. Rückendeckung sei wichtig, sie brauche einen freien Kopf, um sich auf alles konzentrieren zu können, nur so bestehe eine realistische Chance für die Aufklärung. Er schwenkte schnell zurück zum Fall.

»Burmeester wollte erst zu Calvers und Sommerling, um danach wieder einem Hinweis auf den hellblauen Benz zu folgen. Heierbeck kündigte neue Erkenntnisse an. Weißt du etwas dazu?«

Sie berichtete von der Rekonstruktion, die wohl irgendein Geheimnis preisgegeben hatte.

Von Aha gab sich dennoch ungeduldig. »Haben wir über

DNA-Abgleiche nachgedacht? Vater, Sohn, Spuren aus dem Haus –«

Karin unterbrach ihn. »Sehr gut, das veranlasse ich gleich. Warten wir noch Heierbecks Ergebnis ab.«

Ihr Telefon klingelte, sie nannte Dienstgrad und Namen, ein Kollege der Bereitschaft war am anderen Ende.

»Ich hatte gerade einen gewissen Stefan van de Sandt in der Leitung. Er sagt, im Haus seines Vaters habe sich jemand herumgetrieben, er könne nicht beurteilen, ob etwas fehle, aber alles sei auf den Kopf gestellt.«

»Haben Sie jemanden hingeschickt?«

»Nein, da mir der Name aus den letzten Tagen bekannt ist, habe ich zuerst an das K1 gedacht.«

»Prima, wir fahren los.«

Ihrem Team gab sie die Sachlage in knappen Worten weiter.

»Schade, dass Burmeester nicht da ist, der ist schon mal im Haus gewesen und könnte Unterschiede erkennen.«

Von Aha war noch nicht fertig mit seinem Nörgelprogramm. »Ist doch völlig egal, wer hinfährt, der Sohn kann uns erzählen, was er will, nachprüfen können wir gar nichts ohne den Alten.«

Karin sah man die Anspannung an, die sich jedoch nicht nur in ihr, sondern im ganzen Team ausbreitete. »Was willst du damit sagen?«

»Kann ich dir erklären und werde ich auch so in meinem nächsten Bericht zusammenfassen. Der Sohn fährt mit dem Vater los und kommt zu Fuß ohne ihn zurück. Das Haus steht immer offen, jeder Hinz und Kunz kann ein und aus gehen, wie er gerade lustig ist, und jetzt meldet der Sohn einen Einbruch. Wenn du mich fragst, dann steht doch bei dem Junior mit großen Lettern ›Ich war es‹ auf der Stirn. Was und wie auch immer, der hat was mit dem Verschwinden des Alten zu tun. Mittlerweile schlage ich mich auf Haases Seite und sage dir, wir sollten uns den jungen Gemüsebauern mal genauer anschauen.«

Damit erwischte er Karin an der falschen Stelle. »Was sind denn das für Töne! Von dir, Gero, hätte ich so etwas wie Solidarität erwartet, nicht diese einseitige Sichtweise. Wir wissen noch gar nicht, was da passiert ist, und schon schreibst du es dem Stefan zu.«

Er stand auf und wiederholte Karin affektiert. »Dem Stefan, dem Stefan, du bleibst also schon ganz vertraut beim Vornamen hängen, wie interessant.«

Karins Stimme wurde erheblich lauter. »Jetzt reicht's! Tom und Jerry werden hinfahren und ganz objektiv schauen, um was es geht, die sind den Beteiligten nicht privat bekannt und auch nicht beim Vornamen angelangt. Wie nennst du jemanden, der als junger Mensch in deinem Haus ein und aus ging? Herr Sowieso? Mach dich nicht lächerlich, Gero, der Schuss könnte nach hinten losgehen.«

»Das werden wir ja noch sehen, wer hier recht behält. Du behandelst den Fall mit Samthandschuhen und erkennst es selber nicht.«

»Ich will nur nicht, dass es eine Vorverurteilung gibt, wie Haase sie offenbar auch in dein Hirn gestreut hat.«

Karin tippte sich an die Stirn. »Jemand aus der Verwandtschaft soll der Täter sein. Ich weiß nicht, wie Haase das annehmen kann. Und es ist pure Vermutung, es gibt keinerlei konkreten Hinweis. Willst du deshalb, dass es Stefan war? Willst du mit dem Staatsanwalt ein Glas Wein auf den schnellen Ermittlungserfolg trinken? Mensch, du bist so borniert in letzter Zeit. Was ist los, hast du wieder Streit mit Marlene?«

»So ein Quatsch, ich weiß Privates von Dienstlichem ganz genau zu trennen.«

»Das hat man beim Fall im letzten Jahr gemerkt, Kollege, da bist du rein dienstlich mit einer Hauptverdächtigen ins Bett gegangen und warst keineswegs zu jeder Zeit ein aufmerksames, konzentriertes Mitglied des Ermittlerteams. Komm mir nicht mit Befangenheit, ich verhalte mich in diesem Fall wie auch in allen anderen neutral und fachlich korrekt. Was willst du eigentlich? Mir an den Karren pinkeln? Dich bei Haase profilieren? Die Leitung dieser Ermittlung? Die werde ich nicht abgeben, denn hier muss jemand ganz objektiv den Überblick behalten.«

Sie war lauter geworden, als sie wollte, Tom und Jerry standen auf und gingen zur Tür, dies war nicht ihr Konflikt.

»Willst du mitkommen, Karin, sollen wir auf dich warten?«

»Nein, ich … Fahrt los, ich komme gleich nach.«

Mit strengem Blick auf Gero von Aha, der gerade krampfhaft versuchte, seine Brille mit einem Mikrofasertuch zu polieren, erteilte sie ihre Anweisungen.

»Ihr beide unterstützt die Spurensicherung, Stefan van de Sandt soll mit euch durch das Haus gehen, um mögliche Veränderungen zu erkennen. Seine Befragung dazu übernimmt einer von euch. Ich werde mir ein Gesamtbild machen. Der Kollege von Aha wird Stallwache halten und ganz objektiv koordinieren und informieren.«

Voller Wut polierte Gero von Aha zu heftig seine Brille und hielt ein Glas in der Hand. »So ein Mist. Du willst mich kaltstellen, das werde ich mir merken.«

Tom und Jerry hatten den Raum inzwischen verlassen, und Karin wollte sich erklären. »Ich will nur sicherstellen, dass der junge van de Sandt nicht vorverurteilt wird für etwas, das bisher nicht nachgewiesen ist.«

Von Aha saß da mit seiner Hornbrille ohne das rechte Glas. »Auch das noch, das sieht doch wohl völlig bescheuert aus, so kann ich nicht für den Rest des Tages herumlaufen.«

»Hast du eine Ersatzbrille hier?«

»Nein. Zum Richten müsste ich ins Geschäft in der Fußgängerzone gehen.«

»Dann lauf eben zu deinem Optiker, ich übernehme hier solange. Aber beeil dich. Frische Luft tut bestimmt gut.«

Er stand auf und verließ grußlos den Raum.

Alter Macho, dachte Karin, wenn die Brille kaputt ist, vergisst er die aktuelle Kontroverse mit seiner Chefin und ist einfach nur ein eitler Mann.

***

Burmeester war mit einem Gefühl von Mitleid von Mia Calvers' einfacher Bleibe wieder losgefahren. Sie lebte in einem aufgeräumten Apartment am Rande von Alpen und war auf das Geld des alten van de Sandt angewiesen. Sie wirkte traurig, deprimiert. Ein schlichtes Gemüt, zu ehrlich, um ein Pfund Zucker zu klauen.

Burmeester fuhr von Alpen aus zügig über die Brücke zurück und in Richtung Hamminkeln. In Ringenberg nahm er die enge Abzweigung, die rechter Hand zum Schloss führte, und parkte in der ersten Reihe, dort, wo sein Auto mindestens noch eine Stunde im Schatten eines Baumes stehen würde. Da lag er in Sichtweite, dieser prachtvolle Bau von 1661, der viel alten Charme darbot und auf den die Ringenberger so stolz waren.

Er grinste und stieg aus, sah sich um, drei weitere Fahrzeuge standen hier, keines davon war blau, weder hell noch dunkel noch irgendeine andere Schattierung. Burmeester ging einige Schritte auf das Schloss zu, und sein Lächeln wurde immer breiter. Hier war er zum Helden des K1 geworden. Damals bei einem Einsatz im Jahr 2005.

Als junger Assistent der Hauptkommissarin hatte er in einem beherzten Alleingang eine Bande von Händlern auffliegen lassen, die mit Objekten aus Raubgrabungen dickes Geld verdienten. Unbewaffnet und ohne Handschellen hatte er seinen Posten bezogen, vorsichtshalber aber Kabelbinder aus dem Durcheinander in seinem Kofferraum mitgenommen und die Lage sondiert. In einer beispiellosen Aktion hatte er sich den Haupttäter geschnappt, ihn mit Hilfe des Binders festgesetzt, beklatscht von einer Gruppe niederländischer Künstler, die ihre Ateliers im Schloss hatten und den Einsatz für eine Performance hielten. Burmeester besann sich seiner aktuellen Mission. Finde den hellblauen Benz!

Hier war niemand anzutreffen. Die seitlich vorgelagerte Alpakaschmiede hatte noch geschlossen, würde auch laut Aushang an einem Mittwoch nicht öffnen. Allerdings sah er einen Mann hinter dem eisernen Tor und rief ihm zu, ob er eine Minute Zeit hätte.

Er kam zu ihm vor, einen schwarzen Eimer in der Hand. »Nur kurz bitte, die Alpakas müssen gefüttert werden.«

Innerlich schlug Burmeester sich an die Stirn, klar, Alpakaschmiede, hier gab es die niedlichen Vierbeiner mit den langen Hälsen und den Glupschaugen schon länger als in Drüpt. Er zeigte seinen Ausweis.

»Ich habe die Information erhalten, dass ein hellblauer alter Benz auf dem Parkplatz am Schloss steht, offenbar bin ich zu spät. Haben Sie den Wagen bemerkt und den Fahrer gesehen?«

Der Mann dachte kurz nach. »Weder das eine noch das andere, bedaure. Es kann sein, dass über Nacht so ein Auto hier gewesen ist, da stehen oft Dauerparker, aber am Morgen habe ich nichts bemerkt. Der wäre mir sicherlich aufgefallen.«

Wieder nichts. Burmeester würde nicht mehr rausfahren, sondern beim nächsten Hinweis einen Streifenwagen vorschicken, damit er sicher sein konnte, nicht noch einmal umsonst durch die Gegend zu juckeln. Er wollte sich schon verabschieden, als eine Erinnerung wieder hochkam.

»Ach, sagen Sie, ist diese Derik-Baegert-Gesellschaft noch im Schloss aktiv? Da wurden doch Ateliers vermietet, mit Ausstellungen und Konzerten, oder? Und es gab ein Restaurant.«

Der Mann berichtete kurz. »Die Gesellschaft hat weiter einen Vertrag mit der Stadt Hamminkeln, aber die exklusiven Ausstellungen gibt es nicht mehr. Die Stadt will mehr die Allgemeinheit ansprechen, das Schloss wieder mit Kunst und Konzept für alle beleben. Deshalb haben sich Interessierte zusammengesetzt und Pläne entwickelt, die Leute sind vom Kulturraum Niederrhein, der Verein versteht sich auf solche

Projekte. Das wird noch ein Kampf ums Geld. Und wahrscheinlich um den Geschmack der Landleute.«

Er hätte noch weiter zuhören können, denn der Mann schien gerade erst Luft zu holen, so sehr steckte er in der Materie. Burmeester entschied sich jedoch für einen schnellen Abschied, um die anderen Nebenstraßen des Dorfs abzugehen, vielleicht fand er den Wagen abseits, im Verborgenen. »Ja, dann wünsche ich Ihnen gute Entscheidungen für eine gute Nachbarschaft.«

»Die können wir gebrauchen. Ich muss auch weiter, die Mädels warten auf ihre Ration.«

Burmeester ging den Weg am Schlosspark vorbei. Auch in den Gässchen stand nichts auf vier Rädern, das nur annähernd hellblau war. Burmeester sah rot. Stieg wütend in seinen alten Polo. Er hatte den Lauf der Sonne falsch berechnet, im überhitzten Wageninneren stand verbrauchte Luft.

Schon auf der Hinfahrt war Burmeester die Sinnlosigkeit seines Einsatzes bewusst gewesen. Es war ihm nicht klar, wo er diese Gewissheit hernahm, sie war dagewesen und nicht wegzuleugnen, jetzt fühlte er seine Intuition bestätigt.

Das einzig Gute an diesem Morgen war das Gefühl, hier einst der Held mit den Kabelbindern gewesen zu sein.

***

Bine hatte nicht glauben können, was Stefan ihr erzählte. Es sei eingebrochen worden auf Vadders Hof, der Brunner habe es ihm zugerufen, als er bei den Gewächshäusern war.

»Das kann doch nicht wahr sein! Bist du dir ganz sicher?«

»Warum sollte er sonst so etwas erzählen? Das Siegel an der Küchentür ist zerrissen, sagt er. Ich rufe die Polizei an, das ist doch unheimlich.«

»Warte.«

Sie verschwand im Haus, kam dann flott an ihm vorbeigelaufen, die Hände tief in die Schürzentaschen vergraben, energisch, und schwang sich auf ihr Rad.

»Ich fahre kurz rüber und schau nach. Bin gleich zurück, und dann kannst du immer noch anrufen.«

Bei ihrer Rückkehr hatte sie nur genickt und damit grünes Licht für den Anruf gegeben.

Nun lieferte das Aufgebot an Polizei auf Willy van de Sandts Hof erneut Stoff für Spekulationen aller Art bei der Kundschaft im Bioladen. Jemand musste im Haus gewühlt haben, offensichtlich, um etwas zu finden. Bine konnte sich nicht vorstellen, um was es gegangen sein könnte, vielleicht hatte sich irgendein Einbrecher zu einem unbeleuchteten Hof getraut und feststellen müssen, dass es nichts zu holen gab. Es waren immer wieder Banden unterwegs, die genau ausspähten, wo es Gebäude gab, in denen nachts kein Licht brannte, um zu einer Uhrzeit dort einzusteigen, zu der die Nachbarschaft ebenfalls schon schlief.

»Bine, meinst du, dass die so dreist sind und einfach voraussetzen, dass eine Tür zum Hof nicht abgeschlossen ist?«, hatte Stefan gefragt. »Die würden doch ein Kellerfenster oder sonst was öffnen. Ich bin ums Haus gelaufen und habe nichts entdeckt. Nein, wenn du mich fragst, dann war das jemand, der sich auskennt.«

Bine hatte ihn mit aufgerissenen Augen angeschaut. »Du traust jemandem aus seinem Umfeld zu, bei deinem Vater einzusteigen? Jeder weiß doch, dass bei ihm nichts zu holen ist.«

Danach hatte er sich aufs Rad gesetzt, um wieder zum väterlichen Anwesen zu fahren, und Bine stand im Laden der Neugier ihrer Kundschaft gegenüber.

»Polizei auf dem Schweinehof, ist da was passiert?«

Bine: »Weiß ich nicht.«

»Hat man den alten van de Sandt gefunden?«

Bine: »Nein, glaube ich nicht.«

»Muss aber was passiert sein, die laufen da in weißen Overalls herum.«

Bine: »Es kann sein, dass im Haus eingebrochen wurde.«

»Was hat man gestohlen? Etwa Mettwurst und Schweinshaxen?«

Bine: »Keine Ahnung, Stefan ist rübergefahren und hilft nachzuschauen, ob was fehlt.«

»Wer hat denn bemerkt, dass da was nicht stimmt?«

Bine: »Das wissen wir nicht. Stefan war jedenfalls sicherheitshalber heute früh drüben. Er wollte nachsehen, ob der Wagen auf dem Hof steht und die Schweine versorgt sind.«

»Wer hilft denn drüben?«

Bine: »Schwiegervaters Landarbeiter, der Georg Brunner. Zum Glück, sonst müsste ich ran, denn Stefan könnte es nicht. Das würde mit dem Laden hier nicht funktionieren.«

»Einbruch, sagst du? Nicht dass die Widerständler gegen den Kiesabbau noch radikal werden.«

Bine: »Das kann ich mir nicht vorstellen, das sind zwar entschlossene, aber doch richtig nette Nachbarn.«

Bei jedem Kunden, der nun den Laden betrat und vorher einen Blick auf die Auffahrt vom Nebenhof getan hatte, konnte sie fast wörtlich ihren Sermon wiederholen. Erst nach zwei Stunden kam Stefan zurück und wirkte völlig genervt, nutzte eine kurze Zeit, in der niemand sonst im Laden war, um Bine zu berichten.

»Du kannst dir nicht vorstellen, wie es drüben im Haus aussieht. Als wäre Vadder völlig verwahrlost. Die sind mit dem vollen Aufgebot da, erst kam die Spurensicherung, dann die beiden Kommissare von gestern, und Moritz' Mutter stieß später auch noch dazu.«

Bine lächelte schwach und nickte. »Ich kenne das Chaos meines Vaters, und vorhin habe ich gesehen, dass es bei seinem Kumpan nicht anders ist.«

»Ja, aber drüben, das sieht fürchterlich aus. Da hat jemand die Dinge aus den Schränken gerissen und einfach liegen lassen, ich habe keine Ahnung, was der gesucht hat.«

»Der oder die?«

»Was meinst du?«

»Du sagst einfach, was *der* gesucht hat. Es kann auch eine Frau gewesen sein, oder?«

»Ja, aber einen Fehler hat der gemacht. Oder die.«

»Welchen denn?«

»Wenn ich nicht dabei gewesen wäre, dann hätten die Beamten es bestimmt nicht entdeckt. Stell dir vor, da lag ein benutztes Papiertaschentuch mitten in dem Chaos.«

Bine schaute erstaunt auf. »Dein Alter lehnt es wie meiner ab, in Papier zu schnaufen, deren Nasen sind an Stoff gewöhnt, und wir waschen aus ökologischen Gründen lieber die Tücher, statt Papier zu verschwenden. Das kann wirklich nicht von ihm stammen, das weiß ich von Mia, die ärgert sich manchmal über den Aufwand, denn er nutzt ein Tuch ja tagelang, dementsprechend sieht es dann aus. Und du meinst, das Papiertuch stammt von der Person, die da eingebrochen ist?«

»Die Wahrscheinlichkeit ist groß, von wem sonst? Es gibt DNA-Material genug, um denjenigen zu überführen, hat der Mann von der Spurensicherung gesagt. Zum Vergleich habe ich eine Speichelprobe abgegeben. So wie im Fernsehen in den Krimis. Da hat einer mit einem langen Wattestab in meiner Wange Speichel gesammelt und in ein Röhrchen gesteckt.«

»Hast du denen nicht gesagt, dass wir auch Stofftaschentücher nutzen?«

»Doch, habe ich, aber sie wollten irgendwas vergleichen, in der Aufregung habe ich das nicht verstanden. Jedenfalls haben sie aus Vadders Bad einen Kamm und die Zahnbürste mitgenommen, um ganz sicherzugehen. Ist doch egal, die können jede Probe von mir nehmen, die sie haben wollen. Das kann nur beweisen, dass ich mit all dem nichts zu tun habe.«

***

Karin fuhr hinüber zum Biohof. Wenn Stefan wirklich etwas mit dem Verschwinden van de Sandts, mit seinem vermeintlichen Tod zu tun hatte, dann müsste er jetzt angesichts der Anwesenheit so vieler Beamter im Haus seines Vaters nervös werden. Und wieso hatte er den Einbruch überhaupt gemeldet? Oder hatte er ihn arrangiert? Arbeitshandschuhe mit gummierter Beschichtung gab es beim Gemüseernten bestimmt auch. Aber warum eine Inszenierung? Das passte überhaupt nicht, bloß konnte sie das eindeutige Ergebnis der Spurensicherung nicht länger als bis zum Nachmittag unter Verschluss halten. Spätestens morgen würde es bei Haase auf dem Schreibtisch liegen.

Sie parkte vor dem Gatter der Alpakas, die sie neugierig beäugten. Karin bemerkte sie nicht, stieg wie mechanisch aus dem Auto, schaute sich Fotos von Heierbeck auf dem Smartphone an, las den dazugehörigen Bericht. Er wollte sie so schnell wie möglich über das sensationelle Ergebnis informieren, hatte er geschrieben, und was sie erblickte, verdiente diese Bezeichnung. Sensationell. Der eifrige Rechtsmediziner hatte das Fußfragment um zwei weitere Zehen rekonstruiert. Genauer gesagt um eine breite Zehe mit zwei verwachsenen Zehennägeln, dem Nagel der großen Zehe ähnlich.

Heierbeck war aufgefallen, dass es am Fußfragment zwischen den Stümpfen der zweiten und dritten Zehe keine Hautabrisse gab, wie sie an der Stelle normalerweise zu erkennen sein mussten. Er hatte eine Vermutung gehabt und den Fuß rekonstruieren lassen. Syndaktylie hieß diese Verwachsung zweier Zehen, als Ursache benannte er entweder Vererbung oder Alkoholmissbrauch.

Karin konnte ihre Augen kaum von dem Foto lösen. Endlich gab es einen konkreten Hinweis, der zum Opfer führen konnte. Langsam ging sie auf Bines Lädchen zu, das Foto abrufbereit auf ihrem Display.

Stefan lieferte gerade mit Moritz aus. Bine bot der Hauptkommissarin eine kühle, selbst gemachte Limonade an, die sie dankbar annahm. Beide setzten sich unter den Sonnenschirm vor dem Verkaufsraum, hier entwickelte sich gerade ein hübsch dekoriertes kleines Landcafé, und Karin ließ sich von der Atmosphäre gefangen nehmen.

»Das ist so gemütlich bei euch, man kann es selbst bei diesen Temperaturen gut hier aushalten. Und dann die Aussicht auf die Alpakas, die zusammen unter dem Baum im Schatten ruhen, herrlich. Du hast ein Händchen dafür, eine schöne Oase zu schaffen.«

Bine hockte sich mit einem aufgesetzten Lächeln zu ihr auf die Stuhlkante, als müsse sie sofort aufspringen. »Das ist die beste Idee, die wir seit Langem umgesetzt haben. Stefan war ja erst skeptisch, aber er lässt mich machen, und am Ende ist er überzeugt.«

Ein guter Einstieg für die Hauptkommissarin, die die Väter zum Thema machen wollte. »Ja, die alternative Landwirtschaft bietet ein buntes Spektrum. Nur die Alten sind nicht zu überzeugen, richtig?«

»Ach, das stört mich nicht.«

»Wirklich?«

Bine schaute zu den Tieren hinüber. »Hätten Sie mich vor einer Woche gefragt, dann hätte ich gesagt, dass mich die Ablehnung der beiden richtig verletzt hat. Aber jetzt ist es gut. Die Tiere haben sich problemlos eingewöhnt und bereiten vielen Menschen Freude.«

»Und beide Väter sind momentan nicht da, um Ihnen die Laune zu verderben.«

Bine lachte schrill auf. »Da haben Sie völlig recht, das ist so eine Erleichterung. Ich bin nur gespannt, wann der Alte von drüben zurück ist und nach seinem Sohn schreit. Das ist kaum auszuhalten.«

»Wann kommt Gisbert Brömkamp zurück?«

Bine lächelte immer noch. »Das weiß diese Frau Sommerling, die hat ihm den Trip gebucht. Ich habe keine Ahnung. Soll er doch im Süden bleiben, hier hat er nichts mehr zu bestimmen, und die Wärme tut seinen Knochen gut. Auf dem Schiff mimt er bestimmt den geselligen Alten, und wenn er nach einem Landausflug dableibt, bitte schön, dann schicke ich ihm seine Sachen hinterher.«

Karin horchte auf. Die Tochter eines heimatverbundenen niederrheinischen Landwirts zuckte einfach mit den Schultern, wenn ihr Vater auf unbestimmte Zeit irgendwo am Mittelmeer bleiben würde? Sie sah Bine an, die ihrem Blick auswich und unruhig wurde. Karin legte das Smartphone mit dem Foto auf den Tisch.

»Schauen Sie sich das bitte genau an. Der Fuß aus dem Schweinekoben ist untersucht worden. Man hat festgestellt, dass er verwachsene Zehen hatte. Haben Sie so etwas schon einmal gesehen?«

Bine starrte ungläubig auf das Bild und schüttelte vehement den Kopf, drehte sich mit angewidertem Gesichtsausdruck zur Seite. »Nein, ich kenne niemanden mit solchen Dingern. Habe ich noch nie gesehen. Ich kann gar nicht hingucken. Ich muss noch die Spülmaschine einräumen.«

Karin bat sie, sitzen zu bleiben. »Einen Moment noch. Wie würde Stefan reagieren, wenn er erfahren würde, dass sein Vater nicht mehr lebt?«

Bine wehrte ab, als habe ihr jemand vorgeschlagen, Ananas zu pflanzen. »Weiß ich nicht, aber wie kommen Sie denn auf die Idee? Sein Vater ist doch einfach abgebraust bei der Seentour und hat Stefan in der Wildnis stehen lassen.«

»Sind Sie sich da ganz sicher?«

Statt sofort zu protestieren, schaute Bine zu ihren Tieren, seufzte auf, bevor sie leise antwortete.

»Der Stefan kann niemandem was zuleide tun, deshalb will er seit seiner Kindheit nichts mit den Schweinen zu schaffen haben. Wie die behandelt werden und dass ihr Ende immer programmiert ist, Preis, Gewicht, minimaler Aufwand. Leben zeugen, um den Tod einzukalkulieren. Ich habe ihn doch gesehen, wie er an dem Tag nach Hause kam.« Sie stockte einen Moment. »Was soll Ihre Fragerei? Ich habe mit allem nichts zu tun. Und ich kenne solche komischen Zehen nicht. Wer weiß, wessen Fuß das ist! Wir können nichts dazu, was mit unseren Vätern passiert ist.«

Karin horchte erneut auf, was wollte Bine ihr mitteilen? »Ach, was ist denn mit Ihren Vätern passiert?«

Bine zögerte. »Na, dass sie sich so biestig entwickelt haben in den letzten Jahren. Dass sie immer gegen unsere Pläne waren, der eine mehr als der andere. Hauptsache dagegen und den Kopf in den Sand stecken. Besonders Willy van de Sandt.«

»Haben die beiden jetzt nichts mehr gegen Ihre Vorhaben?«

Irritiert schaute Bine zu Karin. »Wieso?«

»Na, Sie sagten gerade, dass die beiden immer gegen Ihre Pläne *waren*, sprachen in der Vergangenheit. Sind die Männer mittlerweile überzeugt?«

Bine stand auf, nahm die Limoflasche mit einem unwirschen Griff und ging zur Ladentür. »Es ist noch immer so heiß, ich muss die Spülmaschine noch einräumen.«

»Moment, Sie sagen bitte Ihrem Mann, dass er morgen früh nach Wesel ins Kommissariat kommen soll, eine Befragung, nichts weiter.«

»Warum das denn?«

»Nur um sicherzugehen, dass alles seine Richtigkeit hat.«

Karin hasste es, wenn solche Plattitüden über ihre Lippen kamen, aber was sollte sie sagen? Wir werden Stefan van de Sandts DNA mit der des Fußes abgleichen müssen? Besser nicht. Noch nicht. Heierbecks Bericht sendete sie mit einem Klick an alle Kollegen des K1 weiter. Rundzeigen. Publik machen.

ZWÖLF

Er hinterließ einen Nachgeschmack, dieser Dialog auf dem Hof, Karin grübelte während der Rückfahrt. Bekam das unschuldige Bild von Stefan und Bine langsam Risse? Hatte sie vielleicht etwas übersehen? Hatte Haase vielleicht recht mit seiner Kritik?

Karin fuhr nicht über die neue B 58 an Büderich vorbei, sondern nahm die ehemalige Bundesstraße, die durch den Ort führte, und bog rechts in die Rheinallee ein, fuhr hinauf zum Deich und stellte ihren Wagen neben dem Hotel »Wacht am Rhein« ab. Sie ging zur Spundwand, hinter der sich der Rhein Richtung Niederlande schlängelte. Alles floss, ein beruhigender Moment für die Hauptkommissarin.

Sie blickte schräg nach oben zur ersten Etage der »Wacht am Rhein«. Ein winziger Moment großer Weltgeschichte kam ihr in den Sinn, grotesk, diese Abschweifung, sie hatte wahrhaftig andere, vor allem drängende aktuelle Probleme. Dennoch … Vom Balkon des alten Hotels hatten Feldmarschall Montgomery, der britische Premierminister Churchill und der amerikanische Präsident Eisenhower im März 1945 den Übertritt der alliierten Streitkräfte über den Rhein beobachtet. Sie blickten von dort oben mit Feldstechern auf die fast völlig zerstörte Stadt Wesel. Ein berühmtes Foto gab es davon.

Karin wunderte sich über die ausgerechnet in dieser Situation hochkommenden Bilder, sogar Robert Capas berühmte Fotoserie von der Luftlandeoperation Varsity am Niederrhein tauchten in ihrer Erinnerung auf. Wahrscheinlich war der provinzielle Streit von Lokalpolitikern, der gerade durch die örtlichen Medien gegangen war, Anlass dafür. Man war sich erst nach heftiger Debatte einig geworden, hier eine Hörstation des Landschaftsverbandes aufzustellen, damit Besucher am Ort des Geschehens endlich über das historische Weltereignis unterrichtet werden konnten. Die vielen Radtouristen, die hier anhielten, würden bestimmt gern davon hören.

Doch eigentlich suchte Karin hier nach einer Intuition. Wenn schon der Weltkrieg-zwei-Premier Churchill, wahrscheinlich an einer dicken Zigarre nuckelnd, beim Blick über den Rhein zu Erkenntnissen gekommen war, würde ihr ein kurzes Verweilen am Strom vielleicht auch zu klaren Gedanken verhelfen.

Sie lief an dem gemauerten Bollwerk gegen Hochwasser entlang in Richtung Weseler Rheinbrücke, der weite Blick, die zwar warme, aber frische Luft machten den Kopf tatsächlich frei. Der alte van de Sandt war tot, so viel stand für sie fest. Die Geschichte von Stefan, der Senior sei auf Sextour, an der bisher keine Zweifel aufgekommen waren, stimmte garantiert nicht, dazu war er schon zu lange unterwegs. Aber wieso hatte er dann den Einbruch gemeldet? Das passte nicht zusammen. Jemand, der brutal einen Toten entsorgt, geht davon aus, dass es keine Spuren mehr gibt. Warum lenkte er bewusst die Aufmerksamkeit noch einmal auf das Haus? Sollte das ein Ablenkungsmanöver sein?

Die Hauptkommissarin war weit gelaufen, hatte die letzten Straßen, die zum Deich hin endeten, bereits passiert, als ihr bewusst wurde, dass sie dringend zurück nach Wesel musste. Sie drehte abrupt um, jeder Schritt kostete Mühe, der Schweiß lief ihr den Rücken entlang. Sie würde morgen herausfinden, was da nicht stimmte. Stefans Befragung würde intensiv werden, und seine Frau würde sie ebenso löchern.

Als sie mit dem Auto die Rheinbrücke passierte, im Schritttempo, wie es an Werktagen bei der Fahrt von der linken Uferseite aus normal war, stellte sie sich vor, wie Stefan wohl reagieren würde, wenn sie ihm das Foto vorlegte.

Die beiden jungen Leute schienen geprägt von der Erziehung durch ihre Väter, hart, streng, nicht sehr empathisch. Es war wohl eher so, dass einem Kind nur der Ausweg blieb, sich emotional an jemand anderen anzulehnen, weil die väterlichen

Schultern schon so viel trugen und allein für Einkommen und Fortbestand des Familienbesitzes zu sorgen hatten. Die Väter hatten es selbst nie anders kennengelernt, und die Idee, sich Unterstützung zur Erziehung eines Kindes zu holen, war in ihrem Denken und Fühlen nicht vorgekommen. Offenbar hatten beide kein Gespür für die Bedürfnisse der Kleinen gehabt. Mensch, da hatte sie es mit ihrem Moritz anders hingekriegt. Was für ein Glück, dachte Karin, dass er immer seine Oma hatte, wenn ich ausfiel.

In Drüpt hatten sich zwei ganz unterschiedliche Menschen entwickelt, der eine, der sich schon sehr früh gegen die Viehzucht seines Vaters aufgelehnt hatte, vermutlich zur Enttäuschung seines Erzeugers. Bine schien erst vor Kurzem eine bewusste Grenze zwischen sich und ihrem Vater gezogen zu haben. Sie war dabei, aufzuatmen, und auf dem besten Weg, ihn aus dem Haus zu schubsen, in die Arme dieser seltsamen Frau, die sich an seine Seite gestellt hatte. Oder hatte er sich tatsächlich in ein warmes Land am Mittelmeer abgesetzt?

Das war nicht hundertprozentig klar, aber mittlerweile als wahrscheinlich einzuschätzen, Burmeester hatte diese Erkenntnis von der Befragung Elke Sommerlings mitgebracht. Sie hatte bestätigt, für ihn eine Kreuzfahrt auf einem Schiff namens »Costa Mare« gebucht zu haben, hatte sogar sauber abgeheftete Bestätigungen gezeigt. Er schipperte also tatsächlich über das Mittelmeer, und ja, diese wohlmeinende Frau hielt es für sehr gut möglich, dass der Sonderling vom Niederrhein auf eigene Faust weiterreisen würde. Er hatte so etwas angedeutet, wie es seine Art war, Elke Sommerling hatte es einfach akzeptiert, denn dem einsamen Wolf Gisbert Brömkamp würde nicht mehr zu entlocken sein. Sie hatte nur bedauert, ihre Fürsorge nicht ausleben zu können.

Warum sich diese Frau so gern um den verkommenen alten Schrat vom Bauernhof kümmern wollte, der Antwort auf diese Frage war Burmeester nicht näher gekommen.

Karin Krafft resümierte, sie sah es nicht als nötig an, die

begrenzten Kräfte der Mordkommission für eine sofortige Suche nach Brömkamp einzusetzen, dafür war er auch erst zu kurz unterwegs. Elke Sommerling konnte es zwar nicht mit Bestimmtheit sagen, aber sie glaubte laut Burmeester nicht, dass Brömkamp etwas dagegen hatte, dass sein Saufkumpan Willy van de Sandt niederrheinischen Boden in eine Seenplatte verwandeln wollte. In dem Fall hatte Brömkamp wohl kein Motiv, Willy van de Sandt etwas anzutun. Aber auffällig war es schon, dass er ausgerechnet am frühen Morgen des Fundes im Schweinstall abgereist war …

Selbst wenn der Tote im Stall Willy van de Sandt war, machte das jedenfalls seinen Sohn nicht zwangsläufig zum Täter. Sie mussten die übrigen Spuren weiterverfolgen. Sie würde ihre Leute gleich dransetzen und hier die Kräfte konzentrieren.

Auf dem Brömkampshof läuft die Generationenfolge anders ab, dachte Karin noch, da wird ein Vater aus dem Nest geworfen, damit die Jungen es weiter nutzen können. Auch nicht schlecht, man braucht klare Grenzen.

Am Abend saß Karin mit ihrem Handy auf dem Sofa, als Moritz sich erschöpft neben sie fallen ließ.

»Ist spät geworden heute«, sagte er. »Sabine war völlig durch den Wind, und ich habe alleine organisiert, dass die Wochenkisten rumgebracht werden.« Sein Blick fiel auf das Display von Karins Handy. »Was ist das?«

Karin legte ihr Handy zur Seite. »Der rekonstruierte Fuß eines Toten.«

Moritz nahm das Handy selbst zur Hand. »Komisch …«

»Was?«

»Nichts weiter. Ich finde es nur seltsam, dass ich solche Zehen vor Kurzem erst gesehen habe. Weißt du, wie das heißt?«

»Syndaktylie. Wir haben bis zu einer bestimmten embryonalen Phase alle solche Zehen, dann teilen sie sich. Vererbt oder durch Alkoholismus bedingt kann es sein, dass Zehen und auch Finger zusammengewachsen bleiben. Wird meist in ganz jungen Jahren operiert, wenn die vorhandene Haut zum Aufteilen reicht.«

»He, das nenn ich aber mal Ermittlung erster Klasse, du kennst dich aus.«

Er stand auf und hatte das Wohnzimmer schon verlassen, als Karin aufsprang und ihm nachlief. »Warte mal, lauf nicht weg. Was hast du gerade über die Zehen gesagt?«

»Ich sagte, dass mir so was schon begegnet ist.«

»Jetzt lass dir nicht alles aus der Nase ziehen. Wo sind dir solche Zehen begegnet, in Myanmar?«

»Nein, in Drüpt. Stefan hat solche Verwachsungen. Ich hatte das total vergessen, als Kind fand ich die immer genial, so was Besonderes. Erinnerst du dich nicht mehr, dass er im Sommer immer mit geschlossenen Schuhen durch die Gegend lief? Der hat bestimmt den schönsten Fußpilz vom Niederrhein, hast du dann gesagt. In Wirklichkeit wollte er nicht mit seinen Zehen auffallen. Als wir den überfluteten Keller bei ihm leer gepumpt haben, sind wir barfuß runtergegangen, und da fiel es mir wieder auf.«

»Stefan van de Sandt hat solche Zehen, da bist du dir ganz sicher?«

Moritz verstummte, schaute sie an. »Ich kann nicht glauben, was dir gerade durch den Kopf geht, ich sehe die Gedanken förmlich hinter deiner Stirn kreisen. Mutter, vergiss es. Du kannst nicht wirklich meinen, was du gerade denkst. Stefan hat solche Zehen, aber ansonsten hat er nichts mit deinem Fall zu tun. Rein gar nichts. Der ist ein Guter.«

***

Auf dem Parkplatz der Polizeibehörde sah Karin am nächsten Morgen das abgesteckte Feld im Grünstreifen, es wirkte frisch gewässert. Burmeester schien sich gekümmert zu haben und ging seiner spleenigen Idee, dort eine blühende Minilandschaft mit genießbaren Feldfrüchten entstehen zu lassen, weiter nach. Man brauchte eine Menge Idealismus für solch einen Plan.

Karin stockte auf dem Weg zum Eingang, ging zurück zu dem Streifen begossener Erde und dachte über Burmeester nach. Der war auch ein mehr oder weniger elternloses Kind, kein Vater, eine in höheren Sphären schwebende Mutter, die in der Nähe lebte und ihm mit ihrer esoterischen Art das Leben auf ihre Art schwer gemacht hatte. Er wahrte Abstand zu ihr, ganz erwachsen, traf Entscheidungen gegen sie, aber niemals mit völliger Gleichgültigkeit oder sogar Hass in den Worten. Nein, er schien mit sich und ihr im Reinen, wenn auch auf Distanz.

Karin bemerkte weder das Klingeln ihres Smartphones noch den Kollegen Burmeester, der in der obersten Etage des Hauses am Fenster stand, in der einen Hand sein mobiles Telefon, mit der anderen wild winkend. Sie bemerkte auch nicht die schemenhafte Figur, die sich hinter ihn stellte, und wie er sich schnell umdrehte, sein Handy vom Ohr nahm und das Klingeln in ihrem Rucksack verstummte.

Oben angekommen sah sie Burmeester und den Staatsanwalt auf dem Flur stehen, Haase mit verschränkten Armen, zwischen den Fingern der rechten Hand klemmte, nahezu lässig, eine abgenutzte dünne Aktenmappe. Keine Begrüßung – was er zu sagen hatte, trug er hart und bestimmt vor, es verschlug Karin Krafft fast den Atem.

»Wie lange wollten Sie mir das Ergebnis der Spurensicherung eigentlich vorenthalten?«

Heierbeck hatte garantiert nichts weitergegeben, Haase musste sein Team gelöchert haben. Cool bleiben.

»Welches Ergebnis?«

Er entknotete seine Arme, zog heftig bebend ein Papier aus der Mappe und hielt es ihr in Augenhöhe entgegen. »Das Ergebnis des DNA-Abgleichs Stefan van de Sandt mit Kamm und Zahnbürste aus dem Haus von Willy van de Sandt und dem Fußfragment natürlich, jetzt sagen Sie mir nicht, dass Sie es bisher nicht kennen.«

»Ich habe es tatsächlich noch nicht in Händen gehalten, wie lautet es?«

Haase ging erbost noch einen weiteren Schritt auf sie zu, Karin blieb stehen, nur keine Schwäche zeigen. Er bebte innerlich, sie sah eine Ader an seinem schweißbedeckten Hals pochen.

»Wie das Ergebnis lautet? Der Fuß stammt eindeutig von seinem Vater. Die ganze Geschichte mit den Baggerseen ist erlogen. Willy van de Sandt ist nicht mit seinem Auto verschwunden, der Alte wurde den Schweinen zum Fraß vorgeworfen, von seinem eigenen Sohn. Der zusätzliche Abgleich mit Kamm und Zahnbürste sagt eindeutig, dass es sich bei dem Fuß um van de Sandts Hinterlassenschaft handelt. Schuldig im Sinn der Anklage. Hier steht das Ergebnis, das ich als völlig ausreichend für die Ausstellung eines Haftbefehls bewerte. Ich habe das Schriftstück vorsorglich bereits ausgestellt und mitgenommen. Stefan van de Sandt wird heute noch verhaftet und dem Haftrichter vorgeführt.«

Karin Krafft lehnte sich auf, ging einen Schritt auf den Mann zu, der hektisch in seiner Mappe blätterte. »Seit gestern Abend weiß ich aus anderer Quelle ebenfalls, dass der Fuß Stefans Vater gehören muss. Doch wir haben recherchiert, es gibt Dinge, die nicht in ein angeblich geschlossenes Bild passen.«

Haase hatte sich gefangen und hielt den Schein aufrecht, für neue Details offen zu sein, sah seine Chefermittlerin aber mit hartem Blick an. Mit weicher Stimme ließ er Karin wissen, es sei nie falsch, sich mit Sachkenntnis für harte Nachfragen in einer Gerichtsverhandlung zu wappnen und gut zuzuhören.

Jetzt zog Karin alle Trümpfe aus dem Ärmel. »Wir konnten ermitteln, auf welchem Schiff sich Gisbert Brömkamp befindet, wir haben eine Aussage seiner Bekannten dazu, später bestätigte eine kurze Mitteilung der Reederei, er stehe auf der Passagierliste. Brömkamp ist laut Aussage seiner Tochter am Morgen des Fundes im Schweinestall früh abgereist. Was, wenn er seinen Nachbarn in der Nacht zuvor beiseitegeschafft hat? Weil sie vielleicht doch wegen des Verkaufs des Nachbargrundstücks an einen Auskieser aneinandergeraten sind?«

Sie erläuterte, wie das K1 außerdem dem Angestellten der Auskiesungsfirma Heuwels auf die Spur gekommen war. Ein gewisser Heribert Scholten habe, nachdem er mit dem verlorenen Papiertaschentuch konfrontiert wurde, schließlich zugegeben, dass er in Willy van de Sandts Haus eingedrungen war, um den Kaufvertrag zu finden, den er dort zur Unterschrift gelassen hatte. Er wollte ihn mitnehmen, weil er vom Verschwinden des Altbauern erfahren hatte und fürchtete, sein Sohn würde das Papier vernichten, damit das Land im Erbfall ihm gehöre.

»Wir müssen dieser Spur um den geplanten Verkauf des Hofes unbedingt nachgehen«, sagte Karin.

Haase ließ sich nicht erweichen. »Ich schätze, wie Sie für Ihre Sache kämpfen. Aber die Indizienkette ist nicht gebrochen. Es bleibt dabei, Stefan van de Sandt kommt vor den Haftrichter. Das war es, der Flur ist sowieso kein Ort für ein solches Gespräch.«

Haase pochte mit dem Finger energisch auf seine Mappe und wandte sich ab.

Karin war bestürzt. Warum ließ er sie auflaufen? Galten Argumente nicht mehr? Sie griff nach Haases Arm, wollte ihn festhalten. Er schaute verständnislos. Sein Blick warnte sie. Aber sie war zu aufgebracht, um einzuhalten. Hier und jetzt, informell auf dem Flur, musste ausgefochten werden, was über das Schicksal eines Tatverdächtigen entscheiden konnte.

»Aber der DNA-Abgleich beweist doch lediglich, dass der Schweinezüchter nicht mehr lebt. Es gibt keinerlei Beweise für die Täterschaft, Sie konstruieren hier einen reinen Indizienfall.«

»Stefan van de Sandt hat seinen Vater als Letzter gesehen. Sie schicken hier einen teuren Kriminalbeamten quer durch den Niederrhein, um nach dem Auto zu fahnden, das kann jede Streife übernehmen. Hätten Sie mehr Augenmerk auf intensive Befragungen gelegt, wäre er vielleicht eingeknickt.«

Burmeester wollte sich davonschleichen, Karins Handzeichen bedeutete ihm, er solle bleiben. Er verstand, vielleicht brauchte sie einen Zeugen für dieses Wortgefecht.

Haase ließ nicht locker. »Sie sind zu nachsichtig mit ihm umgegangen, ich kenne Sie anders, Frau Krafft, energischer.«

Karin stemmte die Hände in die Seiten. »Stefans Geschichte erscheint uns völlig glaubhaft. Außerdem hatte ich ein Gespräch mit seiner Frau. Einige Inhalte haben mich nachdenklich gemacht, wir sollten unser Augenmerk auch verstärkt auf Sabine Brömkamp-van de Sandt richten, die macht so einen harmlosen Eindruck, und ich weiß nicht, ob dies bloße Taktik ist. Die uns täuschen soll. Bitte überlassen Sie Stefan van de Sandt nicht Ihrer mit Verlaub vorschnellen Vorverurteilung, wir sind noch nicht fertig mit den Ermittlungen.«

»Meine Vorverurteilung? Was wollen Sie damit sagen? Ich habe objektive Entscheidungen auf rechtlich fundierter Basis zu treffen.« Haase näselte voller blasierter Empörung.

Es wurde laut auf dem Flur, als Tom Weber und Jerry Patalon aus dem Aufzug kamen. Sie sahen aus, als würden sie gern einem ersten Impuls folgen und wieder umkehren. Burmeesters strenger Blick aus dem Hintergrund hielt sie auf.

Haase war nicht zu stoppen. »Da ist Ihr Kollege von Aha anderer Meinung, er kann die Begründung des Haftbefehls durchaus nachvollziehen.«

»Ach, mit dem tauschen Sie sich aus, statt auf die Leitung des K1 zu warten, das ist ja interessant!«

»Auf jeden Fall ist er nicht so befangen wie Sie.«

»Sie werfen mir Befangenheit vor?« Sie wies auf die Bürotür ihres Kollegen. »Gero von Aha hat Stefan van de Sandt genauso wie alle anderen aus diesem Kommissariat im letzten Jahr bei Burmeesters Hochzeit kennengelernt. Hier sitzen gerade alle im selben Boot, Herr Haase, und ich werde diesen Haftbefehl nicht ausführen, solange nicht alle anderen Spuren ausgewertet sind, und das sage ich Ihnen in diesem Fall, wie ich es in jedem anderen auch machen würde! Die Sache ist noch nicht ausermittelt.«

Mit hochrotem Kopf stand der Staatsanwalt vor Karin, deren Nervenkostüm sich in sichtbar besserer Verfassung befand. Sie war laut geworden, ohne aggressiv zu wirken, im Gegensatz zu Haase, der bebend nach Worten zu ringen schien.

»Das ist Verweigerung einer Anweisung! Ich werde eine Dienstaufsichtsbeschwerde gegen Sie einreichen!«

Sie standen sich so nah gegenüber, dass sie ihren Atem spüren konnten. Hauptkommissarin Karin Krafft ließ nicht von ihrem Widerstand ab, wurde sogar wieder eine Spur leiser, es gelang ihr ein schmales Lächeln.

»Tun Sie, was Sie nicht lassen können. Rechnen Sie damit, dass ich mich ebenfalls über Sie beschweren werde.«

Gero von Aha öffnete seine Tür und sah die beiden an, die sich wie Streithähne gegenüberstanden, der eine wutentbrannt, die andere unbeugsam. Die anderen Kollegen hielten sich im Hintergrund. Die Atmosphäre war aufs Äußerste angespannt.

Haase ging an Karin Krafft vorbei zu Gero von Aha und drückte ihm den Haftbefehl mit einer Heftigkeit in die Hand, die den Papierbogen knittern ließ.

»Sie erledigen das. Ihre Chefin ist momentan nicht dazu in der Lage. Und wenn der Fall abgelegt ist, dann werde ich von meiner neuen Position aus veranlassen, dass Frau van den Berg sich Gedanken über die Effektivität und die Qualität der Leitung des K1 macht. Es gibt auch andere Kriminalbeamte, die fähig sind.«

Gero von Aha zögerte. Er versuchte, die Andeutung Haases zu überhören, die als Hoffnungsschimmer, als verkapptes Angebot für eine Beförderung zu verstehen war. Nein, so nicht.

Wie perfide diese Art, das K1 zu spalten, dachte von Aha noch. Dieser Staatsanwalt schreckte auch intern nicht vor Intrigen zurück, um den ersehnten Karrieresprung zu vollenden, von dem manche in der Polizeibehörde munkelten. Gero von Aha wollte nicht die Trittleiter sein.

»Herr Staatsanwalt, Sie riskieren viel, wenn Sie sich auf die Indizienkette verlassen. Eine Sache der Gerechtigkeit und eines gesicherten Verfahrens. Warten Sie doch bitte ab, wir brauchen etwas Zeit«, sagte er.

Es war ein untauglicher Versuch, Haase wollte das schnelle Ergebnis durchsetzen, es musste entschieden werden, jetzt. »Nichts da, von Aha. Sie übernehmen sofort.«

Der Staatsanwalt machte auf dem Absatz kehrt, verließ ohne ein weiteres Wort und ohne jemanden eines Blickes zu würdigen den Flur, drückte mit Vehemenz auf den Knopf, um den Lift anzufordern. Für einen kurzen Moment schien er in die Knie zu sacken, stemmte seine Hände gegen die Aufzugtür, fing sich wieder. Jerry Patalon schickte sich an, ihm zu helfen, schon öffnete sich die Tür lautlos, und Haase stieg ein.

Hauptkommissarin Karin Krafft ging zu Gero von Aha. Noch schien der verbale Schlagabtausch auf diesem Flur nicht beendet. Burmeester schlich in sein Büro, wählte die Nummer der Behördenchefin.

»Frau van den Berg? Kommen Sie rauf, schnell, der Staatsanwalt hat dafür gesorgt, dass es hier gewaltig kracht ... Ja, er hat den Haftbefehl gegen Stefan van de Sandt ausgestellt. Er hat ihn hiergelassen ... Was? Das können Sie nicht ernsthaft meinen. Es gibt noch zu überprüfende Personen im Umfeld des Verschwundenen, ich meine, des Toten, wir sind noch nicht durch ... Ich werde es ihr ausrichten.«

Er legte auf und lehnte sich zurück, sprach gegen die Wand. »Was ist bloß los? Drehen jetzt alle am Rad? Die Hitze weicht die Hirne auf.« Jetzt sollte Karin auch noch runter zur Berichterstattung und den Haftbefehl ernst nehmen.

Auf dem Weg vom Schreibtisch bis zur Tür nahm Burmeester sich vor, dieses Telefonat zu vergessen. Alles konnte passieren bei der Hitze.

Zurück auf dem Flur sah er nur Tom und Jerry, die noch immer an derselben Stelle verharrten. Er starrte auf den Boden. Dort, wo Karin und Gero gestanden hatten, lagen zerknitterte, unregelmäßig zerrissene Papierschnitzel. Das bedurfte keiner Erklärung, das sprach für sich.

Burmeester blickte auf zu seinen Kollegen. »Und nun?«

Auf dem Flur des Kommissariats 1 standen drei ratlose Kommissare.

DREIZEHN

Die Beweisaufnahme war offiziell für beendet erklärt worden, die Fallakte wurde geschlossen, ohne dass das K1 einen weiteren Tag ermitteln konnte. Staatsanwalt und Behördenchefin hatten sich auf das Ende des Einsatzes geeinigt. Sie ignorierten die anhaltende Empörung Karin Kraffts. Die Anklageschrift war in Rekordzeit verfasst worden, die Staatsanwaltschaft wollte Tatkraft demonstrieren. So kam es, dass die Verhandlung vor dem Landgericht zeitnah terminiert werden konnte.

Gisbert Brömkamp war immer noch nicht aufgetaucht, man ging davon aus, dass er sich weiter auf Reisen befand. Er war zwar ein schrulliger, aber auch ein freier Mann und konnte tun und lassen, was er wollte. Niemand vermisste ihn wirklich.

Karin Krafft war nicht als Zeugin vor das Landgericht geladen gewesen, wie es sonst üblich war, wenn es um einen von ihrem K1 überführten Täter ging, der des Mordes oder Totschlags angeklagt war. Sie hatte darauf bestanden, gehört zu werden, ihre Argumente im Vorfeld sachlich und vehement vorgetragen und Fragen beantwortet. Doch es schien dem Gericht zu reichen, die Ermittlungsergebnisse vortragen zu lassen. Sie fühlte sich, als habe man sie gezielt mundtot gemacht.

Nun wollte sie bei der Verhandlung zumindest anwesend sein, um den Staatsanwalt auf der rechten, der gerechten Seite des Saales mit ihren Blicken zu fixieren, er schaute in öffentlichen Verhandlungen gern zu den Zuhörern, ließ sein rhetorisches Können aufblitzen, sonnte sich im Anblick verblüffter Gesichter.

Karin hatte Haase oft genug erlebt. Er begegnete der Verzweiflung von Angehörigen mit Härte, reagierte ungehalten auf Schluchzer oder Zwischenrufe, die das Gericht so schnell wie möglich zu unterbinden versuchte. Damit war hier nicht zu rechnen, nur die Frau des Angeklagten, Sabine Brömkamp-van de Sandt, befand sich wenige Plätze von Karin entfernt, hockte stocksteif und mit versteinerter Miene da, als habe man sie sediert. Sie hatte ihren Mann nicht entlasten können. Ein paar Nachbarn aus der Bauernschaft, Maria Calvers, weinend, Moritz in der hintersten Reihe, mehr Sympathisanten konnte der junge Angeklagte nicht aufweisen. Moritz glaubte wie Karin nicht an Stefans Schuld, und er setzte alle Hoffnung auf weitere Ermittlungen seiner Mutter.

Haase sollte Karin sehen, sollte erkennen, dass sie in den Saal zurückgekehrt war, den sie nach der Verlesung ihrer Ermittlungsergebnisse durch den Staatsanwalt vorzeitig, untermalt vom Gemurmel im hölzern bestuhlten Zuhörerraum, verlassen hatte. Er sollte sich beobachtet, angestarrt, betrachtet wissen.

Alle an der Verhandlung Beteiligten waren nach über einer Stunde in den Saal zurückgekehrt und warteten auf die Geschworenen, deren Beratung sich länger als geplant hinzog. Alle waren gespannt auf die Urteilsverkündung, nachdem der Staatsanwalt, der kommissarisch in diesem Gericht auf seinem Stuhl saß, ein flammendes Plädoyer mit ständiger Wiederholung der seiner Meinung nach eindeutigen Indizien vorgetragen hatte, mit einer Inbrunst, die im Saal den Atem stocken ließ.

Sein Bravourstück sollte diese Verhandlung werden, so viel hatte Karin in Erfahrung gebracht. Er wollte, musste hier erfolgreich sein, denn klar war, dass in Düsseldorf sein neues Türschild bereitlag, um an sein Büro im Justizministerium geschraubt zu werden. Dieser Mordprozess würde das Ausrufezeichen werden hinter den vielen Verdiensten der letzten Jahre, der letzte Schub für Haases Karrieresprung in die Landeshauptstadt.

Er hatte viel Theatralik, juristische Brillanz und rednerisches Geschick in seine Ausführungen gelegt. Schuldig. Nur Bine hatte einen kehligen Laut von sich gegeben, kurz, als er bekräftigte, das hohe Gericht müsse seinem Antrag folgen. Seine Worte hallten im Kopf von Karin Krafft nach.

»Das Gericht kann in diesem Fall nur zu einem Urteil kommen. Ich beantrage hiermit lebenslange Haft wegen der besonderen Schwere, wegen der Niederträchtigkeit und Kaltblütigkeit, mit der der Täter sich seines Opfers, des eigenen Vaters, entledigt hat.«

Die Geschworenen traten einer nach dem anderen ein, ihr Sprecher überreichte dem Vorsitzenden Richter ein Schriftstück, alle Anwesenden erhoben sich von den Plätzen, nichts knisterte, kein Hüsteln. Stille erfüllte den Saal.

»Wie lautet Ihr Urteil?«

»Schuldig.«

Stefan van de Sandt stand an der Anklagebank, hielt sich an ihr fest und schien nicht zu registrieren, was der Sprecher gerade verkündet hatte. Für einen Moment dachte Karin, er würde zusammenbrechen, aber er blieb stehen. Das genaue Strafmaß würde er in der Urteilsverkündung hören.

Alle setzten sich wieder, er bekam wenig mit, nur einzelne Worte schienen zu ihm durchzudringen. Hauptkommissarin Krafft wollte, dass er hörte, wie sie den Saal nun endgültig verließ. Sie donnerte die Ausgangstür ins Schloss.

Das Gebäude verlassen konnte sie nicht. Stefan van de Sandt sollte wissen, was sie von seiner Verurteilung hielt, sie wollte sich von ihm verabschieden.

Auf dem Flur kamen ihr Presseleute entgegen, einige erkannte sie, die Menge war erstaunlich groß. Auch Hanne van Hagen war dabei, die Journalistin aus Wesel. Karin hielt sie auf.

»Wollen alle hier über das Fehlurteil berichten, das da drinnen gerade verkündet wurde?«

»Das Gericht hat entschieden, man kann es so oder so sehen.«

»Es ist falsch, dieses Urteil, der Mann ist unschuldig.«

»Warum gibt es dann keine Empörungsäußerungen von den Zuschauern oder den Vertretern der Presse?«

Die Medienleute bauten sich vor der großen Tür auf, sie

wurde von innen geöffnet, der Angeklagte wurde, flankiert von zwei Justizbediensteten, in Handschellen abgeführt. Karin hatte damit gerechnet, nicht zu ihm durchdringen zu können, lag mit dieser Einschätzung falsch, die Presse ignorierte ihn. So gelang es ihr, ihn kurz anzusprechen.

»Es tut mir echt leid, Stefan.«

»Sie haben getan, was Sie konnten, dafür bin ich dankbar. Jetzt bleibt nur die Revision, sagt mein Anwalt.«

»Viel Glück.«

Die Presseleute hatten ein anderes Objekt ihres Interesses gefunden. Sie umkreisten den Staatsanwalt und stellten Fragen zu seiner wahrscheinlichen Berufung ins Justizministerium. Den wollten sie auf dem Titelbild sehen, den Harten, den Gerechten. Wer sie wohl hergerufen hatte, damit sie ihm zujubelten?

Innerlich machte Karin Krafft schon kehrt, sie wollte nur weg. Sie blieb jedoch stehen, stieg drei Stufen der steinernen Treppe hinauf, damit er sie sehen konnte, wenn er aus seinem Erfolgstaumel auftauchte. Sie würde nicht weichen. Sie nahm vereinzelte Satzfetzen auf: »Bin stolz und froh … Sieg für die Gerechtigkeit … Ja, der Umzug nach Düsseldorf steht fest …«

»Dann sind wir den bald los in Wesel und am unteren Niederrhein. Ich bin nicht traurig drum«, sprach sie zu sich selbst.

Das Interview war beendet, Haase hatte seine Robe in die Aktentasche geknautscht und sah nun Karin Krafft vor sich stehen.

»Mit Ihnen will ich jetzt nicht sprechen«, sagte er.

Karin ging auf ihn zu. »Ich eigentlich mit Ihnen auch nicht. Erklären Sie mir, was hier gelaufen ist?«

»Sie wissen, man hatte einen fähigen Staatsanwalt als Krankheitsvertretung für den Bezirk Kleve gesucht. Von Duisburg aus habe ich den Fall am Anfang ja begleitet und den Haftbefehl ausgestellt, im Bereitschaftsdienst musste alles schnell und effektiv gehen. Da empfand ich es als meine Pflicht, bei der Staatsanwaltschaft Kleve einzuspringen und am Ende hier und heute zu beweisen, wie man mit einem menschlich so tragischen Fall umgehen kann.«

Sie wollte nicht glauben, was sie hörte. »Ein Schauprozess auf Kosten von Stefan van de Sandt? Ein Bauernopfer?«

»Was erzählen Sie da? Ich habe der Gerechtigkeit zum Sieg verholfen. Geben Sie endlich zu, dass Sie sich geirrt haben, Frau Krafft.«

Sie nickte vehement, übertrieben.

»Ja, ich habe mich ganz gründlich geirrt. Bis vor ein paar Wochen habe ich Sie für einen neutralen, gerechten Staatsanwalt gehalten.«

Er drehte demonstrativ ab und wollte gehen, auf eine solche Dreistigkeit würde er nicht reagieren.

Doch es kam noch härter.

Karin Krafft stellte sich ihm in den Weg. »Sie sind das Mieseste, was mir in all den Jahren in meinem Beruf begegnet ist.«

VIERZEHN

Die Gerichtsverhandlung im Mordfall van de Sandt war kein Thema mehr am Niederrhein. Über die Verurteilung des jungen Stefan war wochenlang geredet worden, es gab viele, die an der Gerechtigkeit zweifelten. Doch die Debatte war verebbt, jetzt, nach zwei Monaten, beschäftigten andere Aufreger die Leute, und in diesem Moment kam einer hinzu.

Am Rande des Kiessees sprach Roman Heidbüchler, der Leiter der Freiwilligen Feuerwehr des Deichdorfes Bislich, ein wenig zu theatralisch in sein Funkgerät. Am Ufer einer der vier Auskiesungen am Dorfrand, die nach den Planungen verschiedener Behörden miteinander verbunden werden sollten, um daraus eine von Wassersportlern und Bootstouristen nutzbare Seenplatte zu gestalten, standen die Wehrleute, warteten Polizisten und eine Einsatztruppe von Tauchern. Der Ton untereinander war rau, aber klar, die Atmosphäre zwar ernsthaft, aber von einer gewissen Lässigkeit bestimmt, wie es Übungen an sich haben.

Die Sonne schien und verschaffte dem Ganzen einen Hauch von Freizeitbeschäftigung. Die Abläufe waren gut einstudiert, dort an der Einstiegsstelle zum Wasser unweit vom »Strandcafé Storchennest«, wo die Bislicher Bevölkerung ihre Badestelle hatte. Hier durfte man seit dieser Saison im See schwimmen, wenn man denn Mitglied im Heimatverein war.

Plötzlich entstand Unruhe, irgendetwas Besonderes musste passiert sein, die Stimmung schlug in Sekundenschnelle um, denn neben dem Schlauchboot, dessen Fahrer die Einstiegsstelle sicherte, riss ein aufschwimmender Mann der Tauchereinheit wellenschlagend die Wasseroberfläche auf, gestikulierte wild, nahm den Atemschlauch ab und redete auf seine Begleiter im Boot neben ihm ein. Am Ufer wich die Lässigkeit unvermuteter Hektik.

Roman Heidbüchler war alarmiert und gab Zeichen an seine Mannschaft an Land, sich zu sammeln. Der Schlauchbootbesatzung befahl er sofortige Meldung. Er selbst rückte so weit es ging an die Wasserkante des Sees heran.

Roman Heidbüchler erreichte die Botschaft, dass zwei Autos am Grund gesichtet worden seien. Die schon algengrünen Wracks seien direkt hinter dem Flachwasser versunken. Dort, wo die gefährliche Illusion eines sanft abfallenden Sees endete, weil die Auskieser nach dem seichten Stück direkt steil in die Tiefe gebaggert hatten, damit sie so viel Rohstoffe wie möglich aus dem Boden holen konnten. Der Feuerwehrchef wusste, er würde jetzt seinerseits eine Botschaft absetzen müssen, um die für eine Autobergung vorgeschriebenen Schritte einzuleiten. Er funktionierte wie ein Uhrwerk.

Die Begeisterung hielt sich in Grenzen, alle herbeigeholten Kräfte dachten an die Mühen, zwei illegal entsorgte Schrottautos oder automobiles Diebesgut aus dem sanft plätschernden Wasser holen zu müssen. Das machte zwar mehr Spaß als zu üben, doch Feuerwehr und Polizei hatten eine lange Schicht vor sich.

Reporterin Hanne van Hagen beobachtete die veränderte Lage. Sie hatte ihr Redaktionsbüro in der Weseler Innenstadt verlassen, um live, aber in gebührendem Abstand von der Übung zu berichten. Nun hatte sie einen Tipp zugeraunt bekommen und beabsichtigte, die Neugierde um das Rätsel zweier verdächtiger Unterwasserautos ebenso lebhaft wie reißerisch zu beschreiben.

Als Erstes wurde ein VW Golf herausgezogen. Er war verrostet, restliches Rot hatte erfolgreich gegen den Verfall angekämpft, aber die Lackierung ihre Stabilität verloren. Die Bergung hinterließ weitere Spuren. Die Handgriffe der Einsatzkräfte saßen, es konnte zügig weitergehen.

Das Wasser war so trüb, dass der Taucher nicht erkannt hatte, ob das zweite Wrack stabil war und ob etwas im Inneren lag. Die Männer hatten genug damit zu tun, die Seile des kräftigen Krans zu fixieren. Dann surrte der Motor der Winde, und der Wagen kam langsam hoch. Hanne van Hagen sah, als die Karosserie ein wenig aufgetaucht war, dass er mit Schlamm gefüllt war.

Am Haken des Krans auf dem Wagen des Bergungs- und Abschleppdienstes schwang das zweite Auto langsam hoch, aus den Türspalten und geborstenen Seitenfenstern ergoss sich das Wasser schwallartig. Hanne van Hagen griff zum Fotoapparat. Sie identifizierte einen Mercedes von undefinierbarer Farbe. Das war bis hierhin unspektakulär. Doch als der Taucher den Polizisten die Nummer des Kennzeichens zufunkte, reagierten alle nervös. Man begann zu telefonieren, die Reporterin wurde abgedrängt und harsch des Platzes verwiesen. Ein Polizeibeamter versuchte, die Bergungsstelle abzuriegeln. Der andere informierte die Kreisleitstelle in Wesel.

»Ja, die Hauptkommissarin muss kommen, wir haben da einen Verdacht. Und Staatsanwalt Haase gleich mit. Das stinkt hier nicht nur nach Brackwasser …«

Die Reporterin war von den Satzfetzen alarmiert, sie setzte die wenigen gehörten und teilweise erahnten Informationen zusammen. In der nächsten Sekunde war sie wieder abgelenkt. Das Fahrzeug kam ruckartig höher, seine stumpfe hellblaue Lackierung schimmerte allmählich durch die Algenschicht, dunkle Streifen von Rost an den Kanten harmonierten in eigenartiger Bräune mit dem aufgewirbelten Schlick.

Als der alte Mercedes am Stahlseil in Richtung Land gehoben wurde, machte der Bergungstrupp einen Fehler. Der Kran zog den Wagen senkrecht hoch aus dem Baggersee. Der vordere Teil des Wagens hing vollständig nach unten. Der Schlamm und das mittlerweile trübe, weil aufgewühlte Wasser drückten von innen auf die Frontscheibe. Es lastete ein gewaltiges Gewicht auf dem Autoglas. Jetzt krachte es, die Scheibe zersplitterte, und alles, was im Wageninneren war, brach sich sturzartig Bahn und schlidderte in den See. Schwerer Schlamm. Und auch etwas, das wie Kleidungsstücke und von der Form her wie ein aufgeschwemmter Körper aussah.

»Komplettes Desaster«, sagte Roman Heidbüchler lakonisch. Dann kam eine verzweifelte Art von Hektik auf. Polizisten und Feuerwehrleute ahnten, dass sie die Kompliziertheit dieser Bergung unterschätzt hatten. Dieser Sturz des Wageninhalts ins Wasser musste einfach wertvolle Spuren vernichtet haben. Wie es gelaufen war, war es fatal.

Hauptkommissarin Karin Krafft bestätigte wenig später: »Garantiert wurden hier wichtige Beweise zertrümmert. Auf einen Schlag.«

»Es hatte aber niemand gewusst, was oder wer da im Wagen war«, verteidigte sich einer der Polizisten. Das stimmte und stimmte auch wieder nicht. Die Verfahrensvorschriften waren nicht eingehalten worden, das war klar.

Karin sah jedoch keinen Sinn darin, in eine Auseinandersetzung über Formalien zu gehen. Wichtig war jetzt, die menschlichen Überreste zu bergen, sie mussten untersucht werden, die Leiche würde man wahrscheinlich identifizieren. Ob es Klarheit über Gewalteinwirkung oder nicht geben würde, das war eine andere Frage.

Dabei ahnte die Hauptkommissarin längst, um wen es sich bei dem Toten handelte. Nicht nur das Kennzeichen gab Auskunft, das war per Halterabfrage geklärt worden. Auch die Beifahrertür war ein Hinweis, denn sie klemmte derart, dass die Feuerwehr sie mit einem hydraulischen Spreizer aufstemmen musste.

Was jeder gesehen hatte, war, dass es ein nicht ganz alltägliches Auto war, das da am Haken hing. Die meistgebaute Reihe, 203 C, die hellblau durchschimmernde Restlackierung, sehr viel mehr Rost als früher, die picklig-braunen Beulen an den Kanten und Schweißnähten, als das Gefährt und sein Fahrer noch unterwegs waren. Außerdem stank es am Ufer nach Heizöl, das schmierige Zeug kam aus dem Tank gelaufen und versetzte die Feuerwehrleute erneut in Alarmbereitschaft. Hier durfte nichts ins Wasser fließen oder in den Untergrund sickern.

Die Reporterin war noch vor Ort und gestikulierte, sie ahnte, was passiert war, denn sie hatte über den Fall, in dem es auch um den Verbleib eines solchen Wagens ging, schon geschrieben. Karin nickte ihr zu. Ja. Beide wussten, um was und wen es hier ging.

Staatsanwalt Haase wusste es auch. Er war Tatkraft und Souveränität ausstrahlend zum Fundort geeilt und hatte sich berichten lassen. Nein, nicht nur der Wagen, wahrscheinlich auch die Überreste eines bestimmten Fahrers waren hier aufgefunden worden. Haase zuckte nervös, wollte etwas erwidern, schwieg.

Es war sein großer Fall gewesen, in die schnelle Aufklärung hatte er seinen Ehrgeiz gesetzt, um endlich, endlich diese langweilige Provinz zu verlassen und gegen eine Karriere in Düsseldorf einzutauschen. Dort gehörte er hin. Er wusste von der bis jetzt vergeblichen Suche nach dem alten Mercedes, er hatte den letzten fehlenden Beweis systematisch kleingeredet. Er hatte trotzdem auf »schuldig« plädiert und mit einer angeblich bruchlosen Indizienkette Stefan van de Sandt ins Gefängnis gebracht. Lebenslang.

Haase wurde bleich, als die Taucher den Körper bargen, und sagte kein Wort. Er fürchtete, dass er Schuld auf sich geladen hatte. Ihm wurde übel, er wankte im glitschigen Matsch des Ufers. Wenn die gefundene Leiche der alte Bauer war, dieser ertrunken war, kein Mord, dann war er verantwortlich für ein Fehlurteil.

Aus für seine Laufbahn. Ansehensverlust, lebenslang. Wie sollte er seine Schuld an Stefan van de Sandt wiedergutmachen?

Der Staatsanwalt schwankte, er fiel in sich zusammen, ein Ausfallschritt konnte seinen Sturz in Kies und aufgeschwemmten Matsch am Wasserrand nicht verhindern.

Karin Krafft rührte keinen Finger, um ihn aufzufangen.

***

Die Entlassung von Stefan van de Sandt stand unmittelbar bevor, Karin Krafft hatte in ihrer Funktion als Hauptkommissarin im Gefängnis angerufen und den Zeitpunkt erfragt. Heute, gegen zwölf Uhr.

»Leute, noch eine Stunde, er packt gerade seine Sachen zusammen, das wird knapp.«

Es wurde geschäftig im K1. Sie hatten zunächst geplant, zu dritt oder viert vor dem Gefängnis in Pont auf den jungen Mann zu warten, die Männer vom K1. Karin hatte sich distanziert, stellte sich männliche Begrüßungsrituale wie ewiges geräuschvolles Klopfen auf die Schultern vor, das Aufzischen von Bierdosenverschlüssen, das Aneinanderstoßen der Metallbehälter, die klebrige Sauerei des verschütteten Inhalts, lautes Abschlürfen des Schaumes, der hervorquoll. Mit einem grölenden Bullen-Spalier wollten sie ihn begrüßen.

Karin wies zur Wanduhr. »Wenn ihr jetzt nicht startet, dann nimmt er sich ein Taxi.«

Ein Anruf zwang sie, das Begrüßungskomitee jäh zu reduzieren, ein neuer Einsatz verlangte, dass lediglich einer von ihnen losfuhr. Die Wahl fiel nicht aus Zufall auf Gero von Aha, der sich in den Hintergrund geschoben hatte, weil er in der Vergangenheit eine Weile nicht hinter Karin und ihrer felsenfesten Unschuldsvermutung gestanden hatte.

Sie deutete auf ihn. »Du kannst dir heute den Ablass für deine abtrünnigen Gedanken verdienen. Ich sage Bescheid, dass er auf dich warten soll.«

So fuhr er los und dachte nach. Bisher waren die Bemühungen des K1, den Aufenthaltsort von Gisbert Brömkamp ausfindig zu machen, im Sande verlaufen. Sie hatten sich weiter mit dem Thema beschäftigt, doch es war noch nicht genug Zeit für eine Vermisstenfahndung vergangen. Offiziell ermitteln konnten sie nicht. Alles tauchte wieder vor Geros geistigem Auge auf, die Wut seiner Chefin auf Haase, der Konflikt innerhalb des Kommissariats, die Resignation. Dabei hatte Stefan die Wahrheit gesagt. Er war unschuldig.

Gero von Aha setzte zwischen Issum und Geldern sein Blaulicht ein, raste weiter über die B 58, bis er links auf den Möhlendyk abbog und auf den ummauerten Gebäudekomplex zufuhr. Fünf vor zwölf.

Vom Parkplatz aus führte ein Zebrastreifen zu einem Tor, es würde sich nicht öffnen, um einen einzelnen Mann mit Koffer und Tasche in die Freiheit zu entlassen. Denn der stand schon davor und schaute ungläubig auf den Wagen, der vor ihm hielt. Hier wurde selten jemand von einem Kommissar in die Freiheit gefahren.

»Ich soll von der Hauptkommissarin grüßen, sie selber ist beschäftigt, und ich bin die auserwählte Delegation. Los, einsteigen und ab nach Hause.«

Stefan van de Sandt hob sein Gepäck in den Kofferraum.

Gero von Aha fragte: »Blaulicht?«

»Besser nicht, sonst dreht Bine durch. Wieso, warum das hier?«

Gero von Aha fuhr los. »Aus Sympathie für Sie und aus Antipathie für den Staatsanwalt. Mucke?«

»Nein, besser nicht ablenken, ich bin so froh, ich möchte den Motor hören, der mich nach Hause bringt. Ich habe etwas Geld dabei, ich will einen Blumenstrauß kaufen.«

»Machen wir.«

Einen Strauß roter Rosen hatte er im Arm, als er aus dem Geschäft an der Hartstraße kam.

Von Aha staunte. »Donnerwetter, das nenne ich Liebe.«

Stefan van de Sandt grinste nur breit.

Auf dem Weg nach Alpen wurde er ernster, druckste herum, stellte schließlich die Frage, die schon lange in ihm schlummerte. »Wissen Sie eigentlich inzwischen, wessen Fuß da im Stall gefunden wurde?«

Ein Thema, das von Aha von selbst nicht angesprochen hätte. »Sie kennen die unterschiedlichen DNA-Beweise, die es gibt?«

»Ja, angeblich ist der Fuß von meinem Vater. Aber mein

Vater lag im Baggersee, eindeutig, mit allen Gliedmaßen und mit einem Herzen, das ihn wohl nach einem Infarkt handlungsunfähig gemacht hat. Die Obduktion hat das ja ergeben, soweit ich informiert wurde. Der ist im geliebten alten Auto im See untergegangen. Ohne Fremdeinwirkung. Deshalb verstehe ich das alles nicht.«

»Wir auch nicht, glauben Sie mir. Die Spurensicherung hat lauter Vergleichsproben gemacht, es bleibt bei dem Ergebnis. Willy van de Sandt ist nicht Ihr Vater. Ihrem Vater gehörte der Fuß im Stall. Jemandem mit verwachsenen Zehen, wie Sie sie haben. Ist Ihnen nie jemand mit dem gleichen Merkmal begegnet?«

Stefan dachte nach, schüttelte den Kopf. »Die alten Bauern tragen immer Schuhe, im Stall und auf dem Feld geht barfuß nicht. Ich wüsste nicht, wo mir diese Zehen schon begegnet sein sollten.«

Er lachte bitter. »Da hat Vadder mich mit aller Mühe, aber wenig Liebe großgezogen, und ich trage am Fuß das Erbstück eines anderen. Ich bin gar nicht sein Sohn, das ist doch krass, oder? Vielleicht ist meine Abneigung gegen Schweine genetisch bedingt.«

Gero von Aha bog von der B 58 rechts nach Drüpt ab. »Wer weiß, alles ist drin.«

***

Sie lagen sich lange in den Armen, die roten Rosen verstreut um beide herum, weil Bine sie vor Glückseligkeit fallen gelassen hatte. Stefan konnte vor Rührung nicht sprechen, als er endlich wieder daheim war, seine Bine in die Arme nahm. Sie hatte ihn zwar regelmäßig im Gefängnis in Pont besucht, jeglicher Körperkontakt war jedoch strikt untersagt gewesen. Er strich ihr voller Zärtlichkeit über das Haar und strahlte sie an.

»Gut siehst du aus. Ich habe dich so sehr vermisst, ich

konnte mich schon gar nicht mehr dran erinnern, wie es sich anfühlt, dich zu umarmen.«

Er schaute an ihr vorbei und bemerkte den Esstisch, festlich gedeckt. Es sollte zwei Gänge geben und Dessert, das Besteck zu beiden Seiten der Teller war nach alter Tischsitte platziert, eine Serviette lag auf dem Porzellan mit Blumendekor.

»Mensch, Porzellan und Blumen in der Vase. Und du hast bestimmt was herrlich Leckeres gekocht.«

Bine lächelte gelöst und glücklich. »Natürlich, dein Lieblingsessen. Ich bin so froh, dass du zurück bist.«

Sie bückte sich, um die Rosen aufzuheben, lief in die Küche, suchte eine Vase, hörte Stefan, der noch immer an derselben Stelle stand, sagen: »Du hast es ja so schwer gehabt. Hat sich die Kundschaft beruhigt, sind sie alle noch da?«

Sie tauschte die Vasen auf dem Tisch, die Rosen passten farblich perfekt.

»Drei oder vier haben die Wochenkisten abbestellt, aber alle anderen waren gleich der Überzeugung, dass du unschuldig bist, keiner blieb fern. Im Gegenteil, sie haben Freunde und Nachbarn angeworben, damit ich viel Umsatz habe. Ich biete jetzt regelmäßig Kuchen von der ›Kriemhildmühle‹ an, dem Biobäcker in Xanten, das kleine Café macht sich gut. Moritz hat super mit angepackt. Du, der hat sogar den Führerschein gemacht, damit er die Lieferungen rundbringen kann. Komm, lass uns essen.«

Er nahm sie bei der Hand und zog sie in die Diele, wollte mit ihr hinauf ins Schlafzimmer. Er stockte. Die Garderobe war leer, die Schuhe ihres Vaters standen nicht darunter. Es roch anders hier, nicht wie sonst nach einem dünstenden alten Mann.

»Sag mal, du hast mir doch beim Gefängnisbesuch erzählt, dass dein Vater wieder da ist. Ich hatte dich nach ihm gefragt. Ist er jetzt schon wieder im Urlaub?«

Bine schaute ihn neckisch an, küsste ihn auf den Mund. »Das ist doch jetzt egal, komm …«

Stefan blieb vor der Treppe stehen. »Bine, ich meine das ernst. Sag mir, wo der Gisbert ist. Hast du mich belogen?«

Sie lief einige Stufen vor, setzte sich aufreizend breitbeinig hin. »Keine Sorge, er wird uns nicht stören, er kommt nicht zurück.«

»Was heißt das? Wohnt er jetzt bei dieser, wie hieß sie noch, Sommerling?«

Bine begann, ihre Bluse aufzuknöpfen, und schob sich Stufe für Stufe nach oben. »Nein. Er wohnt nirgendwo. Frag jetzt nicht weiter und komm, sonst verdirbst du noch die Stimmung. Ich bin so geil auf dich, komm endlich.«

Stefan kam langsam, Stufe für Stufe hinauf. »Bine, ich frage dich noch mal. Was heißt das, er kommt nicht mehr?«

Sie saß auf dem oberen Absatz und schwieg. Wie ein Kind, das etwas angestellt hat, etwas sehr Böses getan hat. In Stefans Kopf rotierten die Gedanken.

Seinen Vater, den Willy van de Sandt, hatte man in seinem Wagen aus dem Wasser gezogen. Nach zwei Monaten. Jedenfalls den Mann, den er sein Leben lang als seinen Vater gekannt hatte. Papiere, Zahnstatus, alles besagte, dass der Mann aus dem Baggersee Willy van de Sandt war. Nur hatte er noch beide Füße komplett gehabt. Und der Fuß aus dem Schweinekoben hatte seine Gene und die gleichen verwachsenen Zehen wie er selbst. Er konnte das nicht zu einer Erklärung zusammenfügen, und, wie er vorhin erfahren hatte, die Kripo tappte an diesem Punkt ebenfalls im Dunkeln.

Bine sah von oben, dass etwas in ihm vorging, und schüttelte den Kopf, Tränen schossen ihr in die Augen.

Plötzlich schrie sie los. »Er hat es mir an dem Abend vor seiner Reise gesagt. Kein Kind, nie Mutter sein.«

Stefan hielt sich am Geländer fest, konnte nicht glauben, was er da hörte. Zitterte. »Was denn?«, fragte er. »Und wann war das, wir beide haben doch an dem Abend noch zusammengesessen.«

Bine wurde leiser, schaute an ihm vorbei. »Ja, und du warst so müde und bist vor mir ins Bett gegangen.«

»Ich versteh das nicht, du hattest ihm doch klipp und klar gesagt, dass er dich in Ruhe lassen soll. Ich dachte, das hätte funktioniert. Es hat mich gewundert, dass du ihn zum Bahnhof gefahren hast. Typisch Bine, habe ich gedacht, zu nett für diese Welt.«

Sie stand auf, knöpfte die Bluse zu und strich sich den Rock glatt. »Ich habe das extra für dich angezogen, ich dachte, du magst mich mal in richtig weiblichen Klamotten sehen.«

»Lenk jetzt bitte nicht ab. Bine, ich will jetzt wissen, was er dir gesagt hat und wo dein Vater ist.«

»Vermisst du ihn so sehr? Den alten Stinker?«

»Meine Güte, jetzt lass mich nicht so zappeln. Was? Hat? Er? Dir? Gesagt?«

Langsam stieg sie die Stufen hinab, kam auf ihn zu, schmiegte sich an seine Brust. »Das willst du nicht wissen. Aber du musst wissen, dass ich dich liebe. Egal, was geschehen ist, hörst du?«

Er schlang seine Arme um sie, schnupperte an ihrem Haar, roch das bekannte Shampoo, ein wenig nach Pfirsich duftend. Er küsste sie auf den Kopf und löste sich vorsichtig aus ihrer Umarmung, nahm ihr Gesicht in die Hände, schaute in ihre blauen Augen.

»Verrate mir, was er dir gesagt hat, ja?«

Sie lief wieder nach oben, sah vom Geländer aus auf ihn hinab. »Erst kommst du nach oben, ja? Lass uns miteinander schlafen, danach essen, und dann erzähle ich es dir.«

Er kam langsam auf sie zu, angespannt und gar nicht erotisch gestimmt. »Umgekehrt. Du sagst es mir zuerst. So schlimm kann es nicht sein, ich weiß doch, wie fies er sein konnte. Los, sag's mir, Baby.«

Er stellte sich neben sie, stieß sie auffordernd mit der Hüfte an, immer wieder, bis sie lächelte, um sofort wieder ernst zu werden. Leise, ganz leise flüsterte sie ihm ins Ohr, was er wissen wollte.

»Er hat gesagt, dass es besser ist, wenn wir keine Kinder

kriegen, weil du sein Sohn bist. Sein Sohn, verstehst du? Er hat es gewusst, er allein, die ganze Zeit über hat er es gewusst, und als ich nichts mehr mit ihm zu tun haben wollte, da musste er mir diesen letzten Stich versetzen.«

Stefan richtete sich in Zeitlupentempo auf. Das konnte er nicht richtig verstanden haben, das hatte sie nicht gesagt, nein.

»Was? Aber ich … ich meine, wir … Aber ich liebe dich doch.«

»Dann komm mit ins Schlafzimmer, heute klappt es, bestimmt. Ich habe das im Gefühl.«

Geschwisterliebe. Was hatte er jemals darüber gehört, außer der Tatsache, dass es verboten war, die eigene Schwester zu heiraten.

»Bine …«

»Komm …«

Die Erkenntnis wuchs langsam in Stefan. Sie wollte eigentlich nicht raus aus seinem Kopf, der unfassbare Gedanke dehnte sich aus, bis er meinte, sein Schädel würde explodieren.

»Wenn der Fuß im Stall die gleichen Zehen wie ich hatte und die gleiche DNA …«

Bine weinte, er hielt sie fest, bereit, sie zu trösten. Bereit zu allem, Hauptsache mit ihr.

Tränen flossen über ihre Wangen, als sie sich erneut in seinen Arm schmiegte und flüsterte: »Ich wollte das nicht, das musst du mir glauben. Er war so böse an dem Abend, er lachte, nannte dich eine Platzpatrone, was in unserem Fall ja wohl auch besser sei. Das alles sei die Strafe für unsere Hochnäsigkeit, kein Fleisch hier, kein Plastik da, Alpaka, tralala.«

»Und ein paar Stunden später ist er einfach in den Süden gereist und hat dich mit seinem Geständnis alleine gelassen?«

»Nein. Er ist nirgendwo hingefahren. Die Kreuzfahrt war gebucht, und ich habe dafür gesorgt, dass das auch jeder wusste, man sollte nicht nach ihm suchen. Selbst die Polizei hat nicht weitergeforscht.«

»Was heißt das? Jetzt komm, sag schon.«

Bine atmete tief durch. »Ich habe ihm die alte Milchkanne, in der die Regenschirme stehen, über den Kopf gehauen. Das passierte einfach, ich wollte das nicht, mit einem Griff die Schirme raus, angehoben, mich damit gedreht, ihm an die Schläfe geschleudert. Ich höre noch, wie überrascht er einfach ›Sabine‹ sagte, und dann lag er auf dem Boden. Mit der Schubkarre habe ich ihn in die Futterkammer gebracht, das war eine ganz schöne Plackerei, und dann …«

Stefan spürte seinen Herzschlag, er dachte an den Häcksler, mit dem hartes Futter zerkleinert wurde. Was erzählte ihm seine Frau gerade? Es sprudelte förmlich aus ihr heraus, als müsse die Wahrheit endlich ausgesprochen werden.

»… habe ich alles vermischt und an die Schweine verfüttert und anschließend geschrubbt, wieder und wieder. Ich konnte nicht wissen, dass ausgerechnet der Willi nicht alles auffrisst. Und nach dem Einbruch bin ich dann rüber und habe die Zahnbürste und andere Sachen im Badezimmer gegen Gisberts ausgetauscht, weil ich dachte, dass die Polizei das Haus gründlich durchsucht und vielleicht noch mal Spuren vergleichen will.«

Es dauerte ein paar Minuten, bis ihre Schilderung in seinem Bewusstsein angekommen war, sein Herzschlag erhöhte sich ins Unerträgliche. Seine Frau eine Mörderin. Er, ihr Mann, verurteilt für ihre Tat. Schicksalhaft, wie zum Ausgleich.

Wäre sein Vater nicht zufällig in seinem ehemals himmelblauen Sarg gefunden worden, würde sich abends die schwere Gefängnistür immer noch hinter ihm schließen, das Licht gelöscht werden und ein Tag dem nächsten gleichen.

Tage, Monate, Jahre seines Lebens hinter Gittern, während sie mit ihrem Geheimnis den Hof führte und auf ihn wartete. Grotesk.

Sie hatte sich beruhigt, beide standen fassungslos oben auf der Treppe, sie blickte zu ihm hoch, wollte ihn küssen, er drehte den Kopf zur Seite. Er schaute seine Hände an. Dann hob er sie.

»Du hättest mich kaltblütig im Knast verrotten lassen.«
»Was hätte ich machen sollen, Stefan? Stefan!«
»Neiiiin!«

***

Karin Krafft hatte ihren Plan aufgegeben, sich versetzen zu lassen, als Staatsanwalt Haase seinen Abschied einreichte. Behördenchefin van den Berg hatte sich kleinlaut bei ihr entschuldigt, und selbst Gero von Aha hatte Worte der Reue über die Lippen gebracht, dass er sich von Staatsanwalt Haase hatte vereinnahmen lassen.

Nun war Stefan van de Sandt rehabilitiert. Er hatte den ersten Abend und die erste Nacht in Freiheit mit seiner Frau verbracht und stand bestimmt schon in seiner Arbeitshose im Gewächshaus, nahm Karin an.

Sie saß zu Hause auf der Terrasse, die Samstagszeitung lag noch zusammengefaltet neben dem opulenten Frühstück, das Moritz und Maarten zubereitet hatten. Moritz freute sich darauf, Stefan auf dem Hof wiederzusehen, blieb ansonsten bei seinen Lebensplänen, aß immer noch gern nach asiatischer Art Reis in der Frühe, und Karin hatte bereits mit seiner Freundin in Myanmar per Skype gesprochen. Sie schien sehr nett zu sein. Hannah brachte ihr das Smartphone aus der Diele. Niedlich sah sie aus mit dem Bauernzopf, den Maarten ihr geflochten hatte. Was der alles konnte, ein toller Papa.

»Mama, es klingelt die ganze Zeit, und du hörst es nicht.«

Karin bedankte sich. Ein Blick auf das Display ließ ihre Samstagslaune sinken. »Ach, die Leitstelle, und ich habe Bereitschaft.«

Flott ging sie ins Haus, um zu telefonieren, streifte dabei die Zeitung, die zu Boden rutschte.

Kurz darauf kam Maarten aus der Küche und sah sie in der Diele an die Wand gelehnt hocken. »Karin, Liebe, was ist? Geht es dir nicht gut?«

Sie blickte auf, schüttelte den Kopf.

»Der Kreislauf?«

»Nein, ich muss zu einem Tatort.«

»Das ist nichts Neues in deinem Job, da hockst du sonst nicht so an der Wand.«

»Ich muss wieder nach Drüpt. Auf dem Brömkampshof liegt eine tote Frau im Haus. Stefan van de Sandt hat heute früh bei der Polizei angerufen und durchgegeben, er hätte seine Frau im Streit die Treppe hinuntergestoßen. An der Schulter gepackt und dann ein heftiger Schubser. Verstehst du? Er hat nicht gesagt, sie sei gefallen, nein, er wird gerade von zwei Streifenbeamten bewacht, weil er behauptet, er habe sie umgebracht.«

Maarten reichte ihr seine Hände und zog sie auf die Beine. »Das kann nicht wahr sein. Warum nur?«

»Er redet nicht mehr, sitzt da, stiert vor sich hin, ist in einer anderen Welt, berichten die Kollegen. Du sagst Moritz bitte nichts, das übernehme ich, wenn ich zurück bin.«

»Ist okay. Wie grausam. Pass auf dich auf, ja?«

Sie nickte, schnappte sich den Rucksack, nahm die Autoschlüssel, küsste ihren Mann und verließ das Haus, ohne sich von den anderen zu verabschieden.

Maarten ging auf die Terrasse, hob die Zeitung auf und setzte sich zu Moritz und Hannah. »Eure Mutter muss arbeiten.«

Auf der Titelseite der Zeitung prangte eine Schlagzeile, die ihm ins Auge sprang: »Skandal um Ex-Staatsanwalt vom Niederrhein. Nach eklatanten Fehlern im Amt ohne Aussicht auf Posten im Justizministerium«.

Maarten wusste genau, um wen es sich handelte. Der Mann hatte seine Frau um ein Haar aus ihrem Kommissariat in Wesel vertrieben, weil sie nichts mehr mit ihm zu tun haben wollte. Er hatte die Gerechtigkeit aus Eigeninteresse ausgehebelt.

So richtet sich alles, dachte Maarten.

Danksagung

Man muss sich nur umschauen. Am Niederrhein haben die Alpakas Einzug gehalten. Auf immer mehr Bauernhöfen oder Hofstellen werden sie gehalten. Neugierig, wie sie sind, schauen sie an vielen Orten mit Knopfaugen auf die Besucher. Gnädig laufen sie in ihrer majestätischen Art an die Zäune und lassen sich streicheln. Wenn sie nicht gerade mit ausgeruhter Weisheit und schlauer Distanz die betrachten, die da ihrerseits neugierig näher kommen.

Die faszinierenden Tiere passen ins Hesse/Wirthsche Beuteschema, was die Titel unserer Krimi-Reihe vom Niederrhein betrifft. Dafür muss man die richtigen Informationen über Alpakas sammeln, was uns mit Hilfe von Gabi und Dr. Wolfgang Rasim gelungen ist. Sie standen uns mit Hinweisen zu Ernährung, Zucht und feinster flauschiger Wolle oder zu den unterschiedlichen Charakteren zur Seite. Wir durften auch für ein Werbevideo hinters Gatter zur kleinen Alpaka-Herde im Hamminkelner Ortsteil Ringenberg.

Wir bedanken uns für die Zeit, die die Rasims für uns erübrigten, für die schöne Atmosphäre am derben Tisch in ihrem Land-Café »Alpakas am Schloss«, den naturtrüben Apfelsaft, den hausgemachten Kuchen und den Blick auf die Türme von Schloss Ringenberg. Es war ein bisschen wie Urlaub auf dem platten Land.

Renate Wirth und Thomas Hesse im Oktober 2019

Thomas Hesse/Renate Wirth
DIE ELSTER
Broschur, 224 Seiten
ISBN 978-3-89705-629-9

»Eine niederrheinische Familiensaga der besonderen Art.« Rheinische Post

»Die Szenen sind für Niederrheiner deshalb so interessant, weil sie an realen Orten spielen und das Kopfkino beim Leser so automatisch Unterstützung bekommt.« NRZ Wesel

Thomas Hesse/Renate Wirth
DIE EULE
Broschur, 256 Seiten
ISBN 978-3-89705-769-2

»Die Verwicklungen setzen sich in bester Thriller-Manier am Ende komplett zu einer Geschichte zusammen. Besonders eindringlich ist die Darstellung der Figuren gelungen, ihre jeweilige Farbe, ihre eigene (Sprach-) Melodie, ihr Witz. Gut, dass kluger Humor und Herz dabei sein dürfen.« Rheinische Post

»Humorvolle und spannende Handlung!« Niederrhein Nachrichten

www.emons-verlag.de

Thomas Hesse/Renate Wirth
EULENBLUES
Broschur, 272 Seiten
ISBN 978-3-89705-930-6

»Renate Wirth und Thomas Hesse, das Krimiduo von beiden Seiten des Rheins, wissen, wie man im Team Spannung erzeugt.« NRZ

»Mit farbig ausgemalten Szenen, Humor und schrägen Späßen vermag das Duo zu punkten. Mit sicherem Blick werden menschliche Missgeschicke aufgespürt.« Rheinische Post

Thomas Hesse/Renate Wirth
DIE SPINNE
Broschur, 320 Seiten
ISBN 978-3-95451-152-5

»Eine hintergründige Geschichte mit überraschenden Wendungen.« Rheinische Post

www.emons-verlag.de

Thomas Hesse/Renate Wirth
DER KÄFER
Broschur, 288 Seiten
ISBN 978-3-95451-553-0

»›Der Käfer‹ ist mit eigenem Humor und Charme geschrieben. Eine gelungene Fortsetzung.« Rheinische Post

Thomas Hesse/Renate Wirth
DAS SCHWARZE SCHAF
Broschur, 288 Seiten
ISBN 978-3-95451-990-3

In Wesel stehen die Kommissare Gero von Aha und Nikolas Burmeester vor einem erschütternden Rätsel. Ihre Chefin Karin Krafft ist verschwunden – und am Rheinufer taucht eine kopflose Leiche auf. Hat die Demonstration empörter Bürger gegen den Ausbau der Betuwe-Linie damit zu tun? Radikale Kräfte wollen sogar an der Bahnstrecke bomben. Doch der ganze Niederrhein ist betroffen. Denn die gefährliche Gruppe hat linksrheinisch ihr Hauptquartier und probt hier einen Anschlag. Es beginnt ein doppelter Wettlauf gegen die Zeit …

www.emons-verlag.de

Thomas Hesse
BLUTSGESCHWISTER
Broschur, 304 Seiten
ISBN 978-3-95451-820-3

»Der Krimi ist bissig erzählt und überzeugt mit einer regional groß angelegten und prall gefüllten Geschichte über Mord, wirtschaftliche und politische Intrigen und die Macht der Familienbande.«
Magazin NiederRhein